雪の山道

〈15 年戦争〉の記憶に生きて

江藤千秋

法政大学出版局

はじめに

なぜこの本を書いたか

一九二七(昭和二)年、昭和金融恐慌が起こった。その翌年に私は生まれた。この経済的不安に端を発し、やがて日本は、中国大陸の侵略に取りかかる。私の人生の記憶は、満州事変あたりから始まる。戦争に次ぐ戦争のさなかで、私は育った。私の幼少年期のことは、すべて戦争を抜きにしては語ることが出来ない。

柳条湖事件から数えて一五年目、帝国日本が崩壊するまでの間、私たちは戦争の時代を生きていた。一五年に及ぶ戦争を、私は「あの戦争」と呼ぶことにする。私たちは、「あの戦争」の全期間を通じて、現人神《あらひとがみ》である天皇が統治する「神の国」に住んでいた。天皇は「神」であり、日本は「神の国」であることを、露ほども疑ってはならなかった。日本軍は「神の御軍《みいくさ》」であり、その催す戦いは「神意」に基づく聖戦に相違なかった。天皇のおんため、神国日本のためなら、いつでも命を投げ出す覚悟をもつことを、私たちは骨の髄まで教え込まれていた。あの蟬の鳴きしきる八月半ばの正午すぎ、現人神の声で戦争の終結を知るときまで、私たちは自分のものではない人生を生きていた。

「あの戦争」が終わって、私たちは、日本は「神の国」という虚構から目覚めた。しかも、私たちの「神の国」は、いかに愚かな戦争を、いかに愚かな戦い方で戦い、いかに愚かな負け方で負けたことか。「あの戦争」の全般にわたって、さまざまな場面の記憶を掘り起こし、それらを書いているさなかに、私は、この感慨を何度も新たにした。

異常な時代だった。

平和な現今ではあるが、いや平和な日々であればこそ、私は、「神の国」がもたらした「あの戦争」のことを、私なりの視座から、私自身の体験を通じて書き綴ることにした。その現場に居合わせた者の義務として、私は、自分の体験を軸に「あの戦争」の記憶を書き残そうと考えた。

生涯を通じ最も地獄に近いと思えた通年勤労動員の歳月といい、幾度もの空襲で生死の境にさらされた日々といい、そうしたなかで母を失った日の苦悩といい、書く作業の最中、私は、改めてわれながら大変な時代を生き抜いてきたものと何度も思い返した。とくに、私が経験した名古屋への無差別爆撃は、その規模の大きさ、実態の残忍さなどから特筆されて当然なのに、多くの文献では軽く扱われ、ときには黙殺されている。歴史的な事実を正確に書き遺す意味で、私は、累次にわたる名古屋焼夷空襲の体験を、なるべく詳細に書き綴ることにした。

こうした作業の道程は容易ではなかった。三つの病院の五つの科で、七回の入退院と六回の手術とを繰り返し、いまも難病の治療を受けている。そのために執筆作業は予定よりも著しく遅延したものの、私は、この一冊を書き終えた。これは、戦争を知らない世代の人たちへの私の遺書と受け取って頂いてよい。

どのように書いたか

「あの戦争」の終結後、両親も資産もない私は、満目荒涼の焦土で、社会人として歩み始め、孤立無援の人生の戦いを挑んだ。いささか面映ゆい言い方ではあるが、父母から受け継いだ不屈の闘志のようなものに支えられて、私は私自身の道を切り開いて進んだ。それは、多くの友人知己という私なりに豊富だった人間関係のおかげでもあった。親しい友人たちのほかに、私には無数と言えるほどの教え子諸君がある。それらの人びとに励まされて、私は、長い人生の旅路を、孤独に打ちひしがれることもなく歩み通せた。この本を書き上げるに当たっても、そうした人びとの貴重な体験に基づく証言や骨身を惜しまない協力に、私は大いに助けられた。この機会に、それらの諸兄諸姉に厚くお礼を申し上げたい。

私の両親は文系であり、私は、幼いころから文系志向の少年だった。その私が、戦時の要請で理系へ進んだのだが、爾後の人生で一向に悔いはなかった。むしろ、文系・理系のいずれにも目配りができて好都合なことが多かったからである。それに、「あの戦争」の推移を語り、記録する仕事のなかでは、人文科学や社会科学の見方だけでなく、どうしても自然科学の視点が必要なことがある。たとえば、焼夷弾について説明する際は化学反応式を書き、原子爆弾の原理を語ろうとするときには、エネルギーと質量との相関関係を示す数式を挙げた。近現代史に関わる書物ではあるが、執筆に当たっては、自然科学の基礎的な用語なども遠慮せずに使用した。そのような手法の方が、読者も戦争の真相を把握するうえで都合がよいものと考えたからである。

昭和恐慌から中国大陸侵出、皇紀二六〇〇年と神国日本の賛歌、太平洋への戦火拡大、戦時の学校生活、本土空襲と原爆など、さまざまな内容を書き綴った。読者のかたには、冒頭から全巻を通読して頂いても、各章ごとに独立した読物として読んで頂いてもよい。

なお、「あの戦争」に関連のある地名は、当時の呼称にしたがった。たとえば、仏印すなわちフランス領インドシナは現ヴェトナム・ラオス・カンボジア、蘭印すなわちオランダ領東インドは現インドネシア、ビルマは現ミャンマー、マレーは現マレーシア、セイロンは現スリランカ、バタヴィアは現ジャカルタのことである。

目次

1945年頃の名古屋市（本書関連略図）

一　雪の山道と断崖の列車

神への祈り

私が物心がついたころ、街には軍靴の音が響いていた。長い戦争の時代だった。

戦争終結の七ヵ月ほど前、母が倒れた。旧制中学校四年生も終わりに近い一九四五（昭和二〇）年一月一〇日の夕刻である。勤労動員先の名古屋陸軍造兵廠千種製造所から帰ると、母が台所の板の間で仰向けに倒れていた。母は意識を失って昏睡状態にあり、真っ赤な顔で高い鼾《いびき》をし、大きく波を打つように呼吸していた。電話は、一〇年前に父が亡くなった折に撤去されている。だれに、どこへ、どのように連絡すればよいかも分からなかった。心身とも大人びて肩をそびやかしていても、所詮、一六歳の少年でしかない。女子挺身隊員だった姉も、やがて私と同じ動員先の造兵廠から帰ってきた。

寒い宵だった。家から三〇〇メートルほどの内科・小児科医院に駆け付けた。私が幼いころから掛かり付けになっていたささやかな医院である。そこの医師がすぐ往診に来てくれた。優しい性格の医師だった。高血圧のために「脳溢血」で倒れたという診断である。

母が危ない。母の命が失われようとしている。母が倒れた翌日から、毎日、造兵廠への出勤直前と帰宅直後、私は、母の治癒を祈るため、約一・五キロ隔たった氏神の春日神社まで全力で走って往復した。

何日かのち、母は意識を取り戻した。それは、こうした神への祈りが通じたおかげに違いないと私は信じた。母の意識は回復したものの、半身不随で言語が不明瞭になっていた。幼少期のことと現実とが重なるためか、おぼつかない口調で私を「妛夫」と呼び、私の姉を「たか」と言う。それらは母の弟と妹、すなわち私の叔父や叔母の名である。明治時代の記憶の底に沈んでいる事柄を、明治のころの幼い言葉で語ろうとするようである。

戦後も半世紀余り経ったある日、私は「脳溢血」という言葉が失われていることに気づいて、医学者の二村雄次に尋ねてみた。その折、次のような答えが戻ってきた。

症状から脳出血と推定される。脳梗塞の可能性も否定できないが、くも膜下出血ではない。大きな鼾は、脳血管に障害が起きたときに多く、とくに意識障害の際、舌根部沈下、すなわち舌の付け根あたりが後方に落ち込んで、咽喉の奥が狭窄気味になることが多いからで、真っ赤な顔で胸が波打つような「努力呼吸」のように見えることがあるという。

コメをもって来たら

一九四五年に入ると、名古屋市への空襲が激化し、三月下旬、私たちは愛知・岐阜両県の境の草深い山村に疎開した。母を守るためである。アメリカ軍が硫黄島を占領し、沖縄本島南西の慶良間《けらま》諸島に上陸したころだった。ほどなく沖縄も敵手に落ち戦争は終わったが、翌一九四六年の二月一六日、母が再び倒れた。前年の発作から一年一ヵ月ほど経った寒い宵、第二回の脳出血である。母は、昏睡状態で意識がほとんどなく、高い鼾をしていた。

母が倒れた直後、私は、約九キロ離れた麓の町まで山道を走った。町の開業医に往診を頼むためである。私の住む山奥の部落では、どの家にも電話がなく、公衆電話もない。私の家には自転車すらない。山また山の道をひた走りに走るほかはなかった。駆けつけて往診を頼む私に、医師は「コメを一升（約一・四キロに相当）をもって来たら行ってもよい」という。コメを手に入れて届けると、医師は自転車で幾つかの山を越えて来診したが、意識を失ったままの母に形式的に聴診器を当てただけで、ほとんど何も言わずに帰った。

その町へふたたび走って、別の開業医に往診を頼んだ。今度の医師は「コメを二升もって来たら行く」という。重ねての難題に頭を抱えたものの、何とか二升のコメを入手して届けた。やはり自転車を漕いで往診に来たこの二人目の医師も、尊大な態度で一〇代の私たち姉弟に接し、聴診器をちらつかせただけで、すぐ山麓の町へ帰って行った。

食糧事情が悪かった当時、この二人の医師はコメを手に入れたいだけの理由で、形のうえだけ山奥まで来診したように思えた。戦争は人の心をかくも荒廃させ、戦争に伴う飢餓感はこれほど人間を卑しくするという思いが、一七歳の私の心にしみた。

一六キロ余も離れた別の町によい医師がいるという噂を、私たちは耳にした。またも私は、寒風の吹き降ろす山また山の道を、積雪を蹴って駈けに駆けた。その医師は、コメなどを一切求めず、二つ返事で承諾してくれた。自転車のペダルを踏んで、登り勾配の多い遠い道のりを来てくれたその柔和な医師は、病床で昏睡状態にある母を丁寧に診察したのち、声を落とし、穏やかな口調で「絶望です」と私たちに告げた。いまでも、私は思い出す。母が倒れたとき、すぐあの三人目の医師が来てくれていたらという悔恨の思いである。

当時の医師たちの対応から、限界状況では、かなりの教育を受けた者でさえ、人間性を失って卑しく振舞うことが多いのはなぜかと、私は、戦後久しく考え込んだ。医師一般への不信感を拭い切るまで、その後三十余年の歳月を必要としたほどである。私の経験では、医師という職業を選ぶ動機には、使命感に基づく人道的な発意と、名利を追う打算という二つがあるようである。個々の医師の内部では、この二つが均衡していて、条件によってこの二つのどちらかに偏るのだが、いずれが顕著になるかは、第一に医師の知性と教養、第二に医師が置かれた状況によって決まるように思われる。

平和で豊かな現今でさえ、利害や保身を患者の生命よりも優先させる医師がいる。まして、ほとんどの国民が飢餓に直面していた敗戦直後、医師の人道的な使命感の如何を見分けることは、少年の私には容易ではなかった。自らの生死を分かちかねない飢餓という事態と対峙する場合、人間は、とかく自分本位になり打算の方に傾きがちだろうが、そうした極限の状況でも清廉で毅然とした姿勢を貫いた医師はいたのである。

露骨に見返りを求めなかったあの三人目の温厚な医師に「絶望です」と宣告されても、私は諦めることができなかった。昏睡状態のままで、意識がなくてもよいから、母には生きていてもらいたい、と私は切に願った。

二キロほど隔たった隣の部落に、ささやかな祠《ほこら》があった。

敵の空襲で全国の諸都市が焦土と化し、日本国民が最も崇敬することになっていた伊勢神宮も、それに次ぐ格式の熱田神宮も焼夷弾を浴びて火炎に包まれた。現人神とされていた天皇の住む宮城（現・皇居）の一角が被弾して炎上した。このように「神の国」日本の崩壊を見た直後とはいえ、私は、神に祈ったおかげで、母が第一回の発症から回復したと信じた。一七歳の私は、今度も「神に祈るほかはない」と考えた。私は、母の第二回の発作から毎朝毎夕、隣の部落の祠に祈るため山を駆け降り、さらに峠を越えて全力疾走した。

イモの切り干し数片

ある宵、祠で祈って走り帰ると、閉めきった雨戸の隙間から香煙が流れ出ていた。母は、襁褓《むつき》を当てて病床に臥せたまま、息を引き取っていた。第二回の脳出血の発作から約三週間後の三月一〇日の夕刻である。私は息をのみ、膝を折り、頭を垂れた。

ささやかな香煙が漂う母の枕元には、姉が座って嗚咽《おえつ》していた。しばらくは涙も出なかった私だが、呼吸の絶えた母の顔を見て、突然、胸に何かがこみあげた。

母は、一八八八（明治二一）年、名古屋城下の旧尾張藩士の家に生まれ、名古屋の都心以外に住んだことはない。そうした母が、疎開先の寒村で逝った。五七歳だった。

やがて、私たちの家主など村人たちが集まって来た。彼らは、母の枕もとで男泣きに泣く私を不可解そうな表情で凝視した。当時は、一〇代半ばの少年でも一人前とされていたうえ、旧制官立専門学校（現・国立大学）の学生ともなれば、世間ではまったく大人扱いされていたためと推測される。

とはいえ、私は一七歳、姉は一九歳である。

青い山々、清冽なせせらぎ、ゆっくりと水車の回る山村である。そこに住む村人たちは純真で素朴に思えた。空襲から逃れて疎開してきた私たちに、一応は親切に対応してくれた。だが、彼らは、都会人に心を割ろうとはせず、こうした場合には必ずしも親切ではなかった。葬式らしいこともできなかったものの、どうにか棺は手に入った。この棺を、どこで、どのようにして手に入れたかなどは記憶にない。納棺のとき、母の遺体の首に掛けた頭陀袋には、サツマイモの切り干し数片を入れた。三途の川を渡るときの糧のつもりである。山に囲まれているとはいえ、豊かな田畑に恵まれた農村なのに、私たちにはコメなどを手に入れることが難しかった。

「ここでは土葬しかできない」と村人は言い、名古屋へ出かけて、知り合いの運送会社に頼んでも、「遺体をトラックで運ぶことはできない」と言う。「何とか母を名古屋へ連れて帰りたい」とさらに懇願する私を、またも村人たちは不審そうに見ていた。

母を故郷の名古屋に連れて帰るには、荼毘《だび》に付して遺骨を持ち帰るほかはない。約一四キロも遠くで、幾つかの山を越えたところに、当時、隠亡《おんぼう》と呼ばれた仕事を、ひとりで生業としている男性がいると私は聴いた。その住居に駆け付けて尋ねてみると、「燃料の薪をもって来てくれなければ」と言う。コメは要求されなかった。

私たち姉弟は、家主に借りた背負子《しょいこ》を背に、少し離れた峠近くの冬枯れの国有林へ赴いた。私が学んだ小学校では、正門を入ると、薪を背負い本を読みながら歩く二宮金次郎の石像があった。私には無縁の姿と思っていたが、いま、私は背負子を背負って山へ行き、枯れ枝を拾い集める。姉も私も、押し黙ったまま、母の遺体を焼く薪を作り続けた。

雪の山道

三月一三日、村人のだれかに借りた大八車に母の棺を載せ、薪を幾束も積んで荒縄で縛りつけ、私が曳いた。山を三つ以上越したことを覚えている。もんぺ姿の姉が両手に薪をたくさんもって、やや遅れて付き添っていた。

山中なので、三月半ばでも雪が降っていた。雪の山道を登り降りするとき、硬直した母の遺体が棺のなかで音を立てた。時折、姉が立ち止まって薪を道に降ろし、棺の上に積もる雪を払い落とした。母の棺の大八車を曳く私と、それに続く姉とだけで、葬列はない。

母の棺の大八車を曳く私は、さまざまなことを思い出していた。

私たちの疎開先の農家は、中央西線の定光寺駅から、当時は並外れて健脚だった私の脚で一時間、山を二つ越え、二つの部落を過ぎ、三つ目の部落の最も奥にある山、三つ目の山の中腹にあった。どの部落も山間にある。一番目の部落を過ぎた道の右手には鬱蒼とした杉木立の下に渓流が流れ、古びた水車小屋があり、大きな水車がゆっくり回っていた。これを、「詩的な情緒のある風景」と国文学者の大島一郎が評したことがあるが、当時の私は、そのように感じる余裕はなかった。

村びとは、戦火から逃れ飢えている私たち疎開者とは一線を画そうとし、他人行儀の態度に徹していた。私たちの家主は良心的な方と思えたが、コメを売り渡すときには、笑顔ながらも「相場なので」と闇値の途方もない金額を口にした。カボチャやサツマイモでも、入手のときにはかなりの金品が必要だった。農家の人びとの人間性には、素朴さと非情さとが混在しているように思えた。コメやイモなどを買おうとする少年少女の私たちに、ほとんどの場合、彼らは、代金のほかに「何かひと品を」と露骨に言う。母や私たちの衣類とか生活用品などは、次つぎにコメ、ムギ、ダイズ、サツマイモなどと替えられた。

終戦後、私は、空襲の火の海のなかから何回にもわたって運び出した父母の膨大な蔵書を少しずつ、リュックサックに詰め込んで担ぎ、戦火で焼かれた名古屋市の古書店街へ売りに行った。書籍類が払底していた焦土の時代だったので、いつも即座に売れたが、その値段が適正だったかどうかは分からない。世故にたけた店主に一〇代の少年が巧妙に立ち回れるはずはなかったが、そのつど、多少の現金が手に入って当座はしのげた。

父祖伝来の書画骨董類は守り通したとはいえ、山積していた和漢洋の貴重な書籍は紙幣になり、母たちの着物の多くはコメなどの食糧に変わった。ただ病母を飢えさせてはならないという一心だった。何段もの雛飾りをコメに替えた人、祖父の形見の貴重な焼き物の壺をコメ一升に代えねばならなかった人、箪笥のなかの衣類をすべて食糧に替えざるを得なかった人たちの話も、私はよく耳にした。

「タケノコ生活」という言葉があった。タケノコの皮を一枚ずつ剝くように、都会人たちは衣類を一枚ずつ農村で食糧に替える生活を強いられたのである。終戦直後の一時期、体格に合わず、まったく似合わない背広を着て歩く農民が少なくなかったと噂された。

戦争末期、私は動員先で寮生活を送っていた。病母と姉とは、山中の狭い離れ屋で暮らしていた。裏の山を越えれば岐阜県である。ときに動員先の寮から帰ると、山頂をかすめて白い星のマークの戦闘機が北に向かって矢のように飛ぶのが真上に見えた。終戦五ヵ月前の三月一七日、硫黄島が敵手に落ち、そこから飛来する最新鋭戦闘機ノースアメリカンP51ムスタングが、岐阜県各務原《かかみがはら》の陸軍航空基地を襲撃しようとするところである。当時の国民の多くは、こうした小型機をすべて艦載機と呼んでいたようである。アメリカ海軍の機動部隊が日本本土の近辺に出没し、その空母から発進したグラマンＦ６Ｆへルキャットなどの艦載機が、都市と農村とを問わず、至る所を銃爆撃していたためと思われる。

私は、この電光のように飛び来たり飛び去る敵戦闘機を見上げて啞然とした。このＰ51を目撃した私は、名古屋無差別爆撃のとき頻繁に頭上に見た超大型爆撃機Ｂ29とともに、敵の強力な航空戦力を眼前にし、本土上空の制空権も失った日本の前途を危ぶんだ。けれど、村人は、この高速の敵戦闘機の機影にも一向に関心を示さず、田畑を耕していた。

さまざまな記憶を蘇らせて、私は、母の棺を載せた大八車を雪の山道で曳いていた。

断崖のプラットフォーム

雪の山道を踏み越えて母の遺体を運び、荼毘に付して遺骨を拾った数日後である。所用で名古屋へ出かけた。断崖を眼前にする中央西線の定光寺駅でのことである。上り線のプラットフォームで、私は姉とともに名古屋行き列車を待っていた。北東方の多治見方面から幾つものトンネルをくぐり、何両もの客車を曳き、煙を噴いて蒸気機関車が来る。

私は、六歳で父を失い、母が唯一の心の支えだった。だが、母は何人かの子どもを夭折させたうえ、若いうちに未亡人になったせいもあってか、私をかなり過保護に育てた。

都心ですら自動車が珍しい時代なのに、屋外は危険だからと小学校の中学年ごろまでは戸外に出そうとせず、自転車には乗るなと言い、水泳も危ないので近くのプールへも行ってはいけないと禁じた。旧制中学校に入学すると、一年生の一学期の間は正課の「武道」で、柔道と剣道の両方を学ぶが、二学期からは柔道と剣道のいずれかを選択しなければならない。このときも、母は、柔道は骨折する恐れがあるから剣道にせよと言って承知しなかった。

この中学校では、私の入学した年から、全生徒が運動部に入らねばならないことに決まっていた。入学当初、私は母の勧めにしたがって庭球部（テニス部）を志望したが、学校側の都合で、新設の体操部、正確にいえば、柔道・剣道・相撲・体操の各班からなる鍛練部の体操班に所属させられた。母は、私が虚弱な体質なので体操部へ配属されたと受けとめたようである。体操というスポーツがほとんどの日本人に認知されていなかった時代で、明治前期生まれの母は、朝の「ラジオ体操」ぐらいしか連想できなかったらしい。脚を鍛えるため「縄跳び」の縄が必要と私から聞いて、一層そのように思い込んだふしもある。武家育ちの母には、縄跳びなどは女の子の遊びとしか思えなかったようである。

私が入学した愛知県第一中学校（現・愛知県立旭丘高等学校）には、知育・徳育・体育を重視する伝統があり、それに伴う運動部の言語に絶する「しごき」があった。それは、旧軍隊の生活に似ていて、母の言う通りにしたら一日も過ごせない。こうした伝統の学校は、戦時には異常な雰囲気の学園になる。戦局が急迫すると、三年生ともなれば、重い銃を担いで実戦的な軍事教練を受けるなど、一人前に扱われた。私という少年を学校や世間が見る目と母が見る目とでは、差があり過ぎた。

いつまでも私を幼児並みに扱おうとする母に、私は反抗するようになった。三年生から四年生にかけての一時期、私は反抗期にあった。さすがに暴力を振るいはしなかったが、母の言うことを聞かず、必要以上に強い言葉を口にしたりした。

三年生になった年の七月五日、三年生以上の全生徒が、やがては特別攻撃隊（特攻隊）への道に連なる海軍甲種飛行予科練習生（予科練）志願に総決起する事件が起こった。教師や一部の上級生の扇動で、私たち一同は航空決死兵への道を志願しようとした。この総決起の日の夜、強度の近視なのに、海軍航空隊を志願するという私の申し出を聴いて、母は驚愕したに違いないが、黙って志願書に判を押してくれた。

母が再び倒れたとき、私は悔いた。父の没後、私たち姉弟を力の限りに育ててくれた母である。過保護で育てられ、蛮風で鳴る学校で苦労を強いられたとはいえ、それも母の私への愛情に由来するものだった。

断崖が目の前に迫る駅の狭い構内に、薄汚れた客車の列を曳いて真っ黒な蒸気機関車が進入して来た。

父は一八七八（明治一一）年生まれである。

三重師範学校（現・三重大学教育学部）を卒えて上京し、国学院大学で学んだのち、早稲田大学英語政治科（現・政経学部）に移った。『東洋経済新報』『東京日々新聞』の記者として、とくに政治経済の面で筆を揮った。兵役の関係などで名古屋に居を移し、ささやかながら新聞社を経営したり、雑誌の編集代表になったり、この地方でもジャーナリストとして活動したが、ほどなく名古屋市会議員、さらに愛知県会議員に選ばれ、中京地方での政界の仕事に没頭した。だが、政治家としては潔癖過ぎたらしく、嫉視する政敵に誘拐されたり、中傷されて無実の件で検挙されたりした。父は、いわば士《さむらい》の気質を投影したような一生を、五七歳で終えた。

父が永眠したのは一九三五年六月二七日、私が小学校に入学して三ヵ月も経っていないときである。

久しく病床に臥していた父が亡くなったあと、わが家には膨大な借金だけが残っていたようである。のちに、「貧乏暮らしを覚悟しなければ、政治家などになるものではない」と母が呟いているのを、しばしば私は耳にした。政治の世界に住むと、桁違いに富裕になる無数の例があることを私が知ったのは、戦後のことである。

母は、幼い子どもを抱えて苦闘の日々を送りながらも、毅然としていた。貧しい生活のなかで、格調のある和服姿で一貫し、武家言葉の名古屋弁で公私ともに押し通した。母より一〇歳年長の父はもとより、母が生まれたころも、周囲の大人の多くは江戸時代の武家で育った人びとだった。

家政学者の石川けいは、名古屋市東区布池町（現・東区葵）にあった私の母の生家の近くで少女のころを過ごしたと言い、しばしばその思い出を私に語った。「門番のいる武家屋敷で、その家の五人姉妹はすべて名古屋市立第一高等女学校（現・名古屋市立菊里高等学校）の卒業生だった」そうで、その長女が私の母だった。また、母の弟二人は私立明倫中学校（現・愛知県立明和高等学校）、次いでその一人は明治大学政経学部、もう一人は名古屋高等商業学校（現・名古屋大学経済学部）へ進んだ。私の記憶にある母の実家は、東区出来町の小さな借家である。その理由を、親戚筋の人物は「教育に金を使ったため」と説明した。明治維新後の一士族にとって、ひとつの見識だったかも知れない。

母は、若いころ私立高等女学校で教鞭を執ったこともあり、武家の躾に加え、当時としては、かなりの水準の教養も身につけていた。

私は、母から多くのことを学んだ。

たとえば、封書の手紙も葉書一枚も、書籍も雑誌も新聞紙も、踏んだり跨いだりしてはならない。文字が書いてあれば、肉筆でも印刷物でも粗末に扱ってはならないという。また、肉、魚、果物などで、母は「一切れは人斬れに通じ、三切れは身斬れに聞こえる」という。人を斬るとか身を斬る、つまり切腹するとは、縁起が良くないというのである。

母の立ち居振舞いは、食卓での箸や椀の扱い方、玄関先での履物への配慮、周囲の人びとへの気配りなど、自然に私たち子どもに対する躾《しつけ》教育の効果を生んでいた。

父以上に、母も物欲は皆無に近く、金銭には淡泊だった。後年になって、「名古屋人は吝嗇《けち》」と聞くことがあるが、私には、いまなお理解しかねる。それに、近ごろ「名古屋弁」と称されている言葉は、母が使っていた日常のそれとはほど遠い。

私を過度に甘やかした母ではあるが、気骨があった。私が小学校四年生ぐらいのとき、シナ（中国）派遣軍総司令官の詠じた漢詩が新聞紙上に載った。母は、「こんな程度の詩を書いているからシナ人に馬鹿にされる」と溜息混じりに、私たちに語ったことがある。

私は、激しい空襲のさなかに母が卒倒したとき、親不孝だった自分を恥じて、私なりに母の命を守り抜こうと決意した。けれど、私は自らの無力のゆえに、母を遠い山間の僻地で彼岸に見送らねばならない。

こうしたさまざまなことが、瞬時のうちに私の脳裏で点滅した。

列車が狭い駅の構内に入ってきた。その瞬間、私は、轟音を立てて眼前に迫る機関車の前に身を投げようとした。瞬時の衝動である。

だが、私は思いとどまった。すぐ左に姉が立っていたことに関係があったのかどうか、ただ臆病だっただけのことか、いまでも理由は分からない。あるいは、次の歌のような想いが、私の脳裏で閃いたのかも知れない。

死にがたし　われみずからのこの生命《いのち》　食《は》み残し居り　まだ死に難し（若山牧水）

二　昭和初期の世相

1　昭和金融恐慌の年

『昭和二年日誌』

私が小学校に入学した年の夏、父が亡くなった。早く父を失った私は、父をほとんど知らないが、最近、思いがけない経路で父の『昭和二年日誌』が手に入った。私が生まれる前年、一九二七年の日誌で和紙に毛筆で書かれた和綴じの一冊である。

一九二六（大正一五）年一二月二五日午前一時二五分、病弱だった大正天皇が四七歳で他界し、すぐ摂政宮裕仁親王、のちの昭和天皇が二五歳で皇位を継承した。そのとき「大正」の元号が「昭和」に改められ、一週間後には昭和二年を迎えた。

父の『昭和二年日誌』には、私が知らない昭和初めの世相が窺われる。まず、三月一八日の記事には、「彼岸ノ入リ也。好日和」に始まり、「無産政党ハ一部ニ比較的真剣味ヲ帯ビ純真ナモノモアルガ、多クハ動機ガ不純」と指摘し、「彼等ハマルクスヲ言ヒ、露西亜ヲ言フ前ニ日本ヲ顧リミル必要ガアル」とある。次いで、今後の「代議士タル要件」として、皇室および国家に理解と尊崇の念があり、国本的見地で日本の現状を眺め、無産勤労階級の真の味方であることを挙げる。父は、「単純ナル愛国論者、偏狭固陋ナル国粋論者ハ駄目」とする一方、無産勤労階級を「国家ノ中堅」と述べる。

また、父は、「日本ノ華族」と題し、不良少年・不良中年は「華族ヤ富豪ノ中」から出ており、「社会奉仕観念ノ欠乏セル現代ノ富豪、大正黄金時代ノ名古屋ノ成金ニシテ社会奉仕ノ上ニ名ヲ残シタル者何人アリヤ」と嘆いてもいる。

さらに、「明治ヨリ昭和へ」の題で、「明治歴史ノ三大事実」として「王政復古、民権ノ確立、国権ノ取得」を挙げ、「大正時代ハ試験的時代」であり、「政界ノ腐敗、追随的外交、大景気ノ精神的損害」を反省点とし、「昭和時代ノ使命」として「文化的人道主義ヲ以テ世界ノ平和ヲ確実ニ保障スルコト」を主張している。

日本の開国からこの時期まで六〇年ほどに過ぎない。明治維新は、幕藩体制を崩壊させても旧体制とその内包する旧弊とを、かなり色濃く残した。父を含む当時の大人たちは、鎖国時代の残滓と消化不良の西欧思想、日本的なものと西洋的なもの、古いものと新しいもの、富の一方的集中と極度の貧困、そして個人志向と集団重視など、資本主義の矛盾を止揚できず、多くの二律背反的な問題点を抱えたままでいた。『昭和二年日誌』に見られる亡父は、日本が近代化への過程で抱えていた矛盾を、そのまま自らの体質としていた。

「利欲を離れて」

この『日誌』が書かれて八年後の六月二九日、父の葬式が行われた。葬儀・告別式が執行された寺院には、二〇〇〇人を超える会葬者があった。告別式で、父の友人のひとりが立って、「剛毅廉潔小事に拘泥せず、常に正道を踏みて正義を叫び利欲を離れて公共のために貢献す」という弔辞を読んだ。「利欲を離れて公共のため」のくだりは疑いない事実で、それを裏付ける幾つかのことを、私自身、幼少期のことながら記憶している。

父は、三重県の出生地では、ジャーナリストおよび政治家として大先輩の尾崎行雄（咢堂）になぞらえて「小咢堂」と呼ばれた。後年、私は、尾崎行雄がつねに理非曲直を明らかにし、清廉な正道を歩んだ政治家として憲政史上に名を残したと知った。東京市長と国会議員とを兼務した一〇年間、伏魔殿と言われた東京の市会や市庁で汚職事件が皆無だったこと、日米の平和を祈って、一九一二（明治四五）年、ワシントンのポトマック河畔に約三〇〇〇本の桜の木を贈ったこと、信念を貫いて子爵という爵位を固辞したことも知った。彼と私の父とが、清貧に甘んじ政治に精根を傾けた点で同じだったことも理解した。

日誌では、三月一九日の欄に「樗牛ノ想華小品ナドヲ読ム。余リ感心セズ」、二二日の記事には、「レ・ミゼラブルノ正シキ人ミリエル氏ヲ読ミ、感ズル所多シ」とある。

高山樗牛は、日本主義から出発し、貧富の差は優勝劣敗の結果と言い切る。彼はF・W・ニーチェに影響され、日蓮に傾倒する。彼はニーチェのいう「超人」つまり凡俗を超越する権力具現者を賛美するが、この「超人」の概念は、ヒトラーに意図的に利用される。ヒトラー嫌いの父が、樗牛の作品に「感心セズ」と書いたのは当然だった。

ヴィクトル・ユゴーは、作品『レ・ミゼラブル』で、変革期の社会とその底辺の人たちとを描いた。主人公ジャン・バルジャンは、貧困に苦しむ甥たちのためパンを盗んで獄中生活を送り社会を憎んで出所し、司教ミリエルにより人間愛に目覚め、自らを犠牲に不幸な者を扶《たす》けて生涯を終える。父が、「感ズル所多シ」と書いたことも、私は納得できる。

日当の前借り

一九二七年（昭和二）二月一日の『東京朝日新聞』に、次の趣旨の記事がある。

江東方面は淋しく、各地の職業紹介所では数百〜一〇〇〇人が、早暁の凍てつく路上で雇われ口を待つが、どの紹介所でも百〜百数十人は「その日の仕事にあぶれて、冬の薄日を背に途方に暮れてゐる」とある。震災復興土木工事など肉体労働で、賃金は「一円六十銭から二円二、三十銭」に過ぎず、民間の求人は皆無に近い。多くの者は朝飯抜きで、昼食のとき監督に頼み、「その夜の賃金を前借りして昼飯に朝食を一度に済ます」という。

こうした不況下の三月一四日午後、衆議院予算委員会で蔵相片岡直温が、通常に営業中の東京渡辺銀行が「破綻致しました」と失言した。それを契機に、翌一五日朝、東京渡辺銀行が休業、すぐ各地に波及し多くの中小銀行が休業した。四月二二日の日誌に、父は、「財界応急安定策トシテモラトリアムの緊急勅令発布セラレ、全国銀行二十日間ノ休業ヲナス。未曾有ノ事ナリ」と書いた。財界の動揺は政府や国民にも責任があり、とくに銀行関係者は不謹慎放漫で、「台湾銀行ノ不始末」も「一朝一夕ニアラザルベシ」という。

一九一四（大正三）年七月二八日からの第一次大戦で、日本は漁夫の利を得た。西欧諸国が大戦で疲弊した状況を「天佑」とし、工業生産高が五倍近く増加して農業生産高を超え、輸入国から輸出国に、債務国から債権国に転じた。国内では、品性のない成金が増えた。私は、子ども向けの絵本で、成金が料亭を出て履物を履く折、紙幣を燃やして足もとを照らす絵を見たことがある。だが、日本経済の底は浅かった。

果たして、大戦終結から間もない一九二〇（大正九）年三月一五日、東京株式取引所の株価暴落で反動恐慌が起こった。しかも、約三年半後の一九二三（大正一二）年九月一日正午近く、マグニチュード七・九の大地震が南関東を襲い、首都圏に甚大な被害が出た。関東大震災である。企業は設備を失い、諸銀行は倒壊して大打撃を受けた。被災者関係の震災手形には未決済の不良手形が多かったが、最も多額の震災手形を抱えたのは台湾銀行で、その不良手形は鈴木商店分が圧倒的に多かった。

鈴木商店は、野心的な番頭の金子直吉が育てた成金企業の典型だった。私の小学校に、「台湾産物何々ぞ、砂糖に樟脳、烏龍茶」と教える教師がいた。この台湾特産の樟脳の独占権を手がかりに、鈴木商店は製糖から海運にまで事業を拡大した。大戦後の反動恐慌で鈴木商店は挫折したが、蔵相井上準之助の助けで樟脳以来関係の深い台湾銀行の特別貸出を受けた。台湾銀行は朝鮮銀行とともに植民地経営のための特殊銀行で、鈴木商店はこれに着目して政界に食い込み、台湾銀行と腐れ縁をつくった。政財界腐敗の典型例である。

裏白紙幣

台湾銀行と鈴木商店との癒着が暴露される過程で、金融機関の信用は落ち、取付け騒ぎは関西に及んだ。四月五日鈴木商店は倒産し、連鎖的に台湾銀行も休業した。その余波で多くの銀行は窮地に立ち、銀行すべてが疑惑をもたれ、郵便貯金の取付けすら起こった。

日銀の紙幣発行高は、「紙幣の洪水」と言えた。通常は焼却処分にする古紙幣のほか、異常な紙幣も動員された。四月二五日の『名古屋新聞』に、次の趣旨の記事がある。

当時の兌換紙幣のうち、五〇円と二〇〇円とは不要で一枚も造られていない。それらが臨時に印刷・発行される。発行高は約二億円で「今回発行の両紙幣は、黒と赤との二色刷りで裏面は何の色彩もなく全くの空白でやや貧弱の観がある」という。五〇円券は発行を見送られ、二〇〇円券が市場に出た。裏が真っ白で「裏白」と呼ばれるこの紙幣は、昭和金融恐慌という非常事態を象徴するようで、「あの戦争」中、金属不足のために錫の貨幣が流通し、終戦直前には陶製の貨幣さえ使われようとしたことを連想させる。

モラトリアム緊急勅令で諸銀行は保護され、政府・日銀による「紙幣の洪水」策が効を奏して、銀行取付け騒ぎは四月末までに沈静化した。だが、この騒動で日本の経済活動は進展を阻まれ、諸産業、とくに当時の主力産業だった紡織業界は大きな打撃を受けた。


「ぼんやりした不安」


この一九二七年には、国民に不安を抱かせる事件が続いた。

五月二八日、政府は、中国の内戦に乗じ、山東省の在留邦人保護の口実で関東軍に出動を命じた。第一次山東出兵である。中国では、日本の影響下の張作霖が率いる北方軍閥を蔣介石の国民党革命軍が討伐しようとしたが、日本はその北伐を許そうとしなかった。

六月二〇日、芥川龍之介が『或る阿呆の一生』を脱稿し、親友の久米正雄に発表方法などを任せた。冒頭の節に「人生は一行のボオドレエルにも若かない」とあった。七月二四日未明、彼は多量の睡眠薬を服んで自殺した。雨の夜の九時、遺書のひとつとされる『或旧友へ送る手記』を久米正雄が発表した。それに「ぼんやりした不安」と書かれていた。

新聞に「正午九十三度」と報じられたほどの酷暑の日だった。これは華氏目盛りの温度であり、華氏は、ドイツのファーレンハイト（Fahrenheit）の中国語音訳の「華倫海」に由来し、摂氏は、スウェーデンのセルシウス（Celsius）の中国語音訳の「摂爾思」に基づいている。なお、摂氏温度Cと華氏温度Fとの間には、C＝5/9 (F－32) の関係があり、この式で計算すると、当日正午の気温は摂氏で三三・九度ほどだった。

精神障害の母からの遺伝への恐怖、強度の神経衰弱・不眠症・胃病という多病の体質、姉宅の火災とその放火疑惑に伴う義兄の鉄道自殺など、世故にうとい作家には重荷になる諸事件に女性問題も加わり、彼は致死量以上の催眠剤を服んだ。晩年の作品『歯車』に「歯車は次第に数を殖やし、暫らくの後には消え失せる代りに今度は頭痛を感じはじめる」などとある。これは、かつて眼科の領域とされた閃輝暗点の症状で、現代医学では、偏頭痛の前駆症候として神経内科が扱う。彼の「ぼんやりした不安」は、こうした心身の不健康の所産だったが、この時代の閉塞感を言い当てる表現とされた。

八月一日午前九時四五分、豊後水道の佐伯湾で、敷設艦常磐が突如火災を起こした。機雷管に下瀬火薬（ピクリン酸）を充填中に爆発し二〇余人の将兵が死傷した。ちなみに、一九〇五（明治三八）年五月二七日、海軍中将東郷平八郎の日本艦隊がロシアのバルチック艦隊に対し大勝利を得たが、その勝因のひとつは、破壊力に優れた下瀬火薬にあった。

八月四日午後、ジュネーヴで開催されていた米英日海軍軍縮会議が不首尾に終わった。主力艦を重視し、補助艦すなわち巡洋艦・駆逐艦・潜水艦の制限を望むアメリカと、七つの海にわたる大帝国を守るため補助艦を無制限にしたいイギリスとの対立による。

八月二四日深更、島根県美保関の沖で、夜間演習中の巡洋艦神通と駆逐艦蕨《わらび》とが衝突、蕨は沈没し神通も損傷を受けた。その直後、巡洋艦那珂《なか》と駆逐艦葦《あし》との接触事故も起こった。一九二二（大正一一）年二月六日、ワシントンでの海軍軍縮条約で米英日仏伊の主力艦保有量が五対五対三対一・六七対一・六七の比と決まった。対米六割に制限された日本海軍は、元帥東郷平八郎の「訓練に制限なし」の助言で、「月月火水木金金」という休みなしの猛訓練を行うようになった。美保関沖の事故は、こうした背景で発生した。

その後、一九三〇年四月二二日に調印されたロンドン海軍軍備制限条約では、米英両国が歩み寄り、主力艦を米英各一五隻、日本九隻とし、巡洋艦は米国三二万三五〇〇トン、英国三三万九〇〇〇トン、日本二〇万八八五〇トン、駆逐艦は米英各一五万トン、日本一〇万五五〇〇トン、潜水艦は米英日ともに五万二七〇〇トンと制限された。

明治以来、日本陸海軍には、帷幄上奏《いあくじょうそう》、すなわち首相を経ずに軍機・軍令を天皇に直接上奏する権限があった。海軍軍令部長の海軍大将加藤寛治は、「ロンドン軍縮条約に従えば国防に欠陥が生じる」と帷幄上奏し、調印直後の二五日、衆議院で政友会総裁犬養毅や鳩山一郎たちが、この軍縮条約締結は統帥権の干犯と主張して政府を攻撃した。いわゆる「統帥権干犯問題」である。この軍の統帥権独立が、やがて軍部独裁への道に連なる。また、軍縮条約をめぐって、海軍部内には、対米英協調路線をとる条約派と、加藤寛治のような考え方の艦隊派との間に対立が生じた。

一一月一五日から濃尾平野で陸軍特別大演習が行われた。小牧・長久手での東西両軍の遭遇戦で終わり、一九日の朝を迎えた。名古屋市北部の練兵場で、愛馬「初緑」に乗った二六歳の昭和天皇が侍従武官長など一〇〇余騎を従え、陸軍諸部隊を閲兵した。快晴で、練兵場に近い名古屋城の金鯱が煌《きら》めいていた。午前八時三五分、乗馬の天皇が第三師団の前を通過中、岐阜の歩兵第六八連隊の隊列を離れた一兵士が右手に銃をもったまま、右膝を地面に着け、左手に文書を高く掲げて天皇に何事かを訴えようとした。即座に、天皇に随う侍従武官に遮られ憲兵隊に引き渡された。陸軍二等卒北原泰作で、被差別部落の解放運動団体「水平社」の社員である。「恐れながら訴におよび候」に始まる訴状は、軍隊での特殊部落民差別と当局の弾圧的態度とを直訴する内容だった。一一月二六日、名古屋の第三師団での軍法会議で、彼は懲役一年の判決を受けた。論告には「差別問題には非常に同情する」と異例の文言もあった。当局には部落出身者を刺激せず、部落青年に軍隊忌避の傾向を生まない配慮が必要だった。彼の訴えで、陸軍は同和問題に留意しながらも、その行為は「軍紀の弛緩」によるとし、「軍紀の厳正」を一層強調するようになった。軍隊での絶対服従の教育は、上官の私的制裁が日常茶飯事に思えるほど、厳しさを加えた。

一二月に入ると、一月から一一月末までに東京で一五三三人の自殺者を数えたと言われた。疾病や老衰への悲観による自殺は、生活苦が絡み不況の影響と解釈された。歳末までに諸企業での待遇改善要求の労働争議は一二〇二件、地主に小作料減免を求める小作争議は二〇五二件に上った。

父の『昭和二年日誌』は、こうした年の一断面の記録だった。

2　国民生活の窮乏

ルンペンと乞食

一九二八年。私が生まれた年である。

昭和恐慌による国民の貧窮化に伴って、社会革新運動が活発化した。日本共産党の中央機関紙『赤旗』が創刊され、最初の普通選挙で無産党の躍進が目立った。こうした革新のうねりのなかで、当局は、共産党員の一斉検挙、マルクス経済学者河上肇たち進歩的大学教授の追放、治安維持法に死刑導入などの強硬策で、改革運動の封じ込めを図った。

四月一九日、第二次山東出兵が閣議で決定され、熊本の第六師団の部隊が派遣された。五月九日には、名古屋の第三師団を山東省に増派する件が天皇の裁可を得た。

六月四日午前五時半ごろ、北方軍閥の大元帥張作霖を乗せた列車が奉天（現・瀋陽）の近くで爆破され、日本側は「怪しき支那人二名」が「国民革命軍のしるしある手紙を所持してゐた」（『朝日新聞』一九二八・六・五）とし、蔣介石の国民革命軍の所業のように発表した。だが、実際は、関東軍高級参謀の大佐、河本大作の計画で、工兵隊が爆薬を鉄道にセットし、奉天独立守備隊の大尉、東宮鉄男が電源のスイッチを押した。これで混乱が起これば日中武力衝突を誘発し、一挙に満州問題が解決できるというのである。

一九二九年。

この年の一〇月二四日は、「暗黒の木曜日」として歴史に残る。ニューヨークのウォール街で空前の大暴落が起こった日である。アメリカでの恐慌は世界恐慌に発展する必然性をもっており、すぐ日本やヨーロッパなど全世界に波及した。日本の主力産業だった紡績業は、アメリカ市場を失い、繭価が下がって養蚕農家は大きな打撃を受けた。輸出増加を期待しての「金解禁」も奏効せず、株価・物価は暴落し、工業生産額・国民総生産の値は軒並みに急降下した。貿易は不振で国際収支が悪化するなど、すべての分野に恐慌の傷跡が見られた。この年、二五〇万人以上の失業者が数えられた。汚れた衣服の「ルンペン」と呼ばれる失業者・浮浪者がよく見かけられた。とくにボロをまとった「乞食」が、街頭で物乞いをしたり、一般家庭を訪れて金銭や食物を求めたりしていた。

世界恐慌の震源地のアメリカも緊急事態を迎えた。ニューヨークなどで、数千の銀行が閉鎖され、工場や商店が休業した。失職者は靴磨きなどを資本不要の職業として羨んだ。大学卒業者を含む失業者が街に溢れ、ホームレスが街に「部落」をつくり、大統領H・C・フーヴァーを揶揄して「フーヴァー村」と呼んだ。彼らは、浮浪罪で警察に逮捕されれば「無料で食べられる」と喜んだ。家族を養えない失業者は自殺を選んだ。パンを求めて西部へと放浪し続ける「流浪の民」が生まれた。アメリカの社会は活力を失った。

兆民と湛山

一八八二（明治一五）年六月二五日、自由党の機関紙『自由新聞』が発刊された。維新から十数年、明治開化のころである。私の父も四歳に過ぎない。八月、社説担当の中江兆民は、「専ら経済を重んずるときは多く兵を蓄ふるを得ず、専ら武を崇ぶときは多く貨財を殖するを得ず」と論じて、「富国強兵」の矛盾を指摘した。彼は、さらに「小国の自ら恃みてその独立を保つ所以の者は他策なし。信義を堅守して動かず、道義のある所は大国と雖もこれを畏れず、小国と雖もこれを侮らず」と説いた。

また、一九二一（大正一〇）年の夏、石橋湛山は、次の趣旨のことを主張している。

さほど天然資源もなく、保護・統治に経費が掛かるだけの朝鮮・台湾・樺太・満州などは、放棄する方が日本の利益になる。その程度の土地や財産に囚われるのは、「王より飛車を可愛がるヘボ将棋」とわらう。一九二〇年の朝鮮・台湾・関東州との取引額は、アメリカ一国とのそれに及ばず、日本に必要な物資もそれらの地域にさほど産出しないうえ、樺太など何の経済的利益も日本にもたらさない。この程度の植民地に執着するのは「小欲に囚えられ、大欲を遂ぐるの途を知らざるもの」と言い切る。それに植民地拡大を企てれば、地域の民族に反感をもたれ四周を敵にする。むしろ日本が率先して朝鮮・台湾に自治独立を許せば、イギリスはインド・エジプトを、アメリカはフィリピンを、植民地のままにしておけないはずと説く。彼は、「兵営の代りに学校を建て、軍艦の代りに工場を設ける」（『東洋経済新報』社説）のが最善とし、「富国のため強兵の道を捨てよ」と言う。

貧しかった大日本帝国

「神の国」と自称した当時の日本は、世界で五大強国のひとつ、三大海軍国のひとつとされ、一等国と言われていた。とはいえ、国民の生活は貧しかった。私の体験でも、実質的には三等国の生活水準だったように思い出される。

名古屋の都心の中区南武平町四丁目（現・栄五丁目）で、私は生まれた。この栄一帯ですら高層ビルはごく少なく、私たちの小学校も木造二階建てで、トイレは汲取式だった。下水道が不備で、百貨店や銀行とか、ある生活水準以上の家庭でなければ汲取式トイレが普通で、「肥取り」または「肥汲み」という稼業の男性が各戸へ屎尿を汲み取りに来た。農家の下肥にするためである。肥汲みの専門家ともなれば、汲み取った尿の臭気や外見から、その家に糖尿病患者がいるかどうかを的確に言い当てた。

それは甘酸っぱいような特異の臭気で、尿中のグルコースすなわちブドウ糖の分解によって生じるアセトンの臭いである。糖尿病に詳しい川辺哲也は、「糖尿病患者の呼気にはケトン臭がある、正確に言えばアセトン臭だが、ブドウ糖の酒精発酵で生成したエタノールの臭いも加わる」と言う。そして、食品化学者の尾藤忠旦は、糖尿病患者の尿は見ただけでも分かると、私に語った。第一に、ブドウ糖の酒精発酵に際し、エタノールとともに二酸化炭素が生じるので泡立っており、第二に、かなり多量のブドウ糖が溶けていて粘性があるからだというのである。

私が小学校に入学した年の日本では、首都の東京ですら、主要箇所の約九七パーセントに下水道がなく汲取式だった。化学肥料が普及していなかった当時では、大都市近郊の農家に下肥を供給する意味もあり、原始的なリサイクル・システムと言えた。屎尿を入れた桶を積んだ大八車や馬車が目抜き通りを行き、路地裏などでは汲取式トイレの悪臭が鼻を突いた。農作物に下肥を使うため、当時は寄生虫による疾病が多かった。都心から少しでも離れると、上水道の設備も不十分で多くの家庭では井戸を使っていた。大都会でさえ、このように社会基盤（インフラ）が不備だった。

夏、ほとんどの家庭では扇風機もなく、暑さで眠り難い夜は、屋外の縁台で団扇を使っている市民が多かった。冷蔵庫は珍しく、それも電気ではなく氷による型式だった。都心でさえハエが多く、家庭どころか飲食店や八百屋の天井からハエ取りのリボンが垂れていた。蚊帳《かや》は必備品であり、蚊取り線香は生活必需品だった。

冬、ほとんどの家庭に暖房の施設はなく、厚着で火鉢と炬燵とで暖かさを保った。火鉢で木炭の燃える火に手をかざし、炬燵で足先を暖めるのである。当時の木造家屋には隙間が多かったためか、木炭の不完全燃焼による一酸化炭素中毒の話は耳にしたことがない。

市電すなわち路面電車が通る大通りでも、自動車が走る光景はごくまれに見られた。馬や牛が街での運搬作業に日常的に使われていた。人力車がタクシー代わりであり、大八車やリヤカー、そして人力そのものが有力な運搬手段だった。近郊の農民が野菜を積んだ馬車を曳いて私たちの街まで売りに来た。街路には馬糞や牛糞が至るところで見受けられ、とくに、荷車を曳く馬は糞を点々と路上に落としながら、街を闊歩した。私の街へ野菜などを売りに来る近郊の農夫は、売り物を積んだリヤカーを自転車で曳く折、しばしば犬をリヤカーに繋いで「曳く」仕事を手伝わせていた。市内の道路を歩く者は、放し飼いの犬や野良犬の糞を踏んだ。公衆便所が少なく、立ち小便をする大人が珍しくなかった。

自動車といえば、次のような事実がある。

父が『昭和二年日誌』を書いた前年、つまり一九二六（大正一五）年の九月三〇日現在でさえ、自動車の数および普及率は、アメリカは二〇〇五万一二七六台で、実に六人に一台、イギリスは八一万五五九五七台で五五人に一台、フランスは七三万五〇〇〇台で五〇人に一台だったが、日本は三万二六九八台で、一八〇九人に一台にすぎなかった。

都心に住む私たちでさえ、市内の目抜き通りを、信号のない箇所で容易に歩いて横断することができた。広い道路も狭い露地も、そのまま私たち子どもの遊び場だった。自動車がほとんど走っていなかったからである。そのころ、アメリカのフォード社は、ベルトコンヴェアによる大量生産方式によって、本格的実用車としてのT型フォードを、一九〇八（明治四一）年から一九二七年までの間に一五〇〇万台も販売していた。

死んで帰れと励まされ

商工業の衰退で、都会には大学・専門学校卒業生を含む若者が失業者として溢れた。私の耳にも「大学は出たけれど」という流行語が聞こえた　多くの農家は、米価も野菜の値段も暴落して貧窮の生活を送っていた。豚を飼って売ろうとしても、市場価格が餌代・輸送費を下回れば殺すしかない。冷害による凶作、都会での労働需要の激減という要因も加わって、農村の窮乏には底無しの感があった。北海道・東北・北陸などの農家では、トチ・ナラの実や山野草を混ぜた薄い粥を啜り、アワ・ヒエなどを常食にしていた。ジャガイモやソバはまだしも豆粕・豆腐殻で飢えをしのぎ、ワラビの根から採った澱粉にワラを混ぜたものとか、ヒエの糠や麩を練ったものを食べていた。積雪の時季が長いそれらの地方では単作しかできず、不作の年は深刻な状況になった。沖縄では、台風の被害も加わって困窮した折、救荒植物のソテツを常食とした。ソテツの種子の胚乳と幹の髄とに澱粉が含まれるからだが、〇・〇〇五パーセントのフォルムアルデヒドを含み、よく水洗いしないと中毒死の恐れがあった。

東北地方などでは、欠食児童が多かった。多額の負債に耐えかねて、自分の娘を芸者・娼妓・酌婦・

女給・女中や子守などに「身売り」するのが実情だった。青森県の一四歳の少女が、一五〇円という金額で名古屋市の娼妓屋に売られた記録がある。娘がない農家の父親は、満州に出征した息子に「勇敢に戦って名誉の戦死を遂げよ」と手紙に書き送ったが、戦死公報に伴う一時金が欲しかったことも本音だったろう。「夢に出てきた 父上に／死んで帰れと 励まされ」という『露営の歌』（藪内喜一郎作詞・古関裕而作曲）の一節は、誇張ではなかった。また、どこかの「孝行息子」が急死すると、自分への生命保険金を家に入れるための自殺だったと噂された。

こうして貧しい日本を離れ、単身または家族とともに海外へ移民する者が増えた。

一九二九年ごろの日本の総合的な国力は、アメリカの約三〇分の一、ドイツの八分の一程度と言われ、一九三〇年の日本の国民所得は一人当たり、アメリカの約九分の一、イギリスの約八分の一、フランスの約二分の一に過ぎなかった。また、中原茂敏によれば、一九三一年の軍事費の国家総予算に対する割合は三〇・七パーセントであり、軍事費の国民生活への重圧感はかなりのものだった。

「見えざる手」

都市の失業者を吸収し、農村の飢えた若者を鼓舞し、国内経済を活性化するうえで、速効性のある方法があった。彼らの国家への帰属意識を高め、対外拡張の国家政策に積極的に加担させるのである。右翼ナショナリズムが活気を得て、軍部による中国大陸への侵略志向が次第に顕著になった。

マスコミも中国大陸の満州を「王道楽土」と喧伝し、若者たちに満州の新天地への憧れを抱かせた。アメリカに続いてブラジルなど南米各国も、日本からの移民を制限するようになると、満蒙開拓に弾みがついた。「大陸へ、満州へ」の合言葉とともに、「非常時」の声が高まり、軍需に結びつく生産も増大した。

他方、ヨーロッパでは、世界恐慌を引き金にし、ドイツではアドルフ・ヒトラーの率いるナチスが台頭した。ヒトラーは、低所得者層はもとより、中産階級をも含む一般国民の不満を吸い上げ、失業者に職業を与え、社会から疎外されている人びとに「国家」という共同体への依存心または信仰に近い想念を植え付けることに成功した。また、イタリアでは、ベニト・ムッソリーニの独裁下でファシズム体制が強化された。

後進帝国主義国のドイツ・イタリアは、日本と同様、経済的疲弊による国民の不平不満を解消しなければならない状況にあった。日独伊三国とも、民主主義とは対極の位置にある全体主義、さらには時代遅れの拡張主義によって周辺各国に侵略の歩みを進めるのである。

「近代化とナショナリズムとは車の両輪のようなもの」（高島善哉）に相違ないとはいえ、ナショナリズムが極度に昂揚した日独伊三国により不幸な時代が幕開けを迎えようとしていた。「持たざる国」日独伊の三国と「持てる国」米英などとが、数千万人に達する犠牲者を出す第二次大戦に突き進むのだが、ここで付け加えておきたいことがある。

国内では、満州事変に続く満州国建国から間もない一九三四年に入ると、国民総生産、輸出入額、工業生産額などの値がいずれも下降または低迷の状態を脱して上昇曲線を描き始めた。確かに、私が知る限り、柳条湖に続く蘆溝橋事件という日本軍の中国侵出に伴って、工員やサラリーマンなどの収入も高くなり、軍需成金の噂を耳にする機会も増えた。

他方、アメリカで、工業生産額が大恐慌以前のレヴェルに戻ったのは、第二次大戦勃発直後の一九四〇年であり、大恐慌そのものが終息したのは、真珠湾に戦火が揚がった一九四一年のことである。戦争が大恐慌で破綻に瀕した諸国の経済を活性化したことは、紛れもない事実だった。アダム・スミスの言う「見えざる手」は、この場合は不幸な方向すなわち先進・後進帝国主義諸国の思惑による「戦争」の方へ全世界を導いたようである。

3　満蒙奪取の策動

石原莞爾の予言

私が一歳七ヵ月ほどのころである。

一九三〇年三月一日、関東軍参謀の陸軍中佐石原莞爾《かんじ》が、満鉄調査課で講話した。満鉄とは、日本の国策会社だった南満州鉄道株式会社の略称である。その調査課（のち調査部）は、満蒙の調査機関として発足し、ほどなくソ連・中国本土にまで調査対象を広げた。

石原莞爾は、在家の日蓮宗活動家田中智学の影響を受けて日蓮の思想に傾いた。日蓮は「前代未聞の大闘諍一閻浮提《だいとうじょういちえんぶだい》に起こるべし」と説いたが、「闘諍」は争い、「一閻浮提」は人間世界全体を意味する。石原莞爾は、この日蓮の予言を未曾有の規模の世界最終戦争と解釈した。彼は、満鉄調査課での講話で、日米戦争は必至であり、対米持久戦争に先立って満蒙領有が必要と説き、五月二〇日、長春で『軍事上ヨリ観タル日米戦争』と題する次の内容の原稿を書いた。

「東西両文明ノ最後的選手タル日米ノ争覇戦」として日米決戦戦争が起こる。その際、戦闘体形は点から線に、線から二次元の面、さらに三次元の座標軸が必要な立体すなわち航空兵力も加わる形態に発展する。それは、「飛行機ニヨル神速ナル決戦」で、数十年後のことであり、その決戦で日本が「世界統一ノ大業ヲ完成」するという。

石原莞爾は、一九三一年五月、『満蒙問題私見』と題する手記を書いた。

その政治的価値は、第一に北はロシアに備え、南は米英に対抗する戦略拠点となり、第二に満蒙支配により朝鮮統治は安定し、第三に満蒙で断固たる決意を示せば、指導的立場で中国に統一を促し東洋平和を確保できる。また、その経済的価値として、第一に農産物が日本の食糧問題を解決し、第二に鞍山・撫順の石炭などが日本の重工業に役立ち、第三に満蒙での各種企業が日本の失業者救済と不況打開とに寄与するという。

とくに満蒙問題解決には「動機ハ問フ所ニアラス」とし、「日韓合併ノ要領ニ依リ満蒙併合ヲ中外ニ宣言」すれば十分で、謀略によって好機をつくり、「軍部主動トナリ国家ヲ強引スル」のは困難ではないという。ここでは、中国侵略の意図が「本音」として率直に語られており、一九一〇（明治四三）年八月二九日の韓国併合までの経緯を連想させる。

柳条湖で鉄道爆破

一九三一（昭和六）年九月一八日、私が三歳一ヵ月のときである。

中国東北で柳条湖事件、すなわち満州事変が起こった。金曜日である。

午後一〇時二〇分、陸軍中尉河本末守が、火薬装塡担当の軍曹小杉喜一たち六人の部下を率い、奉天東北郊の中国軍兵営北大営に近い柳条湖で、南満州鉄道の線路を破壊した。

この火薬は、大尉今田新太郎が準備した。彼は、上司の関東軍高級参謀の板垣征四郎や参謀の石原莞爾が破壊工作を躊躇すれば、独力でも決行すると称していた強硬派である。

彼は、中江兆民の長男丑吉と親交があった。兆民はラディカルな自由主義思想家だったが、長男の丑吉は、中国に住んで中国古代史を研究しつつカント、ヘーゲル、そしてマルクスの諸著作を精読し、ドイツ観念論および社会科学への造詣を深めた。片山潜など左翼活動家をかくまったこともあり、日本軍の中国侵略に批判的態度をとり続けた。この中江丑吉が、以前からの家族的な交流もあり、過激な仕事に参画する軍人の今田新太郎と親しく交わっていた。満州事変と満州国傀儡政権を、今田新太郎は是とし、中江丑吉は非とする。軍人今田新太郎は、満州事変を起こして昂然としていたが、思想家中江丑吉は、日独の侵略戦争の悲観的な結末を懸念していた。この異質な二人の組み合わせは、私の目を惹く。

柳条湖の鉄道爆破工作では、上り線（長春側）約一〇センチ、下り線（大連側）約七〇センチのレールが破壊されただけで、枕木も二本破損したに過ぎず、直後に長春発奉天行きの急行列車が無事に通過したほど軽微な被害だった。だが、翌九月一九日未明、午前零時七分、関東軍から東京の陸軍中央部に第一報が届く。「十八日夜十時半ごろ奉天北方、北大営西側に於いて暴戻なる支那軍は満鉄線を破壊し我が守備隊を襲ひ、駆け付けたる我が守備隊の一部と衝突せり。報告により奉天独立守備第二大隊は現地に向ひ出動中なり」という内容である。満州占領を正当化する口実なので、鉄道爆破は形式的なものだった。爆破の約一時間後には、電文にある第二大隊の第三中隊が大尉川島忠に率いられ、北大営攻撃を開始した。この柳条湖事件が、満州事変の発端となった。
国内で軍国の傾向を讃美する風潮が著しくなった。他方、国外では日露戦争後、急速に台頭した有色人種の日本民族に、自らの帝国主義的政策の終焉を予感した白人諸国が脅威を覚え、「黄禍論」を唱えた。とくに、中国大陸を魅力的な市場とみる一方、西部劇の保安官にも似た世界の警察官のように振舞おうとするアメリカは、日本を猜疑の目で見た。

「話せば分かる」

昭和初期には、軍人や右翼民間人によるクーデター、その未遂事件やテロ事件が頻発した。陸軍中佐橋本欣五郎たちによる一九三一年の「三月事件」、「十月事件」は、いずれも未遂に終わったが、政治的・経済的に閉塞状態にあったこの時期、武器を手にした若者による動きが水面下で続いた。彼らの動きは、一九三二年に入ると一挙に顕在化する。

一方、一般民衆の生活は、貧しいながらも表向きは平和だった。この年、古賀政男作詞・作曲の『影を慕ひて』のレコードがコロンビアから売り出された。「まぼろしの／影を慕ひて雨に日に／月にやるせぬ我が思ひ」というこの歌が、庶民間で大いに流行した。ピストルや軍刀の影、そして軍靴の響きなどを感じさせず、一種の哀調を帯びたメロディだった。人によっては、そのメロディに頽廃の臭いを嗅ぎとったかも知れない。

そのころ、日蓮宗の僧侶、井上日召が、ある役割を演じる。彼は社会改革を志す農村青年を指導し、青年将校と手を結んで「十月事件」に関与した。彼の率いる右翼の血盟団が、「一人一殺」のテロ事件を起こし、二月九日、血盟団員小沼正が前蔵相井上準之助を暗殺し、三月五日、団員の菱沼五郎が三井財閥の団琢磨を射殺した。凶行に使われたピストルは、海軍の若い士官が提供したものだった。この動きは、「五・一五事件」に発展する。

五月一五日の午後五時三〇分ごろ、艦隊派の影響を受けた若い海軍士官とそれに同調する陸軍士官候補生が首相官邸などを襲撃した。官邸を襲った孫のような青年将校たちを、「話せば分かる」と七八歳の老首相犬養毅は制したが、「問答無用、撃て、撃て」という海軍中尉山岸宏の声で、中尉三上卓と少尉黒岩勇との二人がピストルの引き金を引いた。議会政治を擁護しようとした老首相は、至近距離から二発の銃弾を浴び、約六時間後の午後一一時二六分、絶命した。

国内の窮状は、私利私欲の追求に明け暮れする政党や財閥などの腐敗堕落に起因する。この局面を打開するには、武力行使に訴えるほかはないと当時の青年将校は思いつめていた。翌年七月二四日に海軍の第一回軍法会議、二五日には陸軍の第一回軍法会議が開かれた。公判で被告たちは国家改造への熱情を披瀝し、その陳述内容や主張が連日新聞紙上に報道された。公判中の八月二三日に新愛知新聞社（現・中日新聞社）が出版した『五・一五事件公判記録』の「序」には、「純情の青年将校が死を覚悟して敢て非常手段に出た。已み難き憂国の至情、行動に其の因由を究明し、事件の認識を明確ならしめる為めに、本社は今此の小冊を出して事件の全貌を知らしめようとする」と書かれている。

被告たちは、閉鎖社会の軍隊内では不可能な全国民へのアピールを、法廷闘争を通じて有効に行った。それは、政財界の腐敗や慢性的な不況に倦んだ一般国民に共感を呼んだ。減刑嘆願書は七万通にも及び、被告に結婚を申し入れる若い女性もいたという。

九月一一日、陸軍の判決があり、全被告がわずか禁固四年の刑だった。一一月九日には海軍の判決があったが、老首相を射殺し、死刑を求刑された三上卓でさえ禁固一五年、黒岩勇が禁固一三年、山岸宏が禁固一〇年などと軽い判決である。判決理由には、「国法を犯し軍紀を乱したる事は宜しくないが、その憂国の至情を諒とする」と情状酌量論も述べられ、この結果は、陸軍の青年将校を「二・二六事件」へと走らせる動機にもなった。

軍部は、政党内閣の再登場を拒み、海軍大将斎藤実を首相とし、皇道派首領の陸軍大将荒木貞夫を留任させた。そのうえで政友会・民政党の二大政党からも閣僚を選び、ファッショ的な時流の到来を予感させる「挙国一致内閣」を発足させた。犬養毅内閣は、戦前の最後の政党内閣になった。

海軍中尉三上卓

ある歌について述べておきたい。

それは、私が旧制中学校二年生のころ所属していた体操部で、右翼的と思えた上級生に教えられ、半世紀余りを経たいまでさえ、歌詞もメロディも覚えている歌である。「五・一五事件」の海軍中尉三上卓が、一九三〇年、佐世保軍港で作詞・作曲した『青年日本の歌（昭和維新の歌）』である。この歌は、農村疲弊、都市労働者の貧困、政治家の腐敗、財閥の専横を憤る純真な魂の発露と受けとめられていた。「汨羅《べきら》の淵に波騒ぎ／巫山《ふざん》の雲は乱れ飛ぶ／混濁の世に我れ立てば／義憤に燃えて血潮湧く」から始まるこの歌は、戦争全期を通して一部の若者に歌い継がれた。紀元前三世紀ごろの中国の戦国時代、楚の国の詩人屈原が讒言されて汨羅の淵に身を投じた折、憂国の想いを詩に託した。『楚辞』の「離騒」編である。三上卓は『青年日本の歌』の冒頭で、この屈原の伝聞を下敷きに憂国梗概の情を籠めて詩をつくった。日米間の空気が険悪さを増していたころのことである。

敗戦から一五年を経た一九六〇年、日米安全保障条約の改定をめぐって全学連の学生や一般市民の反対運動が広範囲に起こった。「六〇年安保」である。この運動の根底には、「あの戦争」の指導者として、満州国の植民地化、朝鮮人の強制連行・強制労働、東條英機内閣の商工相・軍需相として辣腕を振るった岸信介が首相だったという事実がある。

その年、右翼によるテロ事件も頻発したが、とくに一〇月一二日の右翼少年山口二矢による社会党委員長浅沼稲次郎刺殺事件は衝撃的だった。山口二矢は、昭和初期の井上日召の「一人一殺」主義に共感を覚えていたという。そして、「六〇年安保」の翌年、次のような事件が起こった。その首謀者に元海軍中尉三上卓が名を連ねている。

国会開会の一二月九日、国会周辺を騒乱状態にして占拠し、当時の首相池田勇人をはじめ閣僚や国会議員たちを暗殺して、右翼臨時政府の樹立を狙うクーデターが計画されていた。それが事前に発覚して、一二日までに首謀者が逮捕され未遂に終わった。「無戦争・無税・無失業」の三無主義を標榜しての計画だったので「三無事件」と呼ばれ、現政府では共産主義革命を防げないという主張によるものだった。敗戦から一五年を経ても、血盟団事件、五・一五事件などの亡霊が生きていた。

ヒトラーを嫌った父

私の少年期は、アドルフ・ヒトラーの名を抜きにしては語れない。

ドイツでは、一九二七年に農業恐慌の兆候が出たころからナチスが伸び始めた。一九三二年、満州建国の約四ヵ月後の七月三一日、ドイツの総選挙でナチスが第一党になった。翌年つまり一九三三年の三月二三日、ヒトラーは独裁権を掌握し、八月には自ら大統領と首相とを兼ねて総統（フューラー、Führer）と称し、やがて総統とのみ呼称するようになった。中世の神聖ローマ帝国、一九世紀の宰相ビスマルクが鉄血政策を掲げたドイツ帝国に続く第三帝国の誕生である。

東アジアでは、満州国をめぐって国際連盟で討議され、理事会では一三対一、総会では四二対一の票決で、「満州国は日本の傀儡国家」と断定された。反発した日本は国際的に孤立し、ヒトラーの独裁実現直後の三月二七日、国際連盟を脱退した。こうした情勢下に登場したナチスの指導者ヒトラーは、民主主義・議会主義を否定し、社会的な弱肉強食・適者生存というダーウィニズム、すなわち反人道主義で極度に狭量な民族主義のナチズムの道を驀進する。彼は、世界を人間または民族の生存競争の場と捉え、自然の摂理によって優者の勝利を認め、劣者や弱者の従属を求めた。生か死かの問題の前では、ヒューマニティや美などへの配慮はすべて無用で、永遠の戦いの世界で争うことを望まない者は生きるに値しないという。「最後には自己保存欲だけが永遠に勝利を占める」とも強調する。

彼は大衆を軽侮していた。彼によれば、新聞の読者は、第一に読んだものをすべて信じる人びと、第二に全く信じない人びと、第三に読んだものを批判的に吟味したのち判定する人びとという三つのグループに分けられる。第一のグループが「大衆」であり、「自分で考える素質もなく、そのような教育も受けていない」層である。この「大衆」は、新聞などを通じての宣伝で容易に操作できるという。このように、彼は、大衆を軽蔑し、弱者・障害者に同情しなかった。そして、ゲルマン民族の優越を誇り、「つねに他民族の体内に住む寄生虫」で最も劣等な民族と烙印を押されたユダヤ人の徹底的鏖殺《おうさつ》方針を、大規模に実行に移す。むろん他国への侵略、他民族の隷属化などを意に介するはずはなかった。

私が小学校の三・四年生のとき、担任の若い男性教師が、教壇上でヒトラーを賛美する話を、大仰な身振りで私たちに聴かせた。彼は、ヒトラーが、ドイツ民族は第一次大戦で敗北し多額の賠償金を払う義務があるなど、窮地に追い込まれてはいるが、「〝何くそ〟と頑張っている」と、私たちに繰り返し、また、ヒトラーが「日本人には古くから天皇という尊敬の対象があって羨ましい」と言っているとも語った。だが、そのころ未亡人になっていた母は、「お父さんはヒトラーが大嫌いだった」と、幼い私にしばしば話した。

一九三九年九月一日、ナチス・ドイツのポーランド侵攻を発端に、ヨーロッパで第二次大戦が勃発した。その年、中江丑吉は、当時の世界では最も俊敏で果敢とさえ見えたこのドイツ総統ヒトラーを、「大言壮語するのに間抜けであり、幼児的で滑稽な人物」と評している。二年後、ヒトラーは、イギリス本土への上陸作戦を断念する一方、ユーゴ、ギリシャなどバルカン半島席巻の作戦を終え、その直後、東方のソ連に三〇〇万の兵力で突如侵攻した。一九四一年六月二二日のことである。

ドイツ軍の華々しい「電撃作戦」に、日本の軍部も国民も幻惑された。同盟国ドイツの実力を過信し、大戦でのドイツの勝利を頼りに、国内の世論は太平洋戦争に急傾斜するのだが、中江丑吉は、「邪は正には勝てぬ。ドイツは必ず敗れる」と説き、ナチス・ドイツや軍国主義日本のような支配体制が世界を蔽えば、「人間の合理的な思惟に耐えられない支配機構が、究極的に歴史のなかで勝つことはありえない」と主張した。その後の歴史は、私たちが眼前に見た通り、中江丑吉が洞察した方向の道を辿る。

三　軍靴の響き

白雪を蹴って

寒い朝である。隣室のラジオからアナウンサーの声が聴こえてくる。「……即死、……即死」と繰り返す。一九三六年二月二七日の早朝、木曜日だった。

小学校一年生の私は、まだ布団のなかにいた。学校は家から徒歩で数分の近距離にあり、この朝は、とりわけ寒かったせいかも知れない。一月早々、志摩の英虞《あご》湾が氷結してアコヤガイの稚貝が全滅したと伝えられ、その数日前には、浜名湖が氷結し凍死した魚類が岸に打ち上げられたという。二月四日昼すぎ東京を襲った風雪は、午後九時には風速一二メートルで、積雪二八・五センチに達したとも伝えられた。寒い時季だった。

「……即死」「……即死」とラジオから聞こえるつど、母は「かわいそうに、かわいそうに」と呟く。父が逝って七ヵ月、母は寡婦になって日が浅い。六歳半の私には、事件の意味は理解できない。ただ、母のこの呟きは、いまも私の耳に残っている。

アナウンサーは、その前夜、つまり二月二六日午後八時一五分の「陸軍省発表」を繰り返し読み上げていたのである。圧し殺したような低い声だった。

――本日午前五時ごろ一部青年将校らは左記箇所を襲撃せり。首相官邸（首相即死）、斎藤内大臣私邸（内大臣即死）、渡邊教育総監私邸（教育総監即死）、牧野前内大臣宿舎（湯河原伊東屋旅館・牧野伯爵不明）、鈴木侍従長官邸（侍従長重傷）、高橋大蔵大臣私邸（大蔵大臣負傷）、東京朝日新聞社。／これら将校らの決起せる目的は、その趣意書によれば内外重大危急の際、元老、重臣、財閥、軍閥、官僚、政党などの国体破壊の元兇を芟除し以て大義を正し、国体を擁護開顕せんとするにあり。／右に関し在京部隊に非常警備の処置を講ぜしめられたり――

「首相即死」と発表されたが、首相岡田啓介は無事だった。官邸襲撃の際、彼は浴室、次いで女中部屋の押入に隠れ、義弟の予備陸軍大佐、松尾伝蔵が身代わりに射殺された。

この雪の朝、首都東京で起こった事件の意味は、小学校一年生の私どころか大人でも、理解し難かったようである。当時、陸軍には、抽象的な皇道精神を強調する皇道派と、それに反発する統制派という二つの派閥があった。皇道派には血気の青年将校たちが属し、統制派は軍国主義化のプログラムを具体的に実現しようとする陸軍中央の幕僚だった。

二月二六日の払暁、白雪を蹴って、皇道派の青年将校二四人に率いられた一隊が兵営を出た。第一師団の歩兵第一・第三連隊と近衛師団の歩兵第三連隊などに属する一四四九人に、元将校など民間人八人が加わっている。多数の重・軽機関銃を携えた完全武装の部隊である。その武装兵力が、前記の発表文にある諸目標を襲撃した。

午前八時三分降り始めた雪は、午後一〇時七分まで降り続いた。二三日以来の旧雪一二・〇センチを加えると、襲撃後の午前一一時の積雪量は一三・〇センチ、午後一〇時には二一・五センチに達する。襲撃開始の午前五時ごろには気温〇・四度で、毎秒一・五メートルの北北西の風は強くはないが、冷たかった。

前日、歩兵第一連隊の兵舎で謄写印刷され、当日、襲撃発起と同時に陸相など軍当局者や各新聞社などに「蹶起趣意書」が配布された。それによれば、「わが国が神州たる所以は、万世一神の天皇の下で八紘一宇を実現する国体にあるが、近年は不逞の徒が我欲を恣にし、天皇絶対の尊厳を軽視して僭越に振舞っている」とし、元老・重臣・軍閥・官僚・政党などは「国体破壊ノ元凶」という。近年の日本には経済的な窮迫、左傾運動の頻発、頽廃的な雰囲気がある。それを元老・重臣など「君側の奸」の非道、政党政治の腐敗によるものと青年将校たちは一途に思い込んだ。

雪中の討ち入りであり、合言葉は「尊皇」と「討奸」だった。「尊皇討奸」「昭和維新」と大きく墨書した旗幟を掲げた彼らの一隊は、はじめは「決起部隊」、ときに「行動部隊」または「占拠部隊」と呼ばれた。事件発生直後、陸軍上層部が狼狽し状況を判断しかねて、決断を躊躇したためである。

天聴ニ達セラレアリ

このとき、昭和天皇は三四歳である。若かった。

天皇の側近で陸軍の最高諮問機関は、軍事参議官会議だった。早朝から、参議官たちが皇居に集まった。陸軍当局は、真相を把握しないまま、午後二時四〇分、戒厳令の手前の「戦時警備令」を出した。午後三時三〇分には、「陸軍大臣告示」が発表された。決起将校たちを説得するための五項目で、「一、決起ノ趣旨ニ就テハ天聴ニ達セラレアリ　二、諸子ノ行動ハ国体顕現ノ至情ニ基クモノト認ム　三、国体ノ真姿顕現（弊風ヲモ含ム）ニ就テハ恐懼ニ堪ヘズ　四、各参議官モ一致シテ右ノ趣旨ニ依リ邁進スルコトヲ申合セタリ　五、之以外ハ一ツニ大御心ニ俟ツ」という内容だった。

「天聴ニ達スル」とは、神である天皇の耳に聴こえることだが、第一項の「天聴ニ達セラレアリ」というのは、天聴に達したのか、達しようとしているのか判然とせず、曖昧な表現である。第二項の「諸子ノ行動」が「諸子ノ真意」となっている告示もあったとされ、陸軍当局が混乱をきわめていたことは明白である。幼い私どころか、世間の大人たちでさえ、事件の実相を納得できなかったのも当然だった。

この二六日、『東京朝日新聞』（現・朝日新聞）は反乱軍を刺激するのを警戒して夕刊を出さず、『新愛知』（現・中日新聞）の同日の夕刊には、事件のことは何も書かれていないが、「大本教根絶に対する全国特高課長会議は二十六日突如中止され……急遽任地へ帰任を命ぜられた」という記事がトップにあり、この紙面から「何か大事件が起こったようだ」と推測した人もいたと思われる。株式市場の立会い中継が中止されるなどラジオは沈黙し、「何かおかしい」と国民は不安に思ったはずである。だが、陸軍省が、はじめて事件について発表したのは、夜の午後八時一五分で、事件発生から十数時間を経過したのちである。それも、事件の性格を理解しかねる模糊とした表現でしかなかった。

今からでも遅くない

青年将校たちが行動を起こした際、「現人神」の大御心はどうだったのか。侍従武官長の陸軍大将本庄繁の日記の翌二七日の記事の要点を、次に記しておく。

昭和天皇は、「朕ガ股肱《ここう》ノ老臣ヲ殺戮ス。此ノ如キ兇暴ノ将校等、其精神ニ於テモ何ノ恕スベキモノアリヤ」、「朕ガ最モ信頼セル老臣ヲ悉ク倒スハ、真綿ニテ、朕ガ首ヲ締ムルニ等シキ行為ナリ」と述べ、鎮圧が進まなければ、「朕自ラ近衛師団ヲ率ヒ、此ガ鎮定ニ当ラン」と言い切った。戦後、天皇は、この事件の際、「参謀本部作戦部長の石原莞爾も決起部隊の討伐命令を出して頂きたいと言って来た。彼は満州事件の張本人ながら、このときの態度は正当だった」と評価している。青年将校が拠所にした「大御心」は、このように彼らの意に反するものでしかなかった。

昭和天皇が「朕ガ股肱ノ老臣ヲ殺戮ス」と激怒した一例は、蔵相の高橋是清である。彼は、この年度の国家予算編成案で軍事費を抑えようとし、青年将校の反感を買っていた。二六日午前五時五分、彼らの率いる一隊が高橋是清を私邸に襲い、「天誅」と若い声で叫びながら、就寝中の彼にピストルの弾を数発撃ち込み、軍刀で止めを刺した。

二七日午前二時四〇分、警備司令部は戒厳司令部となり、軍人会館（現・九段会館）に移った。昭和天皇の怒りは激しく、二八日午前五時八分、参謀総長閑院宮載仁《ことひと》親王の名で「奉勅命令」が出た。以後、「決起部隊」は「反乱軍」とされ、「反徒」と称される。

二九日午前八時五五分、「兵に告ぐ」の戒厳司令官の「戒告」が発表された。

「謹ンデ勅命ニ従ヒ、武器ヲ捨テ、我方ニ来レ」と大書した紙を貼った戦車を先頭に、鎮圧部隊が包囲網を圧縮した。上空からは飛行機が「下士官兵ニ告グ」のビラを撒いた。ビラには、戒厳司令部の名で、「一、今カラデモ遅クナイカラ原隊ヘ帰レ　二、抵抗スル者ハ全部逆賊デアルカラ射殺スル　三、オ前タチノ父母兄弟ハ国賊トナルノデ皆泣イテオルゾ」とあった。高く揚げられたアドバルーンには、「勅命下る、軍旗に手向ふな」という文字が吊り下げられ、地上ではスピーカーで繰り返し帰順勧告が行われた。

日本陸軍の軍旗は、単なる旗ではない。歩兵・騎兵の連隊に天皇が親授した連隊旗で、天皇の分身として神聖視された。連隊旗手の任務は重く、生命を賭して軍旗を守らねばならない。「たかが旗」とは言えなかった。諸戦線で軍旗をめぐって無数の悲話が生まれた。「軍旗に手向かふな」とは、現人神の天皇に手向かうなというのと同義だった。

「今カラデモ遅クナイカラ原隊へ帰レ」と繰り返すアナウンサーの声を、私はいまも覚えている。低くて独特の抑揚のある声だった。「兵に告ぐ。勅命が発せられたのである。すでに天皇陛下の御命令が発せられたのである。お前達は上官の命令を正しいものと信じて絶対服従をして、誠心誠意活動して来たのであろうが、……今からでも決して遅くはないから、直に抵抗をやめて軍旗の下に復帰する様にせよ……速かに現在の位置を捨てて帰って来い」というのである。

なぜか人間味を感じさせる放送だった。このアナウンサー中村茂の、文字通り声涙ともにくだる放送は、子ども心に残るほど印象的だった。「和田信賢アナウンサーが涙声で」という記録もあるが、終戦の日の「玉音放送」の折の担当が和田信賢アナウンサーだったのと混同したものである。この二・二六事件と同じ年の八月九日、ヒトラーが国威発揚に利用したベルリン・オリンピックの水泳競技で、「前畑ガンバレ」と三〇回以上も叫び続けたアナウンサー河西三省の放送も、私の記憶にある。

「兵に告ぐ」が放送された日の午後二時、一三五八人の下士官・兵は原隊に復帰し、大尉香田清貞以下将校は陸相官邸に集まって武装解除のうえ、階級章を剝奪された。そのとき、民間人の参加者は、現役軍人参加者よりも厳しく捕縛されたという。

二・二六事件の結果、皇道派と統制派との派閥争いに終止符が打たれた。皇道派の呼称は、陸軍大将荒木貞夫が陸相のとき、観念的な皇道精神を唱道し、日本軍を「皇軍」と自賛ふうに呼んだことに始まる。その皇道派の尖鋭集団の青年将校たちが、「蹶起趣意書」で元老・重臣・官僚・政党とともに討つべき対象とした軍閥とは、統制派のことだった。

青年将校は反乱軍という汚名のもとに処刑された。彼らの総帥とされた大将真崎甚三郎は、反乱幇助で軍法会議に付され、無罪の判決を得たものの失脚した。荒木貞夫も反乱軍に同情的だったとして予備役に編入された。この事件で、皇道派は、彼らが粛正の対象とした統制派に、かえって粛正された。

神聖天皇と制限天皇

青年将校たちは「尊皇」を唱えて決起しながら、「奉勅」によって降伏せざるを得なかった。一種のアイロニーと言える結末である。

一八八九（明治二二）年二月一一日、「大日本帝国憲法」が公布された。その第一条に「大日本帝国ハ万世一系ノ天皇之ヲ統治ス」、第三条には「天皇ハ神聖ニシテ侵スヘカラス」と規定され、一方、第四条に「天皇ハ国ノ元首ニシテ統治権ヲ総攬シ此ノ憲法ノ条規ニ依リ之ヲ行フ」、第五条には「天皇ハ帝国議会ノ協賛ヲ以テ立法権ヲ行フ」とある。

前の二ヵ条だけを凝視し、その意識が信仰のレヴェルにまで高まれば、絶対的な存在としての「神聖天皇」の確信となるが、後の条項を立憲君主制の条文として冷静に読み込めば、憲法で権限を制約された「制限天皇」の地位を理解できるはずである。つまり、かつての天皇には、「神聖天皇」と「制限天皇」という二重性があった。

竹山道雄は、二・二六事件は「天皇が天皇にむかって叛乱したやうな事件だった」と言う。青年将校は、明治憲法下の天皇の在り方が単純でないことに気づかず、神聖天皇による親政を夢みて直情的に行動し、現実的な制限天皇によって自らの反憲法的行為を冷たく処断されたというのである。昭和天皇は、二・二六事件および終戦のときに限り、積極的に自分の考えを実行させた。この二つの場面で、昭和天皇は例外的に立憲制度下での「制限天皇」という枠から出て、「神聖天皇」の立場で局面打開に寄与したのである。

「明治憲法」の第一一条には、「天皇ハ陸海軍ヲ統帥ス」とある。竹山道雄は、戦前の天皇の二つの性格のうち、私の言う神聖天皇を、当時の時流に従って「統帥権的天皇」と言い、制限天皇を「機関説的天皇」と呼んだ。そして、彼は、この二つの天皇の在り方は極限概念であり、現実には両者の間にさまざまなかたちがあったと補足する。この説には批判的な意見も見られるが、私には、かなり科学的な所論と思える。次のような自然科学史上の諸事実が連想されるからである。

たとえば、一九〇五（明治三八）年、アルバート・アインシュタインは、「光は粒子でも波でもある」と説き、一九二四（大正一三）年、ドゥ・ブロイが、電子も粒子と波との二重性をもつことを指摘した。一九三九年、ライナス・ポーリングが明らかにしたように、一般に物質については、互いに共鳴している幾つかの化学構造が可能だが、便宜上、極限の構造式で表わすのが普通である。分かりやすい例を二つほど挙げておく。

まず、おおまかに言って、原子間の化学結合には共有結合とイオン結合とがある。水の分子の場合、水素原子Hと酸素原子Oとの間は、三三パーセントほどイオン結合の性質を含みながら六七パーセントは共有結合であり、水分子は、通常は共有結合の極限の構造式 H-O-H（実際は一〇四・五度の結合角）を採用して、周知のようにH_2Oという分子式で表わす。

また、「亀の甲」の俗称で知られるベンゼンの簡略式も、理解しやすい一例であろう。ベンゼンは、有機化合物のうちで最も簡単な芳香族炭化水素である。その分子では、炭素原子間の単結合（—）と二重結合（＝）とは固定したものではなく、六個の炭素原子の距離はすべて〇・一三九七オングストロームであり、単結合一・五四オングストロームと二重結合一・三四オングストロームとの中間の値である。これは、ベンゼンの分子では、とという二つの構造が約三九パーセントずつ、それとは別に三つの構造が約七パーセントずつ共鳴しているためだが、通常は、便宜的にという一つの極限の構造式で表わされる。

さらに、久野収の表現を借りれば、神聖天皇は「顕教」、制限天皇は「密教」と言えようが、公的な教育の場などでは、顕教としての天皇についてだけ声高に教えられ、密教的な意味での天皇を語ることはタブーとされていた。顕教としての天皇、すなわち一方の極限概念である神聖天皇については、たとえば、次の事実が想い起こされる。

私たちは小学校や旧制中学校で「大日本帝国憲法」について、教師から詳しく説明された記憶はない。まして、天皇の地位に関しては、小学校で「天孫降臨」「神武東征」などの神話を史実のように教えられただけである。

小学校には、現人神の天皇の写真すなわち「御真影」を奉納した奉安殿があった。校舎は木造でも、これだけは鉄筋コンクリートで出来ていた。毎日の朝礼で、この小さな建物に教員と児童一同が最敬礼する習わしだった。興亜奉公日（毎月一日）、学期ごとの始業式・終業式、そして四大節すなわち一月一日の四方拝、二月一一日の紀元節（現・建国の日）、四月二九日の天長節（現・みどりの日）、一一月三日の明治節（現・文化の日）の式では、校長がうやうやしく「教育勅語」を白い手袋の教頭の手から受け取って奉読し、全校児童が頭を垂れて拝聴した。中学校に入学した年の暮れ、太平洋戦争が起こり、毎月一日の興亜奉公日が毎月八日の大詔奉戴日に置き替わった。以後、どの日の式でも、校長は「教育勅語」でなく「宣戦の詔勅」を読むようになった。

奉 安 殿

代々木原頭の刑架

「反乱軍」の将校たちは裁判にかけられた。「一審制で、非公開、弁護人なし」という特設軍法会議である。事件の約二ヵ月後の四月二八日に開廷され、六月五日に求刑、七月五日に第一次判決があり、一週間後の七月一二日には一五人が処刑された。

この事件に関する著作は無数と言えるほど多い。そのせいか、たとえば、第一陣処刑の七月一二日の天候だけでも、「朝からよく晴れていた」（新井勲）、「この日は曇りの日であった」（高橋正衛）、「その日は朝からしほしほと雨が降ってゐた」（斎藤瀏）などと記述に食違いがある。実際は、東京管区気象台の観測記録によると、一二日は未明の午前零時一八分から一時一九分まで霧雨が降ったが、そのあと午前中は日照ゼロ、つまり曇りである。午前七時に気温二一・一度、湿度八五パーセントで、北北東の風二・四メートル、直後の午前八時には気温二二・一度、湿度七八パーセントで、北北東の風は一・九メートル、未明の霧雨のため湿度はやや高めだが、蒸し暑いほどでなく、顔に感じ木の葉が動く程度の風である。気象用語で「軽風」という説もあるが、「微風」と言ってよかろう。

その七月一二日朝、午前七時〇分、七時五四分、八時三〇分の三回に分け、反乱を指揮した青年将校一三人と民間人二人とが、代々木の東京陸軍衛戍《えいじゅ》刑務所で処刑された。赤土を深く掘った箇所に檜材の十字架の刑架があり、獄衣の彼らは目隠しして正座させられ、刑架に両腕と頭部とを固縛された。約一〇メートル離れた土嚢上に固定された三八式歩兵銃二丁のうち一丁は眉間、一丁は心臓を狙い、将校が照準して下士官が引き金を引いた。煉瓦塀の向こう側の代々木練兵場では、軽機関銃の空砲の音が、突撃の喚声とともに間断なく聞こえた。銃殺刑執行の実弾射撃の音を紛らせるためだった。

彼らは、天皇の名で断罪されるのだが、銃殺直前、刑架前で一五人全員、「天皇陛下万歳、大日本帝国万歳」と叫んだ。だが、三一歳の渋川善助は、陸軍士官学校を退校処分になったのち右翼活動家として決起に参加しながら、万歳の音頭をとったあと、「国民よ、皇軍を信用するな」と叫んだと伝えられる。

翌年八月一四日、陸軍軍法会議で第二次判決が言い渡された。日本政府が「暴支膺懲《ようちょう》」を声明する前日である。一九日、元将校三人と民間人北一輝とが銃殺された。四人とも、「天皇陛下万歳」と叫ばなかった。

元一等主計で三一歳の磯部浅一は、判決後、天皇に対して批判的な姿勢に傾いていた。かつては天皇を神聖視し敬慕した磯部浅一だが、その『獄中日記』八月一一日の記事に「こんなことをたびたびなさりますと、日本国民は陛下を御うらみ申すようになりますぞ」とある。二八日の欄には「今の私は怒髪天をつくの怒にもえています。毎日、朝から晩まで陛下をお叱り申しています。天皇陛下、なんという御失政でありますか、なんというザマです、皇祖皇宗におあやまりなされませ」とまで書いている。

短絡的に行動を起こした青年将校たちは、思想的にも未熟だった。彼らは、純真なだけに、スケープゴートとして処刑された。統制派は、この事件で一石二鳥の収穫を得た。第一に、これを好機に皇道派を一掃して陸軍の主導権を手にし、第二に、クーデターの恐怖という心理的効果で政治への介入を速めた。彼らは、軍部独裁を確立し政治を壟断した。「軍人勅諭」に、「世論に惑はず政治に拘らず」とあることも、彼らの眼中になかった。

直接武力を行使する軍人たちの手法に、政治家だけでなく言論機関も恐怖感を覚えた。事件の日、反乱軍に襲撃され、活字ケースをひっくり返された東京朝日新聞社のほか、日本電報通信社・国民新聞社・報知新聞社・東京日日新聞社・時事新報社も襲われ、以後、報道人も及び腰になった。青年将校が夢みた「昭和維新」の幻は消えたが、二・二六事件によって醸し出された状況に、軍部が便乗して、日本を危険な淵へと引き込んで行く。

芝居はやめましょう

青年将校の背後に、北一輝（本名、輝次郎）という人物がいると言われていた。

一九二三（大正一二）年、四〇歳の折に出した『日本改造法案大綱』によって、彼は、青年将校に多大の影響を与えたという。事件直後の三月一〇日、北一輝は、参謀格の西田税《みつぎ》たちとともに逮捕された。だが、実際の北一輝と青年将校との間には懸隔があった。

二ヵ月余り後の五月一八日、「阿部定事件」が起こった。北一輝の噂話も阿部定の事件も、七歳だった私の記憶にある。阿部定の件は、大人たちが含み笑いしながら噂しているようだった。路面を走る市電の「チンチン」という電鈴の音や、「切符切ります」という車掌の口振りを真似て、大人たちを笑わせる若者もいた。後年、私は、自由奔放に生きて愛欲に生命を完全燃焼させようとした阿部定という女性によるこの事件は、雪の日に軍靴が響いた事件と対極の位置にあったと気づいた。

また、この年に流行した「ねぇ、忘れちゃ嫌よ／忘れないでネ」という歌謡を、私は覚えている。『忘れちゃ嫌よ』（最上洋作詞・細田義勝作曲）という歌である。横浜市の高等女学校で音楽教師だった渡辺はま子（本名、加藤濱子）が唄って、レコードが大ヒットした。「ねぇ、忘れちゃ嫌よ」の「ねぇ」という節回しの声が、娼婦の嬌態を連想させるというので、当局から発禁処分を受け、渡辺はま子自身も教職から退いた。

阿部定事件に含み笑いした大人も、流行歌謡の「ねぇ」という声に猥褻さを認めて発禁にした当局者も、建前でしか語れず本音を口にできない時代に生きていた。こうした世相のなかで、北一輝という人物については、大人たちが声をひそめて話していた。

一八五九（安政六）年一一月、チャールズ・ダーウィンの『種の起源』が出版され、約一〇年ほどで世界に普及した。維新で文明開化の時代を迎えた日本では、若い知識人が、理解しやすい西欧科学としてダーウィンの進化論、自然淘汰説にとびついた。北一輝も、一九〇六（明治三九）年、二三歳で自費出版した『国体論及び純正社会主義』で、国家の成長を進化論で解釈しようとした。思想にダーウィニズムを応用した一例である。なお、一九三一年、バートランド・ラッセルは、「マルサスからダーウィンが生まれ、ダーウィンからダーウィニズムが生まれた。ところが、このダーウィニズムは政治に応用されるようになると、全く科学としての性質を失ってしまった」と述べている。

北一輝は、この進化論的解釈で次のように主張する。

日本は、古代の家長君主国から中世封建貴族国を経て、維新革命で近代民主国へと進化したので、いまでも「一君万民」の家長的国家とするのは誤りという。そして、「天皇は国家の生存進化の為めに発生し継続しつつある機関」だと言い切る。これは、一九一二（明治四五）年の美濃部達吉の「天皇機関説」よりも一層進んだ天皇観だった。

二・二六事件の黒幕的存在として、北一輝は特設軍法会議で裁かれ、死刑の判決を受けた。代々木の刑場で、ともに処刑される元少尉の西田税が「天皇陛下万歳をしましょう」と言ったとき、五四歳の北一輝は「それはよしましょう」、あるいは「まぁ、そんな芝居はやめましょう」などと応じたと伝えられる。

豪胆で臆病な革命家

北一輝が、機関説的天皇を考えたことは、逆説的ながら「国体」を保持しようとした彼の一面を物語る。だが、当時の社会主義者は彼を同志と勘違いし、内務省の『本邦社会主義者・無政府主義者名簿』にも、幸徳秀水とともに彼の名が記載されていた。

本来、北一輝は、徹底的な個人主義者だった。彼は、高山樗牛に似て個人主義の域に留まり、自らを日蓮になぞらえ、ニーチェの個人至上主義に共鳴して超国家主義に傾く。彼は、「個人主義なくして全個人の権威の上に立てる社会主義なく、帝国主義なくして全国家の権威の上に築かる る世界連邦の世界主義なし」という。彼は純正社会主義者から超国家主義者に変貌し、そのダーウィニズムへの信仰は、こうして植民地支配や対外膨張戦争を公然と是認するほど「進化」する。

日露戦争後、中国では清朝打倒と国家近代化とを目指す革命運動が芽生え、一九一一年（明治四四）一〇月一〇日、中国の武昌で工兵隊が武装蜂起し「辛亥革命」が起こった。北一輝は、中国に渡って中国の中世的貴族国家から近代的な民主国への推移をじかに観察した。彼は、この折、ときに無政府主義者の幸徳秋水たち、ときにファッショ団体の黒龍会とも接触し、いわば左翼と右翼との接点、または両者が重なるところに位置していた。

一九一五（大正四）年一月、首相大隈重信、外相加藤高明の日本政府は、中国内の混乱に乗じて中国側に悪名高い「二一ヵ条要求」を突きつけた。その年の秋、三二歳の北一輝は、『支那革命外史』を書き始めている。当時の権力者たちへの直訴状と言える内容だった。日清戦争は、日本が欧米列強による分割から免がれると同時に、黄色人種間の争覇戦であり、日露戦争は、東洋のプロシア（日本）がオーストリア（中国）を保護するため、ロシアを撃退したという意義がある。朝鮮は民族自決の能力がなく、日本本土の一部とすべきだと言う。さらに、北一輝は次のようにも主張する。

北方はウラジオストックから黒龍江・沿海諸州に進出し、南方は香港およびシンガポールを奪い、仏印を占領してインド解放の足場を築き、赤道を越えて「黄金の大陸豪州を占め、以て英国の東洋経略を覆すべきは論なし」と説く。超国家主義者の面目躍如と言える。

一部の青年将校が革命戦略の教本とした『法案大綱』の緒言で、彼は、全国民の団結により「天皇大権ノ発動ヲ奏請」し、天皇を奉じて国家改造の根基を完成する必要を述べる。彼は、そのなかで「剣ノ福音」を説き、国家改造に続いてアジア連盟の旗を掲げ、来るべき世界連邦の「牛耳ヲ把」るべきで、「国家ノ武装ヲ忌ム者」などは「幼童ノミ」と結ぶ。これは、「八紘一宇」を旗印にした「大東亜戦争」の理念を彷彿とさせる。彼はイギリスを破ってトルコの復活、インドの独立、中国の自立を促し、「日本ノ旭日旗ガ全人類ニ日ノ光ヲ与フベシ」とさえ主張する。

彼は、さらに危険な域内に踏み込む。「三年間憲法を停止し両院を解散、全国に戒厳令布告」「枢密院、貴族院、華族制の廃止」など、伊藤博文たちによる「明治憲法」の体制に挑戦する。「明治憲法」の第七条に天皇の議会召集・解散権、第一一条には天皇の陸海軍統帥権が規定されている。彼は、この天皇大権の発動でクーデターを起こし、戒厳令下に憲法を停止して軍事政権での革命を行おうとする。辛亥革命の教訓からの発想である。

「労働者の権利保護」「満六歳から満一六歳まで国民教育、無月謝で教科書給付、昼食支給」など、彼は社会主義者らが喝采しそうな主張を挙げる。私有財産の制限を主張し、「国民一人ノ所有シ得ベキ財産限度ヲ一百万円トス」と言う彼は、一見、純正社会主義者に見えようが、「一百万円」は、当時の金額では三井・三菱・住友などの大財閥のほか数百人の資産家が該当するだけで、多くの者には無関係の額である。彼自身は三井財閥から多額の資金を受けながら、九〇パーセント以上を自分のものにし、参謀格の西田税や青年将校にはごくわずかしか渡していない。彼は、女中三人を雇い、運転手付き自家用車をもち、純正社会主義を唱えながら貴族的な生活を好んだ。また、彼は、「民族自活の為には戦争を辞せず、その為の軍備を是認」するなど、軍人たちは哄笑しそうだが、庶民は顔を曇らせる所論をも述べている。

『法案大綱』で、北一輝は、「天皇ノ国民」ではなく「国民ノ天皇」と強調したが、二・二六事件の「調書」によると、「聖天子が国家改造を御断行あそばされ大御心の御決定を致しますれば、（その改造は）即時できることであります。これに反して大御心が改造を必要なしと御認めになれば、百年の年月を待っても理想を実現することができません」と陳述している。あるときには天皇を斥け、あるときは天皇を慕う北一輝である。

自らを日蓮、マホメット、そして天皇にさえ擬するなど、傲慢不遜だった北一輝、左右両翼から攻撃され、危険に身をさらしながらも、「孤立独歩、何者をも敵として敢然たるべし」と毅然としていた彼である。この豪胆不敵なはずの革命家の彼には、小心で臆病な一面があった。孤独感を紛らすために「法華経」の読誦三昧に耽ったのはまだしも、夜、自宅のトイレに行くとき、夫人のすず子を付き添わせ、扉の前に立たせていたという。

北一輝の性格や言動には、こうした矛盾が多いが、それは建前と本音という単純なことではなく、より人間臭い二重性または多重性による。そのため、北一輝の諸著作は大胆で多角的であり、多彩に乱反射し、多様な受けとめ方がある。

彼が個人主義の極致としての「超国家主義者」だったことは確かである。彼を「日本ファシズムの教組」（丸山真男）と呼ぶのはこの観点だった。また、彼を「一貫不惑の社会主義者」とし、国内では民主化を進めて経済的階級を破り、国外では世界連邦を構想した「社会主義者としての理想は大筋において終生変っていない」（村上一郎）と評価する見方もある。さらに、事件直後の三月七日、第一師団参謀長の大佐舞伝男が、北一輝の「改造法案」を、「過激なる赤色団体の思想を（天皇）機関説に基く絶対尊皇の趣旨を以て擬装したる……我国体と全然相容れざる不逞思想」と弾劾した事実もある。

「一貫不惑」と言いながら、逆説的な生き方で終始し、矛盾に引き裂かれたまま生涯を終えた北一輝には、人間の弱さに由来する自分本位の傾向が目立つ。盟友だった大川周明は、北一輝の墓碑銘に、「仏魔一如の世界を融通無碍に往来して居た」と刻んだが、彼の場合は「仏」の要素よりも「魔」の要素の方が上回っていた。

四　中国大陸の戦火

満州開拓移民

明治維新で目覚めた日本は、欧米諸国のアジア侵蝕の現実を知った。やがて福沢諭吉が「脱亜論」を唱え、彼の「脱亜入欧」の思想が識者間で定着する。欧米のように海外に植民地を求める発想が当然視され、昭和初期には「満蒙は日本の生命線」の表現が流行した。満蒙とは、中国東北の満州と内蒙古、やがて「満州国」になる一帯を指す。

農村の貧窮化を背景に、一九三六年七月、農林省は、陸軍省・拓務省と連携し、農村の次男・三男を満州に送る集団移民を計画した。農村の疲弊、人口の過剰などを解決し、対ソ防衛の人間トーチカを構築するためでもあった。

一九三二年一〇月四日午後五時五五分、関東・東北の青年四一六人が武装移民の第一陣として、東京駅を出発した。当時の表現では「第二のおらが村」を建設するためである。彼らには四国ほどの面積の土地が予定された。最終的には約二二万人の開拓民、約一〇万人の青少年義勇隊員が入植した。意気軒昂として満蒙に赴いた彼らは、戦争末期、ソ連軍の満州侵攻で惨劇に巻き込まれた。「残留孤児」の悲話も、このとき種を播かれた。

傀儡政権

柳条湖事件の翌年、つまり一九三二年三月一日、満州国が独立を宣言した。日本側は、清朝末裔の溥儀を執政に置き、長春を新京と改称して首都にした。満州国の版図は日本本土の二倍半と伝えられ、寒冷地の農村疲弊、大都市圏の失業者増加などの諸問題に解決の糸口を与えた。約半年後の九月一五日、日本が満州国を承認して「日満議定書」が調印され、満州国での日本の既得権益尊重、日本軍の駐屯が規定された。建国の二年後、満州国は帝政を布き、溥儀《ふぎ》が皇帝に即位した。日本は「王道楽土」「五族協和」と自賛したが、満州国は、疑いもなく日本の傀儡《かいらい》国家だった。

たとえば、満州帝国の帝位継承について、皇帝溥儀は、関東軍司令官の大将植田謙吉に「皇帝ニ帝男子無キ場合」の覚書に署名させられた。その際、「皇位ノ継承ニ関シテハ、関東軍司令官ノ同意ヲ得テ」、「天皇ノ叡慮ニ依リテ之ヲ決定」することになっていた。

満州帝国の祝祭日のうち、二月一一日は「紀元節」、四月二九日は「万寿節」と決められていた。前者は日本の神話にいう神武天皇即位の日（現・建国記念の日）、後者は昭和天皇の誕生日（現・みどりの日）である。宮内府・尚書府・国務院の大臣は満州国人だったが、次長・副総監など実質上の主要ポストのほとんどに日本人が名を連ねている。

歌人の土屋文明は次の歌を残した。

新しく国興るさまをラヂオ伝ふ　亡ぶるよりもあはれなるかな

私の幼少期の記憶を、幾つか書いておく。

毎日、正午のラジオで、アナウンサーが「正午の時報をお報せします。台湾と満州では午前一一時でございます」と放送した。小学校の教師は「満州国は日本帝国の弟のような国」と教えた。また、子どもに人気のおまけ付き飴菓子の箱の裏には、簡単な世界地図が印刷されており、その図では、すでに日本の植民地になっていた台湾や朝鮮半島と同様、満州帝国も日本本土と同じ赤色に彩られていた。

一九四四（昭和一九）年、級友の武田栄夫が陸軍士官学校（略称、陸士）を受験した。入試後、陸士から、「日本の陸士は不合格だが、満州国軍官学校なら入学許可」という通知がきた。軍官学校での待遇が克明に記され、給与は高額で、階級の昇進も速いとあった。だが、素朴な愛国少年だった当時の彼に給料や階級という世俗的な好餌に魅力はなく、しかも、文書には「満州国民になり満州帝国皇帝陛下に忠誠を尽くすことが、大日本帝国天皇陛下に尽くすことになる」とある。軍官学校の好条件は、対ソ最前線に出る生命の代金だった。母親も「日本人として死んでくれ」と言い、この一言で、彼は軍官学校入学希望者の集合指定地の舞鶴へ行かなかった。一〇ヵ月ほどのち、満州帝国は崩壊した。

小銃弾の飛来音

二・二六事件の翌年、すなわち一九三七年七月七日の夜、北京（当時は北平《ペイピン》と呼称）の南西郊外で事件が起こった。午後一〇時四〇分、盧溝橋付近で夜間演習中の日本軍が、中国軍の不法射撃を受けて応戦したという。偶発的な事件とされるが、中国の主要都市の近郊、しかも中国軍兵営の近くで、夜間に空包（発射音だけ出る演習用の弾丸）とはいえ機関銃を射撃しての演習となれば、中国軍が過敏に反応するのは自然の成り行きだった。

現地の歩兵第一連隊第三大隊第八中隊長の陸軍大尉清水節郎は、中国軍側から約三発の小銃弾が飛来し頭上約一〇メートルを通過するのを感じた。集合ラッパを吹かせると、さらに別方向から十数発の射撃を受け、点呼して、二等兵の志村菊次郎が行方不明と分かった。彼は道に迷って中国軍陣地に近づき発砲されたが、上官の叱責を恐れて隠していた（江口圭一）とか、伝令勤務中に方向を見失ったとも、用便のため（北博昭）とも言われる。だが、彼は二〇分ほどで帰隊しており、むろん彼に事件の責任があるはずはない。

中隊長清水節郎からの報告を聴いた大隊長の少佐一木清直は、一兵士の行方不明よりも中国軍の不法射撃を重視し、さらに連隊長の大佐牟田口廉也に報告する。牟田口は、「皇軍の威武を冒瀆するも甚だしい……支那軍の不法は容赦なく膺懲すべきだ」と言い、「断固戦闘開始を」と指令した。

中央の参謀本部にも、作戦課長の大佐武藤章が「愉快なことが起こったね」と喜んだ例のような雰囲気があった。近衛文麿内閣は「事件不拡大」の方針を決定したが、関東軍から二個旅団、朝鮮軍から一個師団の増援に続いて国内からも三個師団が動員された。

猪突猛進

蘆溝橋事件勃発に直接関与した陸軍士官二人が、太平洋戦争でも名を残した。

ひとりは、事件当時の大隊長、一木清直である。

太平洋戦争二年目の一九四二年八月、彼は小兵力の部隊を率い、ガダルカナル島に上陸した。この件は、約二ヵ月前のミッドウェー海戦と関係が深い。

緒戦の勝利に驕った軍部は、ミッドウェー島を攻略してアメリカ・オーストラリア間を遮断しようと企図した。同時にアメリカの空母群を誘い出して撃滅しようとする二重目的の作戦であったが、日本海軍は「虎の子」の精鋭、空母四隻などを失って敗退した。

ミッドウェーで敗れた日本海軍は、米豪遮断のため空母群に代わる前進航空基地が必要になり、七月上旬、南太平洋のガダルカナル島に陸戦隊二四七人、基地設営隊二五七一人を上陸させた。設営隊員の大部分は土木労務者で、戦闘要員は五二七人に過ぎない。

同島を偵察して日本軍の飛行場を発見したアメリカ軍は、米豪遮断の危機ながら対日反攻の好機と判断した。彼らは、この島と周辺のツラギ島などに空母機動部隊の支援下に、輸送船二四隻で一万九〇〇〇人の兵力を送り込んだ。八月七日朝、彼らは艦砲射撃と艦載機による銃爆撃とののち、重装備の海兵隊を上陸させた。守備隊員はジャングルに逃げ込み、アメリカ軍は容易に飛行場を占領した。

ミッドウェー攻略の目的で北海道旭川の歩兵第二八連隊を基幹とする部隊が編成されたが、作戦の失敗で戻っていた。大佐一木清直の軽装備の支隊である。この一木支隊が、ガダルカナルの飛行場奪回に転用され、駆逐艦六隻に分乗し、八月一八日夜、同島に上陸した。軟弱なアメリカ軍ごときは「鎧袖《がいしゅう》一触」と侮った一木清直は、命令受領のとき、「隣のツラギ島も、うちの部隊で取ってよいか」と尋ねたという。

支隊長一木清直は、九二六人の小兵力で約一万一〇〇〇人の敵陣に突進した。日本刀と銃剣とによる白兵突撃である。彼の支隊は、圧倒的な重火器と戦車隊とに反撃され殲滅的打撃を受けて、彼自らも自決した。以後、この南海の島をめぐる戦闘は一大消耗戦の様相を呈し、日本陸軍は、川口支隊、第二師団、さらに第三八師団と、戦略的に最も忌むべき「兵力の逐次投入」を続けて傷口を広げた。

知人の杉山英夫は語る。実兄の杉山敏夫は、川口支隊の重機関銃隊員としてガダルカナル島に上陸し、テナル河畔で敵弾を受けて戦死したと聞いたが、戻って来た遺骨箱には、「陸軍曹長杉山敏夫」と書いた紙片が入っていただけという。

伝統的に補給を軽視する日本軍である。次つぎに島に送り込まれる将兵は、戦闘どころか飢餓の極限に追い込まれ、補給される物資についても、武器弾薬より食糧を期待した。逐次投入される兵力のうち、あとで上陸した将兵の手持ちの食糧は、先に上陸し敗残兵になって彷徨している日本兵にしばしば盗まれた。ガダルカナル島は、こうして「餓島」と渾名された。上陸兵力三万一三五八人の六七パーセントを超える二万一一三八人が戦死または行方不明になった。そのうち一万五〇〇〇人以上が飢餓や疾病で斃《たお》れた。

翌年二月九日、大本営は、ガダルカナル島の部隊が「二月下旬陣地を撤し、他に転進せしめられたり」と発表した。「転進」という名の敗退だった。

もうひとりは、蘆溝橋事件のときの連隊長、牟田口廉也である。

彼は、蘆溝橋事件後ほどなく中将に昇進し、「盧溝橋で第一発を撃って戦争を起こしたのはわしだから、わしがこの戦争のかたを付けねばならぬ」と胸を張っていた。

一九四四年一月二五日、ビルマ方面軍司令官の牟田口廉也は、指揮下の三個師団にインパール作戦のための展開を下令した。作戦発動のとき、彼の命令を受けた指揮官たちは、「インドのインパールを占領したあと、イギリス本土を占領する」と部下の兵士を鼓舞したという。軍司令官をはじめ幹部たちの誇大妄想としても、物悲しい話である。

制空権もなく、近代的装備を欠き、とりわけ弾薬・食糧の補給を無視して猪突猛進したこの作戦は、使用兵力の約九一パーセントに及ぶ七万二四八〇人の戦死・戦傷病者を出して、失敗に終わった。日本兵が敗退した道路は「白骨街道」と呼ばれた。この惨敗の責任を負うべき牟田口廉也は、自決するどころか、日本に戻って陸軍士官学校長に就任している。

インパール作戦には、私の叔父牧斐夫が主計将校として従軍した。マラリアに罹患し、それが遠因であろうか、復員して十数年後、この世を去った。叔父は、インパールを目指して行軍中、敵に撃破されて擱座し路傍に蹲っている幾両もの日本軍戦車の残骸を見たなどと、私に話したことはあるが、多くを語ろうとはしなかった。

また、名古屋工業専門学校で、私より一一歳も年上の同級生熊田熊三郎は、インパール戦線で砲兵部隊の分隊長として戦闘中、左の腕に迫撃砲の弾片を浴びて後送され、貧弱な設備で医薬品も乏しい野戦病院で手当てを受けた。化膿しかけていた左腕を、若い軍医に軍刀で切り落とされ、そのあとの傷口は、ヨードチンキという消毒液で洗う程度の処置を受けたに過ぎない。ヨードチンキというのは、ヨウ素にヨウ化カリウムを加えエタノール（俗にいうアルコール）に溶かした液である。彼は、その程度の粗末な医療措置を受けただけなのに体力を回復して復学し、私たちの級友になった。その彼も、「勇者は語らず」の典型であり、いまなお、私たちに多くを語ろうとしない。

一九四四年八月一二日、大本営は、インパール方面の日本軍が「戦線を整理し次期作戦準備中なり」

と発表した。「戦線を整理」というのは、敗退の別の表現だった。

戦火の拡大

参謀本部第一部長の石原莞爾は、華北では「無益ノ紛糾ヲ回避」すべきだとし、盧溝橋の一発は時機尚早と考えた。だが、陸軍は暴走する。興奮した陸軍中枢に、石原莞爾の考え方は認められず、舞鶴要塞司令官などに左遷され、日米開戦の年、第一六師団長のとき中将として予備役に編入された。

一九〇五（明治三八）年、日露戦争は、大国ロシアに対する極東の小国日本の勝利に終わった。それには、第一に、日本が日英同盟でイギリスの支持を得ていたこと、第二に、新渡戸稲造の『武士道』を読んで日本民族に好意を寄せていたアメリカ大統領セオドア・ローズヴェルトが、日露和平を仲介したことが大きく影響している。この事実を忘れて、日本軍部は夜郎自大になっていた。

七月一一日、華北派兵が閣議決定され、蘆溝橋事件は「北支事変」と呼ばれるようになった。八月一三日、上海駐屯の海軍陸戦隊が中国軍と交戦し、八月一五日には、海軍航空隊が首都南京を渡洋爆撃している。華北の局地戦が中国中・南部に拡大し、九月二日、北支事変は「支那事変」と改称されたが、当局者は、事変であって戦争ではないという。戦争となれば、当事国以外の第三国は中立を守らねばならず、日本は、アメリカなど第三国からの軍需物資輸入が困難になるからである。蘆溝橋事件直後、「戦争だ！」という大見出しが踊る号外が出た。数日後、私は、その新聞社が当局から叱られたと聴いた。

実は全面戦争だった。盧溝橋で銃声が聴こえたころ、五六〇〇人だった日本のシナ駐屯軍は、その年末には約三七万人の大兵力に激増した。街では「赤紙」と呼ばれる召集令状を受けた青壮年が「武運長久」のたすきを掛け、町内会・国防婦人会などの人びとに「祝福」されて出征した。私たち小学生も出征兵士を頻繁に見送るようになった。名古屋城内に第三師団の歩兵第六連隊の兵営があった。その兵士の隊列が営門を出て、桜通という大通りを名古屋駅に向かう。銃を担いで黙々と歩を運ぶ兵士の表情は堅かったが、私たちには、彼らの決意の表われと思えた。私たちは、無邪気に「バンザイ、バンザイ」と歓呼した。

千人針と慰問袋

街頭には、白いエプロン姿の国防婦人会の女性たちがよく見かけられた。出征兵士に贈る「千人針」への協力を、通りがかりの女性に依頼するのである。

千人針は、萌黄色または白色の木綿布に、千人の女性が一人一針ずつ赤い糸で縫ったお守りである。千人の女性の祈りが籠められており、腹に巻いていれば、敵弾も避けて通るとされた。千人針は、銃後の女性の責務と言われた。「虎は千里の道を往って千里の道を還る」と言われ、寅年の女性は年齢の数だけ縫った。小学校で同級の入谷（旧・海部）美波留によれば、大人に限らず少女にも、「どうぞ一針」と声が掛かった。「竜虎相うつ」というので、竜も虎に劣らず超越的な力をもつとされ、辰年生まれの女子も呼び掛けられた。千人針に五銭銅貨や一〇銭銅貨を縫い付けた場合もある。五銭は「死線」、一〇銭は「苦戦」を超えるという語呂合わせである。

千人針を作る際、手拭いほどの大きさの晒し木綿布に、火を点けた線香で、縦に一〇個、横に一〇〇列の計一〇〇〇個の点を黒く焦がし、そこに、通りがかった女性が赤い糸を縫った。「支那事変」のころは、一針縫って玉結びにし、その糸を一〜二センチほどで切った。それが一〇〇〇本も密集していると、シラミの巣になって兵士たちを苦しめるので、布に一針縫って玉に結んで裏側に針を通し、再び玉を作るようにした。太平洋戦争で戦局が悪化すると、千人針の余裕もなくなった。

町内会や学校では、慰問袋を作って戦地の将兵に送る作業もあった。慰問袋というのは、縦四〇センチ、横三〇センチほどの木綿の布袋で、そのなかには、メンソレータムや仁丹のような携行用薬品、石鹼・歯ブラシ・歯磨粉などの日用品、副食の缶詰、菓子類、将棋の盤と駒、武運長久祈願の護符、そして慰問文などを入れた。むろん、戦局が深刻化すると中身は貧弱になり、やがて作られなくなった。

光は影を伴う

大場鎮攻略、上海制圧、そして一二月一三日には南京陥落などと、皇軍の勝利が次つぎに伝えられた。私たち小学生は教師に引率されて、日の丸の小旗を手にし、目抜き通りを「バンザイ、バンザイ」と叫びながら行進した。旗行列である。夜に入ると、大人たちは、町内会の指示で火を点した提灯を携えて大通りを歩いた。提灯行列である。首都南京攻略が発表されたときは、全国に歓声が溢れた。

だが、光は影を伴う。

中国大陸を征く日本軍は、民家を焼き払い、平和な市民を殺戮し、暴行掠奪の限りを尽くして、あとに一本の草も残さないほどだった。稲田を襲う蝗《いなご》の大群にも似ており、「皇軍でなく蝗軍ではないか」と批判された。南京攻略に伴う虐殺事件は、犠牲者数について数万〜三〇万などの諸説がある。私も「南京大虐殺は故意の捏造」と主張する何人かの人物に会ったが、三〇万は過大にせよ、虐殺が行われた事実は否定できない。

翌年、つまり一九三八年一〇月二一日、日本軍は、華南の広東を攻略し、一〇月二七日には華中の武漢三鎮を制圧するなど、中国大陸内部へと侵攻し続けた。

戦線が広がるにつれて、日本軍の犠牲者が急速に増えた。私たちが出征兵士を歓呼して見送った大通りで、私たちは帽子を脱いで頭を垂れ、胸に白い木箱を抱いて黙々と歩む隊列を出迎えるようになる。戦死した将兵の「英霊」の「無言の凱旋」を迎えるのである。また、前線で傷ついた将兵が、戦闘帽を被ったまま白衣の姿で還って来た。彼らは、ときに片目に眼帯を掛け、ときに腕を包帯で吊し、ときには松葉杖をついていた。傷痍軍人である。「白衣の勇士」と讃えられた彼らの数が、日ごとに増えた。

軍は、こうした戦死傷者を、「赤紙」という一枚の召集令状で補充した。

本来、徴兵検査の折、体格優秀で健康とされた甲種合格の青年だけが兵役に服することになっていた。だが、戦線の拡大につれて合格基準の身長が一五五センチ以上から一五〇センチ以上に引き下げられ、私たちは、背の低い兵士の応召を見送るようになった。私の亡兄は、山東省の済南市にあった東洋紡績の現地工場に勤務していたが、約一五〇センチの小柄で強度の近視なのに、戦争末期に、現地で召集された。身長や胸囲不足の乙種合格の補充兵、強い近視などで丙種合格の国民兵とされた青年や、妻子のある者も徴兵され、予備役で在郷軍人に登録されていた青壮年にも、予備召集令状が届いた。

蘆溝橋事件のころ、私の亡兄の友人山下某がよく私の家へ話し込みに来ていた。来るたび、彼が「兵隊に行くのは嫌だ」と口癖のように言うのが、私にも聴こえた。その山下某が甲種合格で入営し出征してまもなく、新聞に「山下上等兵　壮烈な戦死」の見出しで写真入りの記事が載った。中国大陸での緒戦のころは、このように戦死者の個人的な報道があったが、軍隊嫌いの山下某の「壮烈な戦死」は皮肉なことと思えた。街には虚実取り混ぜ、様々な風説が流れた。とりわけ、徴兵に応じなかった青年の家に憲兵が踏み込んで、その青年を拳銃で射殺し「戦争が終るまで、これ（遺体）は、このままにしておけ」と家族に言い渡して立ち去ったという噂は、事の真偽は別として、幼い私を暗い気分にさせた。

張鼓峰の赤軍

一九三八（昭和一三）年、蘆溝橋事件の翌年、私が小学校四年生になった年である。一月一六日、政府は「爾後国民政府を対手とせず」と声明した。日本軍は、徐州を攻略したのち、さらに侵攻し続けて中国と大規模な戦争状態にあった。

この状況下の七月一一日、満州国とソ連沿海州との間の張鼓峰に、ソ連軍が侵入した。担当の第一九師団長の中将尾高亀蔵は「ただ一撃」で十分と、三一日、独断で麾下の歩兵連隊に夜襲で張鼓峰を占領させた。一九〇五（明治三八）年三月一〇日の奉天会戦で、日本陸軍は、ロシア軍の六〇〜七〇パーセントの兵力で勝利を収めた。それが先入観となって、彼らは「我が一個師団はソ連軍の三個師団に相当する」と過信していた。独裁者スターリンが、党・政府・軍の幹部を大粛清し、ソ連軍は弱体化しているという思い込みもあった。

スターリンは、独裁者の常として疑心暗鬼に囚われ、その血の粛清は凄絶をきわめた。粛清の対象になったのは、反革命的な発言者や独裁政権への批判者であり、ほどなく根拠のない風聞や彼の個人的な好悪とか嫉妬心によって粛清が行われた。約三八〇万人が逮捕され、そのうち約八〇万人が銃殺された。

彼は、独裁体制確立のため、政敵トロツキーの影響を受けたとして多数の党幹部を銃殺している。とくに一九三七年六月一二日、参謀総長の元帥トハチェフスキーをはじめ軍の最高幹部が一審裁判で死刑を宣告され、即日銃殺された。元帥五人のうち三人、軍司令官一五人のうち一三人、軍団長八五人のうち六二人が処刑され、この相次ぐ粛清で、ソ連の国家と軍とは脆弱化したと日本側が推測したのもやむを得ない。だが、スターリンは、権力構造を構築する間に、東西の日独に対抗する強大な戦力を蓄積していた。

張鼓峰では、短期間に集結した二個師団強のソ連軍が、多数の戦車と飛行機とに援護されて大攻勢に出た。徒手空拳に近い日本軍歩兵陣地にソ連軍戦車が襲いかかり、ソ連機が銃爆撃を繰り返し、第一九師団は大打撃を受けた。このソ連軍は、かつての帝政ロシア軍とは別個の軍隊だった。八月一〇日午後一二時、モスクワで停戦協定が成立した。当時のソ連の新聞は張鼓峰での勝利を伝え、日本の新聞やラジオも、ソ連軍が侵入した張鼓峰を占領し、勝利を収めたと報道している。

草原の国境紛争

翌一九三九（昭和一四）年、私は、小学校五年生になっている。

五月一一日払暁、満州国と外蒙古との国境付近で、外蒙古軍が越境した。海洋のような草原で、遊牧民が羊の群れを追って往来しているあたりに、ハルハ河がある。日本を後盾とする満州帝国はこの川を国境とし、ソ連の傀儡国家、蒙古人民共和国（外蒙古）は、その東方約一三キロの線までを自領と主張していた。ここで日ソ両軍が激突する。日本側は、質・量ともに優勢なソ連軍に対し、最も弱体とされた第二三師団によって「ただ一撃」を加えればよいと考え、それさえ「鶏を割くに牛刀を以てす」るものと楽観していた。

五月二一日、出動した中佐、東八百蔵指揮の捜索隊、すなわち「馬とトラックと軽装甲車という風変わりな混成部隊」（アルヴィン・D・クックス）が、高台に布陣していたソ連軍重砲陣から射撃され、戦車群に蹂躙されて壊滅した。東捜索隊の損耗率は六三パーセントという。

日本軍は、満州国西北部のハイラルからノモンハンまで約二〇〇キロの距離を、駄馬の曳く大八車による輸送に依存した。シベリア鉄道の端末駅から約七五〇キロの長距離を、約六〇〇〇両のトラックを列ねて兵員・武器弾薬・食糧などを輸送するソ連軍の兵站補給の能力は、日本軍部の想像の域を超えていた。それに、スターリンは、国境紛争には二倍以上の兵力で立ち向かうと公言しており、ソ連軍には相手の二・五～三倍の優勢でなければ攻勢に出ない伝統があった。ソ連軍は、日本軍と比べて兵員は五倍以上、火砲が二倍、戦車が一六倍、飛行機は四・五倍に達していた。

日本軍の装備は旧式で、とくに第二三師団の兵器は骨董品的だった。主力兵器の三八式歩兵銃は前時代的な単発銃だった。しかも、その六・五ミリ弾は七・七ミリの重機関銃などに転用できなかった。他方、ソ連軍は無数の機関銃をもち、各種小火器の弾を標準化して互換・共用を可能にしており、戦車搭載の火炎放射器という新兵器も実用化していた。

日本陸軍がおもに使用した砲は、口径七・五センチの三八式野砲、口径一五センチの重砲すなわち八頭の馬に曳かれる三八式榴弾砲である。いずれも一九〇五（明治三八）年の日露戦争後に制式採用された旧式砲である。また、歩兵部隊の連隊砲とされた七・五センチの四一式山砲は、一九〇八年に制式採用された砲である。輓馬一頭曳きだったが、馬が斃れれば、兵士の手で前線まで運ぶのだった。日本軍の重砲射程は五八〇〇メートル程度だが、ソ連軍の重砲のそれは一万四〇〇〇～一万八〇〇〇メートルだった。

日本軍の戦車は八九式中戦車が主力だった。一九二六（大正一五）年、イギリスのヴィッカース社が製造したマーク中戦車を模倣したもので、一九二九年制式採用された旧式戦車である。伝統的に日本軍の戦車は、専ら歩兵との協力戦闘という目的で造られていた。時速二五キロで、搭載している砲も、砲身が短くて発射初速が小さく、装甲貫通力の弱い五七ミリの榴弾砲である。装甲板は薄く一七ミリに過ぎない。他方、ソ連軍のBT中戦車は、対戦車戦を想定し、時速五三キロで強い装甲貫通力をもつ四五ミリ速射砲を搭載し、二五ミリ以上の厚い装甲板を備えていた。

六月二七日、関東軍は独断で、一〇七機の大編隊により外蒙古のソ連軍基地タムスクを越境空襲した。日本軍では「下剋上」の傾向が強く、中堅参謀の判断で暴走する例が多かった。日本側は、この空襲で撃墜破一五七機の戦果を挙げたが、国境の小紛争を大規模衝突に発展させる結果を生じた。

火炎瓶で戦車と闘う

八月二〇日早暁、ソ連軍は空軍と重砲兵との援護下に大規模な総攻撃を開始した。ソ連側がこの日を選んだことには根拠があった。第一は政治的・戦略的な理由である。当時、独ソ間で不可侵条約がひそかに締結されようとしていた。三年前に日独防共協定が締結され、独ソ間にこうした水面下での交渉が進んでいるとは、日本の指導層は想像さえしなかった。第二の理由は戦術的なもので、これが日曜日だったことにある。油断した日本軍の高級将校は第一線を離れ、後方のカンジュル廟、遠くハイラルにまで遊びに出ていた。

重砲の支援下にソ連軍戦車が日本軍の陣地に殺到した。日本軍の砲兵隊も放列を布き戦車隊も出動して、草原で砲撃戦や戦車戦が展開された。ソ連軍は、前線にピアノ線という極細の鋼線を縦横に張り巡らした。日本軍には少し性能のよい九七式中戦車（皇紀二五九七年制定）も配備されていたが、その精密鋳造のキャタピラーに敵のピアノ線が絡みつき、動けなくなったところを狙い撃たれ、擱座《かくざ》し炎上した。突撃を試みる歩兵も、ピアノ線が銃剣に絡み脚に巻きついて、しばしば救出困難になった。

日ソ両軍の戦車隊が出会うと、日本軍の戦車砲弾はゆっくりとした曲線の弾道を描き、相手の戦車に命中しても跳ね返されるが、ソ連軍の戦車砲弾は、直線的に飛来し日本軍の戦車を瞬時に破壊した。直撃の命中弾でなく跳弾でさえ、日本軍戦車の車腹を貫通した。

対戦車砲に乏しい日本軍は、堅パン爆雷や火炎瓶という即製の簡易兵器でソ連軍戦車に立ち向かった。堅パン爆雷は、長い棒の先に炸薬入りの小さな丸い布袋を付け、それを敵戦車に当てて爆発させる幼稚な兵器である。火炎瓶は、サイダー瓶かビール瓶に砂を少し入れ、ガソリンを満たして布切れを栓にし、マッチで点火して敵戦車に投擲する即席兵器である。投げた瓶が敵戦車に当たると、火炎が隙間から車内に入って爆発する。事件の初期、ソ連戦車はガソリンエンジンだった。夏の昼間は摂氏四〇度に近い草原では、太陽の放射（輻射）熱に加え、戦車の車体が過熱していて、火炎瓶が当たれば容易に発火した。

火炎瓶戦法は予想以上に戦果を挙げたが、ソ連軍が、ほどなく戦車のエンジン部を金網で覆うようになり、八月に入るとディーゼルエンジンに切り替え、火炎瓶戦法も無力となる。

日本軍には、戦闘のみを重視し、補給を軽視する弊風があった。前線に向かうとき、兵一人一日分として米飯一食、乾パン一食、計二食しか与えられなかった。インパール作戦から生還した級友の熊田熊三郎は、軍の上層部は、『孫子』の「作戦篇」に「糧を敵に因る。故に軍食足るべきなり」とあるのを根拠に、前線への補給を無視する作戦を立案したことは疑いないと、私に語っている。

ノモンハンでは、水が不足していた。夜明けに、兵士が手拭に露を吸わせ、飯盒に絞り込んでいたこと、砲兵の輓馬が川に達したとき水を求めて狂奔したこと、兵士が乾パンを食べても唾液が出ず苦しんだこと、一口の水も手に入らない日本兵に、ハルハ河でソ連兵が水遊びしているのが腹立たしく思えたこと、自分の尿を飲んで渇きを癒したこと、そうした記録が無数にある。また、日本軍砲兵が五、六発撃つと、お返しに「ドラム缶」大の巨弾が雨下した。ソ連軍火砲の一分間の弾数は、日本軍の一週間の弾数をはるかに上回った。粗末な壕で旧式の銃を構え、飢えて渇いた日本軍の歩兵に、容赦なく敵の砲弾が降り注いだ。日本軍の陣地に、一分間に二百発の砲弾が落下したともいう。

弾薬・糧食などに乏しかった日本軍と比べ、ソ連軍には余裕があった。

事件後、陸軍部内に「ノモンハン事件研究委員会」が設けられた。その戦略戦術担当班主任の中佐小沼治夫のメモによれば、夜に入って戦場が沈静すると、ソ連軍はマイクで日本語による降伏勧告の宣伝を行い、つづいて将兵の心に迫るような音楽を放送した。第二三師団長小松原道太郎の日記にも、「夜半……一～二時頃、敵ハ陣地ニ〈ラジオ〉ヲ装置シ音楽ヲ奏ス。恰モ戦勝ヲ誇リ楽シムモノノ如シ」とある。

「複雑怪奇」

八月三〇日、ソ連軍は、自ら国境と主張する線を越えては侵入しようとせず、この方面の第二三師団は、ソ連軍の威力圏外に後退しつつあった。当初一万五一四〇人の兵力を擁した同師団は、七三・四パーセントに及ぶ戦死傷・生死不明一万一一二四人の損失を被っており、他の部隊の分を加えると、ノモンハンで失われた人員は約一万八〇〇〇人に達する。

九月一五日、モスクワで駐ソ大使東郷茂徳とソ連外相モロトフとの間で、ソ蒙側の言い分通りの国境線を認める停戦協定が締結された。

停戦直後、前線から後方のハイラルに移動した部隊が、在留日本人、満州人、蒙古人、白系ロシア人たちの歓呼に迎えられて、「凱旋」を誇示する分列行進を行った。敗残の貧弱な軽戦車を先頭にしての行進である。一〇月一一日には、関東軍首脳による大観兵式が挙行され、一四日には、ハイラル市主催で戦勝感謝祭が行われた。そして、日本軍部は、ノモンハンでの敗戦を国民に知られるのを恐れ、ソ連側から送還された捕虜や傷病兵を隔離し、除隊して帰郷する兵士たちには厳重な箝口令《かんこうれい》を布いた。

だが、新聞の紙面や除隊兵の語り口などから真相が洩れ、「ノモンハンの敗戦」が巷の噂になっていた。小学校五年生の私でも、大人たちの「ひそひそ話」や新聞紙上の断片的な記事などで、かなり知っていた。

ソ連にとっては、革命後、大規模な対外戦争での最初の勝利にほかならず、西のドイツと東の日本との挟撃に怯え続けたスターリンにとって、雀躍したいほどの戦勝だった。いま、ハルハ河畔には、日本軍に対する「戦勝記念碑」がある。

停戦協定が成立した翌一六日の午後一時、日本の大本営陸軍部は、「九月に入るに及び戦況逐次平静に帰し爾後外交交渉に入り遂に本日停戦することに意見の一致を見るに至れり」と発表し、同時刻、外務省は「日満ソ蒙衝突事件解決の共同コンムユニケ」を発表した。それには、「双方の捕虜及死体は交換せらるべく」とある。「日本軍にも捕虜になる兵士がいるのだろうか」と、八月一一日に一一歳になったばかりの私は不可解に思った。

一〇月四日の「ノムハ《（ママ）》ン事件の説明と題する『朝日新聞』の社説に、軍当局に気兼ねしながらの筆致ではあるが、次のように書かれている。

「劣勢よく大敵を支へ、遂に屍を曠野にさらし、或は大任を果たした一万八千の勇士に対し、心からなる感謝の辞を呈する……軍の機械化など物質的戦備の充実がいかに近代戦闘において重大なる意義を有するか……ノムハン国境の我軍は、いわば徒手空拳をもって甲冑に身を堅めた野武士にひとしきソ蒙軍と引組み……何故に陛下の軍隊を四ケ月もの長期にわたってかかる不利の地位に暴露し……」。

ノモンハンでの日本軍の敗北は、小学生の私たちでさえ知っていた。だが、ノモンハンのソ連軍総司令官ジューコフは、その後、参謀総長に就任し、ドイツ軍との戦いも指揮したが、第二次大戦後、「最も苦しかったのはノモンハン戦だった」と述懐した。また、彼は、日本軍の兵士と下級将校とは訓練が行き届いていて果敢に戦ったが、上級指揮官は無能で、型にはまった戦法を繰り返したと評している。

私が旧制中学校三年生のときに学級担任だった遠藤修平は、予備陸軍中尉として応召、華南に上陸して中国各地を転戦し、徒歩行軍でノモンハン増援に赴き、支援基地のハイラルに着いたとき停戦を知った。その折、彼は、次の歌を詠んでいる。

ノモンハン　救援の途にふと口に出しは　小学六年生に習ひし唱歌

ノモンハン　停戦協定と聞きし夕べ　真紅《しんく》に燃えし海拉爾《ハイラル》の落日《らくじつ》

ノモンハンでソ連軍が大攻勢に出ていた八月二三日、モスクワで独ソ不可侵条約が調印された。日本が三年前に結んだ「日独防共協定」の強化を望んでいた矢先である。二日後の二五日、日本政府は「日独防共協定違反」と、ドイツ政府に抗議した。直後の二八日、首相平沼騏一郎は「欧州の天地は複雑怪奇なる新情勢」と述べ、彼の内閣は総辞職した。

九月一日、ドイツ軍がポーランドとの国境を突破し、第二次大戦が起こった。一五日、モスクワで日ソ停戦協定が成立、翌々日の一七日、ソ連の大軍がポーランド東部に侵入した。しかも、二八日には、モスクワで独ソは友好条約の名で軍事同盟を結び、ポーランド分割を決めている。日本は、軍の近代化の問題以前に、初歩的な国際感覚に欠けていた。

五　皇紀二六〇〇年

「国体ノ精華」

一九四〇年、この春、私は小学校六年生になっている。

初代神武天皇の即位からちょうど二六〇〇年というので、国中が沸き返った年である。

日露戦争後、日本は有色人種の国として唯一の大国になった。日本人は、アジア諸国に不当な優越意識をもっていたが、白色人種には劣等意識があった。だが、一九四〇年ごろには、白人列国にも自らの劣等感の裏返しの過剰な優越感を抱くようになり、自国を「神」の天皇を戴く「神国」と呼ぶようになっていた。

私たちは、「国体」という言葉を頻繁に耳にした。「国体」とは、本来は主権・統治権の所在による国家の在り方、具体的には君主制・共和制などの国家形態を意味する概念だが、当時の日本では、天皇を国民の精神的・倫理的・宗教的そして政治的など一切の中心に置く独特の国家観を示す表現として、ことあるごとに使われた。明治維新のころから、『古事記』『日本書紀』の神話を根拠に、日本を「万世一系」の天皇を戴く「神国」とする国体論が定説になっていた。ここで、「万世一系」とは、神代のアマテラスから連綿と続く天皇家の血統を意味する。

「大日本帝国憲法」すなわち「明治憲法」では、第一条に「万世一系ノ天皇」が日本を統治すると規定され、第三条に「天皇ハ神聖」とあった。最高法規の冒頭にこれらの文言を置いたのは、天皇は「神」の後裔で「神」そのものとされたからである。「明治憲法」公布の翌年一〇月三〇日、「教育ニ関スル勅語」が発布された。この「教育勅語」は、初めに「我カ皇祖皇宗国ヲ肇ムルコト宏遠ニ徳ヲ樹ツルコト深厚」と「国体」の由来を述べ、次いで「我カ臣民克ク忠ニ克ク孝ニ」「世々其ノ美ヲ」なして来たと、「国体ノ精華」を讃えている。明治政府は、「明治憲法」と「教育勅語」とによって「臣民」という名の国民に国体観の浸透を図った。長年に及ぶ封建体制から日本を脱皮させるには、天皇という超越的存在の求心力に依存するのが好都合と考えたのである。

宇宙統治の最高神

蘆溝橋の銃声から二ヵ月余の九月一四日、中国山西省の前線で陸軍歩兵少佐杉本五郎が戦死し、同日付けで中佐に任ぜられた。彼の遺著が翌年五月一五日、『大義』と題して刊行された。私は、旧制中学校の体操部の上級生に声高に読み聞かされたので印象が深い。

『大義』の第一章は「天皇は天照大御神と同一身にましまし、宇宙最高の唯一神、宇宙統治の最高神」から始まる。その章には、「釈迦を信じ、キリストを仰ぎ、孔子を尊ぶの迂愚を止めよ。宇宙一神、最高の真理具現者天皇を仰信せよ。万古、天皇を仰げ」とある。

また、第八章には「一秒生きば一秒　心を大君に尽くせ／一日生きば一日　心を大君に尽くせ／生まれては忠孝の民となり、死しては国家の神となり、一意皇祚を護る」と書かれている。皇祚《こうそ》とは、天皇の位、つまり皇位・帝位のことである。

記紀には多くの神々が登場し、本来の神道は「多神教」のはずだが、明治政府は、神道に天皇絶対の「一神教」の性格を帯びさせた。昭和一〇年代の指導層は、「教育勅語」と「軍人勅諭」とを通じ、とくに小学校および軍隊で天皇絶対の教育を徹底させた。杉本五郎の「天皇御一神」の思想は、天皇崇拝を至高とする国家宗教観の極致だった。

八紘一宇

私たちは、小学校一年生の四月、国語教科書の最初のあたりで、「サイタ　サイタ　サクラガ　サイタ」、「ススメ　ススメ　ヘイタイ　ススメ」と学んだ。六年生の年には、皇祖のアマテラスが、筑紫の峰に降臨する皇孫ニニギに与えた「神勅」を教えられた。

ニニギの曾孫で「天つ神の御子」とされるイワレヒコが、日向を船出して東征の途についた。先住するナガスネヒコの反撃で苦戦したものの、歴戦ののち、大和の橿原宮で初代の天皇すなわち神武天皇として即位した。このとき、正式に日本の国が肇《はじ》まったという。

イワレヒコの東征軍が、地元豪族の抵抗で苦闘しているとき、神武天皇は、兵士たちを励まして、「みつみつし　久米の子等《こら》が　垣下《かきもと》に／植ゑし　椒《はじかみ》　口ひひく《び》／吾は忘れじ撃ちてし止まむ」という歌を詠んだ。「あの戦争」の全期間を通して国民の士気を鼓舞する標語とされた「撃ちてし止まむ」という句は、ここに由来する。

また、神武天皇は、即位の二年前に出した詔勅で、「六合《くぬち》を兼ねて都を開き、八紘《あめのした》を掩《おお》ひて宇《いえ》と為さむこと、亦可からずや」と述べた。これも日本の目指す大東亜共栄圏の理念を表わす「八紘一宇」の標語となって戦時に流布された。

この年、鉄道省観光局のパンフレットに「八紘一宇」が、“The Universal Family Principle”と英訳されており、それが妥当な訳かどうかが帝国議会で問題になった。当時は、東大名誉教授の英語学者市河三喜が「八紘一宇といふ言葉は簡単に現はす訳語が見当らぬ」と述べたように、「所詮深遠なるわが建国の理想を外国人に知らせることは翻訳に当たってはなかなか難しい」とされた(『新愛知』一九四〇・二・一五)。

国家神道のシステム

皇紀二六〇〇年のこの年、内務省は、「肇国」に関わる崇拝すべき神社として橿原神宮・宮崎神宮など八社を挙げた。正月三日間に、神武天皇即位の地とされる橿原神宮には、前年の約二〇倍の一二五万人の参拝者があった。

六月一〇日、昭和天皇が伊勢神宮で「皇紀二六〇〇年の奉告と聖業完遂祈念」を行い、次いで橿原神宮・神武天皇陵などを参拝した。その折、私は、小学校の代表として西下する天皇の「御召列車」が名古屋駅を通るのを出迎え見送った。と言っても、名古屋駅辺で遠くから列車に最敬礼していただけである。私たちは、「神」である天皇を直視すれば目がつぶれると信じ込まされていた。

一〇月一一日、横浜港沖で、皇紀二六〇〇年祝賀観艦式が行われた。昭和天皇は、海相たちを従えて「御召艦」の戦艦比叡に座乗し、連合艦隊旗艦の戦艦長門をはじめ満艦飾の艦艇百余隻を査閲した。一方、一〇月二一日、代々木練兵場で祝賀観兵式が実施された。天皇は、愛馬「白雪」に乗って陸相らを従え、約五万人の諸部隊を閲兵し、次いで分列式に移って歩兵・工兵・戦車二〇〇余両・砲兵・騎兵などの諸部隊が順に行進した。

一一月九日、内務省神社局が廃止されて神祇院が創設された。全国一一万一〇〇〇余の神社を統括し、国家神道のシステムを整えるのである。神道は日本の国教となった。伊勢神宮と宮中三殿（賢所・皇霊殿・神殿）を頂点とする全国の神社が、整然とした階層組織のなかに組み込まれた。末端の神社でさえ皇祖アマテラスの分霊、したがって天皇の分身と見なされるので、どの神社を拝んでも「敬神崇拝」の誠を致す結果になると解釈された。諸神社で祈禱された護符、いわゆる「お守り」や各家庭の神棚も同様だった。

奉祝の式典と祝宴

一一月一〇日、宮城（現・皇居）前で「紀元二六〇〇年式典」が開かれた。参加者は五万人に近かった。式殿に天皇の「玉座」と皇后の「御座」とが設けられ、その左右に皇族・高官・外国使節などが並んだ。首相近衛文麿が開会を宣し、祝いの言葉を述べた。次いで、天皇は、皇紀二六〇〇年の祝典を挙げ「肇国ノ精神ヲ昂揚セントスル」ことは嬉しいという「勅語」を読んだ。「神」の天皇の声である。

翌一一日、やはり宮城前で「皇紀二六〇〇年奉祝会」の祝宴が催された。この日の出席者も五万人に近い。天皇の前で、総裁代理の高松宮が「奉祝詞」を読んだ。高松宮は天皇の実弟なのに、自ら「臣宣仁」と名乗った。天皇が「上御一人」であることを周知させるためだった。高松宮の声は、マイクで会場内に響き渡り、ラジオで全国に放送されたが、天皇の声は電波に乗らなかった。天皇の声を、私たちが聴くのは不敬とされていた。

駐日外交官代表のアメリカ駐日大使ジョセフ・グルーが「奉祝詞」を読んだ。その間、「天皇は要所ごとに頷いた」とグルーは回想したが、アメリカの一般参列者たちは醒めた目で批評し、そのマスコミも、論評抜きで事実関係だけを報道した。「論評抜き」というのは、いわば当たらず障らずの報道姿勢で、その当事国に必ずしも好意を抱いていないことを意味する。本来、ある国の過熱したナショナリズムの昂揚ぶりを眼前に見ることは、他国の者にとって愉快ではない。昭和天皇は三九歳、大使グルーは六〇歳だった。

この祝宴での天皇を含む約五万人のメニューは軍隊の野戦食を主とし、携帯用の米飯、粉末味噌の汁、蒲鉾・大豆・昆布・筍の煮付けの缶詰などで、豊かな内容ではなかった。

「祝え！　元気に　朗らかに」という大政翼賛会のポスターが街中に張られ、一〇日から五日間、「紀元二六〇〇年」祝賀一色になった。昼は、神輿や山車が繰り出し、花電車、旗行列、吹奏楽団行進と盛り上がった。夜には、節電強制の当時なのにイルミネーションが認められ、花火の打ち上げや提灯行列も行われた。祝いの赤飯を炊くモチゴメも特配され、正午から酒類が販売され昼酒も公認された。料理屋も正午に開店してよく、芸者の手踊りも認められ、随所で祝宴が張られた。五日間ながら、国民は息抜きの機会を得た。

天皇は「神」だった。私たちは、朝礼や式典のとき、校庭の「奉安殿」に最敬礼した。事あるごとに、「宮城遥拝」という教師の号令で、東の空に頭を深々と下げた。私たちは、「天皇陛下」の一語を耳にすると、反射的に姿勢を正すように教育されていた。立っているときは直立不動の姿勢をとり、教室などで座っていれば、即座に背筋を伸ばす。天皇の写真が載っている新聞は粗末に扱ってはならず、跨いだり踏んだりしてはならなかった。戦場では、数え切れないほどの将兵が、天皇の分身とされた「軍旗」を守るため、弾雨のなかで斃れた。私たちは、神社には天皇の祖先の霊が宿るので、神社の前を通るときは、脱帽して最敬礼するように教えられていた。

旧制中学校一年生のある日、私は名古屋市内を走る市営バスに乗っていた。ある神社の前にさしかかった折、私が帽子を脱いで最敬礼すると、前に座っていた中年の男が「たかが神明社じゃないか」と冷笑した。

神明とは「神」と同義で、日本には多数の神明社がある。アマテラスまたは伊勢内外宮の分霊を祀る神明社がそれである。宇佐八幡宮に始まる八幡社、菅原道真を学問の神として尊崇する天神社、伏見稲荷大社を頂点とする稲荷社など、いずれも至る所にある。中年男の冷笑は、「ありふれた神明社ごときに」という「本音」によるものだった。

また、二年生のとき、国史(日本史)担当の教諭が文庫本を手に、教壇上で『古事記』を読んだ。そのなかに、天地開闢のころ、アメノミナカヌシをはじめとする神々が現われ、神の数代を経て登場したイザナギが妻のイザナミとともに日本の国土を生んだとある。

イザナギがイザナミに「汝が身は如何にか成れる」と問うと、イザナミは「我が身は成り成りて成り合わざる処一処あり」と答えた。イザナギが「我が身は成り成りて余れる処一処あり。故、此の我が身の成り余れる処を以ちて、汝が身の成り合わざる処に刺し塞《ふた》ぎて国土を生み成さむと以為《おも》ふ。生むこと奈何《いかに》」と問えば、イザナミは「然善《しかよ》けむ」という。

教諭は、生徒たちが笑いを嚙み殺しているのに気づいて、自分も微妙な苦笑を浮かべながら読み続けた。旧制中学校では、教える側も教えられる側も、内心、どこまでが「建前」で、どこからが「本音」と心得ていたようである。

生徒に対する教師、兵士に対する上官は、まれに「本音」を漏らすことはあっても、いつも「建前」だけを強調していた。普通は「本音」を素直に言えば危険であり、「建前」を述べて窮境から逃れた例が多い。生物学専攻の金子粲が私に語った話を、次に書く。

広島文理科大学（現・広島大学）を卒業し、陸軍に入隊して早々、彼が生物学専攻と知っている上官に問われた。「わが日本民族の先祖は、神か、それともサルか」という問いである。「サルと同じ」と答えれば、地獄の制裁が待っている。金子粲は、躊躇なく「神であります」と答えたのである。

霊長類比較機能形態学専攻の葉山杉夫によれば、血液中に含まれるβヘモグロビンについてDNA配列を比較すると、ヒトとオランウータンとでは三・三パーセント、ヒトとゴリラとでは一・八パーセント、ヒトとチンパンジーとでは一・七パーセントの相違に過ぎず、ヒトとチンパンジーとの類似性は、ウマとロバとの関係と同程度という。やはり、私たちの祖先は「サルと同じ」だったのであり、現在の私たちもサルと近縁の関係にあることは疑いない。

金子粲は、私に次のようにも語った。

やがて、彼は幹部候補生として陸軍中尉に任官し、中国大陸で兵士たちを率いて布陣していた。ある深夜、兵士が遠くの何かを指して「鬼火か、悪霊か」と怯えている。見ると、遥か彼方に「火の柱」が立っている。金子榮は、馬を駆って確かめに行った。近づいて見ると、一本の巨木に無数の夜光虫が群がっていた。彼は、再び馬に鞭打って陣地に戻り、「あれは夜光虫だ」と「本音」だけで、兵士たちを落ち着かせることができた。

日本の指導者

全体主義国の指導者、すなわちムソリーニ、ヒトラー、そしてスターリンには、一種のカリスマ性があった。それは、彼らの扇動的な弁舌、秘密警察による恐怖政治や血の粛清という暴力的な支配機構、とくに大衆心理をつかむ演出によって創られたものだった。

たとえば、若いころの私は、英語学者の森村豊から次のような話を聴いたことがある。

ある日の未明、ベルリン市街にサイレンが鳴り響き、驚いた市民たちが街頭に出ると、四方から軍靴を響かせて軍隊が行進して来る。市民がそれについて行くと、都心の広場で自然に大群衆になる。夜が明け、上空に空軍の大編隊が爆音とともに姿を現わす。軍隊が整列し、大衆が蝟集した広場中央の壇にヒトラーが登場し、拳を振りかざして民族の純血を説き、国家の尊厳を叫んで大群衆の喝采を浴びる。同様に、ムソリーニやスターリンも演技を重ね、国民に自らを神秘的な存在に見せかけようとした。

日本には、このような資質の指導者はいなかった。一時は首相・陸相・軍需（現・経済産業）相および参謀総長を兼務し、勢威を振るったとされる陸軍大将の東條英機も、人間としては小さく、型に嵌まった思考しかできない軍人だった。下町を歩いて塵芥箱の蓋を開けてみるなど、大衆受けを狙う演技も試みたが、人心をつかむまでに至らなかった。

東條英機は、一国の指導者としては余りにも「微小」であり、宰相の器ではなかった。

彼には「東條一等兵」(D・J・ルー)という渾名があり、異色の将軍石原莞爾は、いつも彼を「東條上等兵」(森川哲郎)と呼んでいた。また、フランス文学者の辰野隆は、「東條首相は、中学生ぐらいの頭脳ですね。あれぐらいのは、中学生の中に沢山ありますよ」(阿川弘之)と評したという。事実、太平洋での開戦後、旧制中学校に入学して間もない私たちでさえ、首相東條英機の人間としての軽さを笑い話の種にしていた。

軍服の東條英機が、胸いっぱいに勲章を付けて満面に笑みを浮かべている写真がある。それを見て、芥川龍之介の『侏儒の言葉』に「軍人は小児に近い」「なぜ軍人は酒にも酔わずに、勲章を下げて歩かれるのであろう」とあることを連想する人は多いと思われる。私たち少年は、東條英機という肩書きや勲章を好むらしい人物を尊敬してはいなかった。

この東條英機の程度の「微小」な人物を「積分」すると、日本ファシズムの全体像が見えてくるようである。ナチス・ドイツの電撃作戦に驚嘆した軍部は、独伊のような一元的国家指導が戦争意思の貫徹に最適とし、既成の支配機構を支える官僚たちもそれに賛同した。天皇を権威の「神輿」に担いで権力を振りかざす役人や、本来は天皇に属する統帥権を私物化し専横に振舞う軍人のように身勝手な者が横行した。社会の諸階層に「微小天皇」が遍在し、権威が拡散してその所在が曖昧になり、全体として無責任な体制ができた。

日本は、物質的に貧しいだけでなく、一般大衆は知的な意味でも貧しかった。国民は、明治維新当時でも世界屈指の識字率だったとはいえ、その初等・中等教育の内容の水準は高くなかった。国民全般が論理的な思考力、科学的な分析力に乏しい状況だった。

中国などの戦地で、日本軍将兵の一部が蛮行を働いた原因の一端は、彼らに知性や教養が欠けていたことにある。国内でも、私が接した限り、小学校教師の大多数、旧制中学校の教師の過半数、そして町内会や警防団などの地域社会の指導者層のほとんどが教養に欠けていた。彼らは、壇上で、「肇国《ちょうこく》の精神」「八紘一宇」など抽象的な語句を連ねるだけで、中身の乏しい講話をすることに終始した。

低次元だったのは、彼らだけではない。「あの戦争」の全期間を通じ、ラジオで放送された軍や政府の当局者の談話では、「未曾有」を「みぞいう」、「遂行」を「ついこう」、「熾烈」を「しきれつ」と発音するなどの誤りが日常茶飯事だった。ラジオの電波に乗った軍歌や軍国歌謡の詩句には、記紀や『万葉集』などの古典の語句を見当違いに引用している例が目立った。「国定教科書」を「クニサダ教科書」と読んだ少年や、「追加予算」を「オイカ予算」と議会で論じた戦後の政治家をわらうこともできない。

大東亜ノ新秩序

六月一日、アメリカ側は、工作機械の対日輸出を禁止した。工作機械とは、旋盤・フライス盤・ボール盤など機械を造るための機械のことで、「兵器の母」とさえ言われたが、国産工作機械の性能が低水準だったことを、私自身、勤労動員で体験している。

六月二六日、かねて関東軍司令官の大将梅津美治郎に、天照大神を奉祀するよう強いられていた満州国皇帝溥儀が、皇紀二六〇〇年奉祝のため来日した。彼は、伊勢神宮を詣でて「日満一神一宗」と表明し、昭和天皇から「三種の神器」のレプリカを授けられた。

七月一五日、皇帝溥儀は、満州の建国・興隆は天照大神の庇護と日本天皇の保護とによるとする「詔書」を発して、首都新京に天照大神を奉祀する「建国神廟」を、伊勢神宮を模して創建した。それとともに、靖国神社に類似した建国忠霊廟をも建てた。

七月一六日、海軍大将米内光政の率いる内閣が、陸軍の画策で総辞職に追い込まれた。米内光政は日独伊三国同盟に反対と見られていたからである。代わって、陸軍の掌に乗りやすい公爵近衛文麿が、二二日に組閣した。

七月二六日、第二次近衛内閣の閣議で「基本国策要綱」が決定された。そのなかには、「根本方針」として「八紘一宇ノ大精神」に基づいて「大東亜ノ新秩序ヲ建設」すると、明記されていた。それは、南進に踏み切って大東亜共栄圏確立を目指すことを示唆するものだった。この日、アメリカ大統領フランクリン・D・ローズヴェルトは、石油・屑鉄などを輸出許可制にし、五日後の三一日には、航空機用ガソリンの西半球以外への輸出を禁止した。むろん、当時の日本は、石油・屑鉄などの戦略資材をアメリカに依存していた。

東南アジアへの触手

八月一日、外相松岡洋右は、フランス駐日大使シャルル・アルセーヌ・アンリに、日本軍の仏印通過と仏印内の飛行場使用とを強要した。ドイツ軍制圧下のフランスのヴィシー政権の弱い立場を見透かしてのことである。八月三〇日、松岡洋右とアンリとは、日本軍の北部仏印進駐に関する公文書を交換した。この日、石油などの供給を求め、商工相小林一三が特派大使として蘭印に旅立った。「日米通商航海条約」失効に伴う物資供給源を、オランダの敗北に乗じ、蘭印で補おうとするのである。

九月一一日、内務省通達で、市町村の下部組織として隣保班、すなわち都市には町内会、農漁村には部落会、その下部に隣組が設けられ「上意下達」の末端とされた。国民は、この組織で、国債消化、出征兵士歓送、金属回収、必需品の配給、防空演習などに当たった。

九月一三日、蘭印のバタビアで、日本と蘭印との間で経済交渉が始まった。石油・ゴム・錫・タングステン・ボーキサイトなどの戦略物資の自給率がゼロに近い日本にとって、南方の資源地帯は垂涎の的に違いなかった。

九月二三日、日本軍は北部仏印に進駐した。それは、連合国による中国援助ルート（通称・援蔣ルート）を遮断するとともに、南方の戦略資源を狙う意図に基づくものだった。

不仁の国と盟約をなす

この年の九月下旬に、小学校六年生の私たちは、修学旅行で宇治山田（現・伊勢市）へ出かけた。当時は、皇祖アマテラスを祀る伊勢神宮が最も神聖な場所とされ、名古屋圏の小学校の修学旅行先と決まっていた。この旅行の思い出と言えば、食事がひどく不味かったことで、当時の級友と会うと、いつもその話になる。また、級友の入谷美波留は、修学旅行の帰路、近鉄電車で新名古屋駅に着くと、駅の壁に「日独伊三国同盟締結」という地元新聞社の手書きのビラが貼り出されていたことを覚えている。

九月二七日、ベルリンで駐独日本大使来栖三郎は、ドイツ外相リッペントロップおよびイタリア外相チアノと「日独伊三国同盟」に調印した。その条約の第一条および第二条で、日本は東アジア、独伊はヨーロッパで、それぞれ新秩序建設の指導的立場に立つことを認め合うと規定され、第三条で、日独伊のいずれかが、現にヨーロッパ戦争または日中紛争に参加していない国に攻撃された場合、政治的・軍事的に相互に援助することを約束している。また、第五条では、これら諸条項が三締約国のそれぞれとソ連との間の関係に影響しないこと、つまりソ連を対象にしていないことを示している。

ソ連は、前年の八月二三日、ドイツのポーランド侵攻に一週間ほど先立って独ソ不可侵条約を締結し、直後の九月一六日には、日本とノモンハン停戦協定に調印しており、上記の第三条は、明確にアメリカを指すことになる。こうして、東京・ベルリン・ローマ枢軸（Tokyo-Berlin-Rome Axis）が形成され、米英などの連合国と対立する構図となった。

世界地図を見れば一目瞭然のことである。日独伊三国が同盟を結んで大戦に臨む場合、日本は、米英という二大海軍国を相手に戦わねばならないのに、独伊からは有効で具体的な軍事上の協力は得られそうになく、日本にとって決して有利な同盟とは思えない。

アメリカは、とくに満州事変以来、日本の中国大陸進出を好まず、汪兆銘の新中国政府を否認し、蔣介石を総統とする中国国民党の政府を支持する立場を採っていた。日本軍の北部仏印進駐と、アメリカを明らかに敵とする日独伊三国同盟の実現とで、その日本に対する態度はさらに硬化した。

『昭和天皇独白録』には、昭和天皇が首相の近衛文麿に、「ドイツやイタリアのごとき国家と、このような緊密な同盟を結ばねばならぬことで、この国家の前途は思いやられる」と語ったとある。

また、同じころ、永井荷風は『断腸亭日乗（下）』に、「世の噂によれば、日本は独逸・伊太利両国と盟約を結びしといふ。愛国者は常に言へり。日本には世界無類の日本精神なるものあり、外国の真似をするに及ばずと。然るに自ら辞を低くし腰を屈して侵略不仁の国と盟約をなす。国家の恥辱これより大なるはなし」と書き残している。

未曾有の難局

中国大陸に七三万人に及ぶ大兵力を派遣しながら、「事変」が解決される見通しはない。八ヵ月前に「日米通商航海条約」が失効し、その一方で、アメリカは、九月二五日、重慶に遷都している蒋介石の中国政権に二五〇〇万ドルの借款を供与している。

諸政党が解党し、一〇月一二日、首相官邸で大政翼賛会の発会式が行われた。総裁は首相の近衛文麿である。彼は「国難の到来」を警告し、「前途に如何なる波乱怒濤起こるとも、必ず乗り切って進んで行かねばならぬ」と説き、この運動の綱領は「大政翼賛の臣道実践」に尽きると強調した。「一億一心」の心構えで「上御一人に対し奉り、奉公の誠を致せ」という。日本ファシズムの形が決まったようである。

太平洋の波は、いよいよ荒くなる。

一一月三〇日、大統領ローズヴェルトが、中国への五〇〇〇万ドルの追加借款の供与を発表し、一二月二日、アメリカ議会は対中一億ドル借款供与案を可決した。一二月二九日夜、ローズヴェルトは恒例の「炉辺談話」を発表し、そのなかで「アメリカは建国以来最大の危機に直面した。日独伊三国同盟の結果、もしわが国が彼らの領土拡張政策を妨害すれば、彼らは対米共同行動に出ると威嚇しているからである」と訴え、「彼らは全体主義と民主主義とは絶対に相容れないと公言している」と、日独伊三国を批判する。

ローズヴェルトは、ヨーロッパおよび極東の「戦争製造者」が大西洋と太平洋とを支配するかどうかに最大の関心を抱くと述べ、ヨーロッパおよび極東の新秩序建設への同盟は世界の人類を奴隷にしようとする「非神聖同盟」であると言い切る。そして、その野望に対し、「アメリカは民主主義の偉大な兵器廠(great arsenal of democracy)になる」と強調した。こうして、アメリカの日独伊に対する恫喝は、次第に凄味を増してゆく。

だが、神国の民は「夷《えびす》」を畏れてはならなかった。

六　太平洋の怒濤《どとう》

1　日米間に暗雲

『戦陣訓』の示達

一九四一（昭和一六）年。柳条湖事件から一〇年、蘆溝橋事件から四年の時間が経った。一月八日、陸相東條英機が「戦陣訓」を全軍に示達した。同日の『朝日新聞』は「昭和の〝葉隠論語〟ともいふべき戦場の教訓が出た。兵隊さんの座右にあって身を持する鑑となるだらう」と書き、東條英機の笑顔の写真とともに、談話の要旨を載せている。たとえば、彼はこれを「具体的に実践的に」書いたと語っている。だが、「必勝の信念」の項に「信は力なり。毅然として戦ふ者、常に克く勝者たり」とあるように、抽象的だった。

「戦陣訓」を象徴する一文は、「名を惜しむ」の項の「生きて虜囚の辱を受けず、死して罪禍の汚名を残すこと勿れ」であり、この文のゆえに「玉砕」の美名で多数の将兵の命が失われた。大本営が「玉砕」と発表した戦闘でも、現実にはかなりの数の将兵が捕虜になったが、一九二九年ジュネーヴで成立した「捕虜の待遇に関する条約」に無知で、自軍に不利な情報を敵に告げる必要がないことも知らず、穏やかに扱われ豊富な食事を与えられると、敵の尋問に素直に答えた。自軍では奴隷扱いされ、いつも飢えていた彼らは、むしろ積極的に友軍の装備や兵力、ときに作戦計画さえ詳細に説明し、敵に貴重な情報を提供した。すべて「戦陣訓」の「負」の効果だった。

しかも、東條英機自身、終戦直後の九月一一日、アメリカ軍MP（Military Police、憲兵）が、A級戦犯として逮捕に向かった折、ピストルで胸を撃って自殺を図りながら未遂に終わり、「生きて虜囚の辱を受け」て、私たちの失笑を買った。

外交辞令的な「歓迎」

日米関係改善のため、海軍大将野村吉三郎が駐米大使として派遣された。二月二三日、ワシントンに到着した彼を、駐米独伊大使たちは大勢で歓迎したが、アメリカ政府からは儀典課長ひとりが出迎えただけである。また、彼の着任声明は、雑誌『タイム』で、故意に Pigeon（Pidgin）English（華僑訛りの片言英語）に替えて伝えられたという。

海軍次官の経歴のあるローズヴェルトは、野村吉三郎を迎え、互いに「海軍の軍人」で「古くからの個人的な友人」と言い、「自分は日本の友人で、野村吉三郎氏はアメリカの友人」とも語る。彼はこれに意を強くし、本国の外務省筋に「日本側は、あまり小細工をしない方がよい」と進言する。軍人野村吉三郎は単純だった。前年一二月、大統領三選を果たした老獪な政治家のローズヴェルトは、外交に不慣れな新任の日本大使に外交辞令的な歓迎の意を表しただけで、恒例の新任大使歓迎の晩餐会も催されていない。しかも、国務長官ハルなどアメリカ政府筋は、日独伊三国同盟に強硬に対応することで意見が一致していた。このハルが、その後、日米交渉の前面に出てくる。

アメリカ防衛に緊要な国に武器・食糧供給の権限を大統領に与える「武器貸与法」案が議会で可決され、三月一一日、ローズヴェルトが署名した。イギリス首相ウインストン・S・チャーチルは喜び、「われ神に感謝す」と言った。「武器貸与法」は、やがて中国やソ連にも適用され、その後も適用範囲が拡大された。

原油と屑鉄

アメリカでは、一九三七年当時、原油生産高が世界の六割強を占め、日本の四九〇倍に近かった。日本が食指を伸ばそうとする蘭印の石油生産高の約二四倍でもある。

原油とは、油田から汲み上げたばかりの石油のことで、多種類の炭化水素の混合物であり、分別蒸留すると、沸点の低い順からプロペラ機用ガソリン・自動車用ガソリン・ジェットエンジン油・灯油・軽油・重油などが得られる。当然、石油の生産量は近代戦での戦力に直結し、石油がなければ、飛行機も戦車も軍艦も動かない。

また、石炭を高温で乾留して得られるコークスを、やはり高温に熱して水蒸気を接触させると、可燃性の一酸化炭素と水素との混合気体、すなわち「水性ガス」ができる。これを触媒に通すと炭化水素の混合物、つまり石油が人工的に得られる。このフィッシャー法など石炭液化法で大戦下の日本やドイツは、いわゆる「人造石油」を製造したが、満足な生産量ではなかった。日本では本土や満州の撫順で石炭から人造石油を量産しているという情報で、アメリカ側が日本の戦力を過大に推算したという説もある。

一方、近代的な製鋼業はイギリスで始まったが、二〇世紀に入ると、アメリカが豊かな資源と先進技術とで世界随一の製鋼国になった。一九三六年、その製鋼量は全世界の約四割を占め、日本の九・四倍強に達する。むろん、鋼鉄は銃砲・戦車・軍艦など兵器製造の基本資材である。しかも、日本が効率のよい製鋼原料の屑鉄《スクラップ》をアメリカから購入し、中国侵略の武器を造っているという非難が米英で高まった。それが前年七月の石油・屑鉄輸出許可制となり、対日経済封鎖に連なる。


「ハイル・マツオカ!」

松岡洋右という外交官から政治家に転じた人物がいた。私の母の縁者に関係があり、ときに、彼のことが家で話題になった。そのせいか、この鼻下に髭を蓄え、黒くて丸い枠の眼鏡を掛けた男の名を、私は幼いころから知っていた。

一九二七年七月、満鉄副総裁就任の際、「満蒙は日本の生命線」と論じた彼は、一四年後の一九四一年三月一二日、外相として独伊表敬訪問を表向きの目的とし、一二人の随員を従えて訪欧した。彼には世俗的な野心があった。著名な独裁者ヒトラー、ムソリーニおよびスターリンとの懇談を内外で自らの知名度を高める好機と考え、また、日独伊三国同盟にソ連を加えて四国協商を結び、それを背景にアメリカと対決する構想をもっていた。

三月二四日、彼はモスクワで書記長のスターリンおよび首相兼外相のモロトフと会談した。彼は、日独伊三国同盟にソ連を加えてアメリカに対抗する四国協商案を示したが、独ソ間は東欧で一触即発の微妙な関係にあり、スターリンは、日本側提案に即答を避けた。

三月二七日には、彼はベルリンで総統ヒトラーと会談している。彼は六〇歳だったが、ヒトラーは五〇歳ながら大国の指導者として貫禄があった。総統官邸前広場に、大拡声器から「軍艦マーチ」や「愛国行進曲」のメロディが流れ、官邸のバルコニーに現われたヒトラーと松岡洋右とが、市民約五万人の「ハイル・マツオカ!」「ハイル・ヒトラー!」の大歓声に、ナチス流に右手を斜め前に挙げて答礼した。松岡洋右は、ヒトラーと檜舞台に出られたことを喜び、さらに親独的になった。その折、ヒトラーは、すでにソ連侵攻を決めており、四国協商案などを話し合おうとせず、イギリスの極東の根拠地シンガポール攻略を要求した。国賓館での歓迎宴の食事は貧弱で、卓上には黒ずんだバナナがあった。

日本では、四月一日、六大都市で主食のコメの配給量が一日一人当たり二合三勺すなわち三三〇グラムと決められた。一日一人三三〇グラムのコメは、現今では多量と思われようが、当時はこの量のコメでは少な過ぎた。副食は味噌汁、一片の煮魚に漬物程度に過ぎず、炭水化物・油脂・蛋白質・ヴィタミン・ミネラルなどの栄養素を、コメを主とする限られた食材から摂取した。米飯と梅干し一つという「日の丸弁当」は代表的な例である。

松岡洋右の歓迎宴の場面は、このように最低量の配給米に耐えねばならない国と、古びたバナナさえ国賓の饗応に使わねばならない国とが同盟している図だった。

独伊訪問の帰途、四月七日、松岡洋右は再びモスクワを訪れた。

四月一三日、モスクワで松岡洋右とモロトフとが「日ソ中立条約」に署名した。独ソ間に緊張が高まっており、この西方の不安に対し東方の平穏を保障する条約を、スターリンは喜んだ。スターリンは調印式後の祝宴で乾杯を重ね、松岡洋右の国際列車の出発を一時間遅らせ飲み続けた。スターリンも六〇歳で彼と同年輩だった。彼らがモスクワのカザン駅に着くと、前触れもなくスターリンがプラットフォームに現われ、松岡洋右を抱擁して「タワーリシチ、マツオカ」と呼び、「われわれはアジア人だ」と繰り返した。

このカザン駅での抱擁から四年後の一九四一年四月五日、スターリンの指示でモロトフが日ソ中立条約の不延長を日本側に通告し、八月九日には、一方的に破棄して対日宣戦に至る。

松岡洋右は、終戦後の東京軍事裁判で、「ソヴィエトに対する張湖峰事件およびノモンハン事件の遂行、両事件でのソヴィエト人民の不法殺害」などの訴因を含む「平和に対する罪」「人道に対する罪」に問われてA級戦犯に指名され、終戦の翌年六月二七日、肺結核症と慢性腎臓炎とで死亡している。

戦争末期、私の兄は満州の奉天南方六〇キロほどにあった遼陽の会社に勤務していた。近視のため徴兵検査で乙種合格だった兄は、終戦の前年の秋、現地で召集された。日本の降伏後、兄の部隊はソ連軍に武装解除され、遼陽南西約一〇〇キロの海城の捕虜収容所に送られた。そこから兄は脱走し、ソ連兵の自動小銃の乱射を浴びながら走り抜き、遼陽の在留邦人のなかに紛れ込んだ。旧勤務先の独身寮に身を隠したのだが、ある日、数人のソ連兵が来た。女性が狙われると聞いていたので、女性たちを二階に避難させ、若者数人で応対し、白酒《パイチュウ》を飲ませて「歓待」することにした。ソ連兵は杯を傾け、「ヨースケ・マツオカ、ハラショー！」と繰り返した。モスクワの駅でのスターリンの「タワーリシチ、マツオカ」や、兄の独身寮へ乱入したソ連兵たちの「ヨースケ・マツオカ、ハラショー」は、松岡洋右による「日ソ中立条約」の成立を、ソ連の官民ともども素直に喜んでいたことを裏付ける。

「ABCD包囲陣」

おもに日米民間人により非公式に「日米了解案」が練られていた。四月一六日、国務長官ハルは、それを叩き台にし、日米平和維持の交渉を野村吉三郎に提案した。了解案には、日本に有利な案が含まれており、ハルは、野村吉三郎に「日米了解案」を本国に送る際の「ハル四原則」添付を求めた。「ハル四原則」とは、①すべての国家の領土保全と主権尊重、②他国の内政への不干渉、③通商上の機会均等、④太平洋の現状維持、の四点である。

アメリカ側は、暗号傍受機関「マジック」で日本の外交電報を解読し、日本側の提案を懐疑的に解釈した。日本の外交文書は曖昧な表現など日本語として良質でなく、アメリカ側の翻訳能力も不十分だった。日本の外交暗号が悪意に曲げて解読されたふしもあった。

外相松岡洋右は、訪欧の旅で傲慢になった。四月二二日、彼は意気高らかに帰国した。彼は、「日米了解案」が自分の不在の間に採り上げられたことに激昂し、実務者が苦心して作成した案も、強硬な修正で壊し、ハルたちの姿勢を硬化させた。

日ソ中立条約調印から間もない六月二二日、ドイツは、独ソ不可侵条約を破棄してソ連に宣戦し、三〇〇万人のドイツ軍が侵攻した。首相近衛文麿は、ドイツのソ連侵攻は日本を裏切る行為とみて三国枢軸からの離脱さえ考えたが、外相松岡洋右は、ドイツと策応し対ソ開戦すべきだと強硬に主張した。日独伊ソ四国協商どころか、彼は、自ら調印したばかりの日ソ中立条約を破棄し、即刻ドイツ側に立って対ソ宣戦せよと主張するのである。国内では、「モスクワ目指し猛進」「独軍驚異的猛進撃」「ソ連、英米に泣訴す」などの大きな活字が新聞紙上に踊り、ヒトラーの扇動的な調子の演説がラジオから聴こえた。

七月二八日、陸軍中将飯田祥二郎の部隊が南部仏印に上陸を開始した。サイゴンを中心に航空基地八ヵ所を確保し、カムラン湾に海軍の基地を設けた。この日本軍の行動は、マレー半島とシンガポール、蘭印、そしてアメリカ支配下のフィリピンにも脅威を与える。

アメリカ側は激怒した。国務次官ウェルズは、大使野村吉三郎に、日本軍の南部仏印進駐は日米交渉の意味を決定的に失わせるというハルの意向を伝えた。アメリカ側は、以前から対日戦を意識して日米交渉に臨んでいたが、この南部仏印進駐を日本の本格的南方侵攻のシグナルと見て、以後は、日米交渉を明確に時間稼ぎの場とした。また、日本側は、日米の平和維持に一縷の望みをつなぐ一方、破局に備えて陸海軍は臨戦体制に入った。

七月二五日、アメリカが在米日本資産を凍結し、この措置で日本の石油購入は不可能になり、続いてイギリスや蘭印も同調した。八月一日、アメリカは航空潤滑油も含む石油の対日全面禁輸を決定した。アメリカは、日本に対し徹頭徹尾、石油を武器に恫喝を繰り返した。日本では「ABCD包囲陣」という言葉が頻繁に聞かれ始めた。AはAmerica、BはBritain、CはChina、DはDutchの頭文字である。

九月六日の御前会議の席で、昭和天皇は、立憲君主として「制限天皇」という立場にも拘らず発言し、祖父明治天皇の「御製」を詠みあげた。

四方《よも》の海　みなはらからと思ふ世に　など波風のたち騒ぐらむ

一一月二六日

一〇月一二日、首相近衛文麿の主宰する政府首脳会議が開かれた。その席で、近衛文麿が、外交と戦争との「どちらをやれと言われれば外交でやる。戦争に私は自信がない」と言うと、東條英機は、「これは意外だ。戦争に自信がないとは何ですか」と反駁した。

ある状況で、「進むべきか退くべきか」が議論される場合、事の是非は論外とされ、声高で勇ましい主張がその場の雰囲気を支配することが多い。しかも、「統帥権の独立」と称して、軍部が政治を恣意的に操っていた当時である。東條英機のような発言が、ひとつの流れとなり勢いになった。

一〇月一八日、近衛文麿に代わって東條英機が内閣を組織した。アメリカの指導層は、日本に「戦争内閣」が登場したとみて警戒の念を深めた。

日米交渉の席で、日米両国は、互いに疑心暗鬼で表向きの話し合いを続けていた。日米ともに相手の戦力を一方では過大評価し、他方では過小評価していた。だが、確かな事実は、この年、アメリカの国民総生産が日本の一二・二倍強だったことである。交渉の場では、日独伊三国同盟と、日本軍の仏印および中国大陸からの撤兵とが大きな論点だった。だが、中国大陸からの全面撤兵となれば国民も強い拒否反応を起こす。大陸で何万人もの犠牲者を出しており、「英霊に申し訳ない」の一言には、国民を説得する力があった。

一一月一五日、野村吉三郎を補佐するため特派大使来栖三郎がワシントンに着き、日米交渉に加わった。彼は、甲案と乙案とを携えて渡米したが、両案ともアメリカ側に解読されていた。乙案は、対米英作戦に不可欠の拠点である南部仏印からの撤退を提案し、米英に対し武力を発動する意志がないことを表明したもので、当時の日本当局者から見れば、大きな譲歩だった。日本側の最後案とも言えた。『大本営機密日誌』の一一月二一日の欄には、「米国側の回答を待つこと、一日千秋の思い」と記されている。

そして、一一月二六日を迎える。運命の日である。

アメリカ側は、かねてから対日戦争を決意していたが、第一に外交交渉で日本側を適当に「あやして」戦備を整える時間を稼ぎ、第二に戦争の大義名分を得るため「日本に最初の一発を撃たせよう」と企てた。彼らは、日本の戦力の限界、ことに日本の石油備蓄がほどなく底を突くことを熟知しており、強腰に出れば日本から戦争を仕掛けると推測した。

この日、国務長官ハルは「①ハル四原則の無条件承認、②中国・仏印からの全面撤兵、③重慶政権以外の中国政府（満州国を含む）否認、④日独伊三国同盟の空文化」を骨子とする文書を、日本側に手交した。日本の軍部はもとより、国民も受け容れ難い提案で、アメリカ側の最後通牒どころか宣戦布告にも等しいと受け取られた。満州を含む中国からの撤退は、日清・日露両戦争以来の流血の犠牲を否定することになる。『大本営機密日誌』には、「ハル・ノート」に、大本営の武官たちは「ハッと息をのんだ」「満州事変前への後退を徹底的に要求したその言辞たるや、至れり尽せりの凄文句である」などとある。

同じ一一月二六日、海軍中将南雲忠一が指揮する日本海軍の精鋭機動部隊が、択捉《エトロフ》島の単冠《ヒトカップ》湾を出撃している。空母六隻を基幹とする大艦隊である。機動部隊は、日米交渉妥結の場合には、反転して帰投せよと命じられていたが、一二月二日、広島湾の連合艦隊旗艦から「ニイタカヤマノボレ一二〇八」と打電された。新高山（現・玉山）とは台湾の最高峰の名で、一二月八日午前零時に戦闘を開始せよという暗号だった。これに先立つ一一月一九日、二人乗りの特殊潜航艇を一隻ずつ搭載した伊号潜水艦五隻が呉軍港を出撃した。

この攻撃命令を下した連合艦隊司令長官山本五十六は、約一六ヵ月後、ソロモン諸島のブーゲンビル島で、搭乗機の一式陸上攻撃機が敵戦闘機に待ち伏せされ、戦死を遂げた。また、この電命を機動部隊旗艦の赤城艦上で受けた指揮官南雲忠一は、半年後のミッドウェー海戦で惨敗し、さらに二年半余りのちサイパン守備戦闘で敗れて自刃している。

他方、真珠湾奇襲開始前までに、日本陸海軍は、香港・マレー半島・フィリピン、中部太平洋のグアム島・ウェーキ島などへの侵攻作戦準備を整えていた。私たちはもちろん、国民のほとんどは、この状況を知らなかった。私たちには、実際の経緯がまったく知らされていなかった。そのため、あの「一二月八日」は、まさに唐突に私たちを訪れた。

2　旧制中学校入学

旧制愛知一中の教室

一九四一年の四月四日、私は、旧制愛知県第一中学校（現・愛知県立旭丘高等学校）に入学した。「勉学と運動」との両立を標榜する学校だった。

入学当初は、クラスでは背の順の席次だった。背の高い方から組長（級長）、その右隣に副組長（副級長）と組係四人とが最後列、以下も背の順に並んだ。私たちの一年丙組で一・二番のふたりは、いずれも柔道部ですぐ頭角を現わした巨漢である。背が学級で二五位の私の席次は二五番だが細身で軽かった。前年度の小学校の六年生「通知表」の「体位図表」で、体重は「小」の箇所が丸で囲まれ、「体重増加に留意されたし」とあった。

二学期には、一学期の学科成績の順に席次が改められた。私は、学年で抜群の成績でもなかったが、学級では最上位というので組長を命じられた。一年生のうちは、後から二列目以下は一学期と同じ座席順だった。三番から六番までの組係四人が並んだ。最後列の左端の席で、右隣に二番の副組長、その右に三番から六番までの組係四人が並んだ。

この学校では、学年成績の平均点が六〇点を下回るか、あるいは一科目でも四〇点未満なら留年とされた。一学年は甲乙丙丁戊（襟章はA～E）の五学級で、二年生以上では、学年成績が一番～五番の者が甲組～戊組の組長になり、以下この要領で全員の席次が決まった。この仕組みでは教室の座席から学年席次が即座に分かる。そのため、下級生が上級生の教室前の廊下に一歩でも踏み込めば、大変な目にあった。

当時、体育館兼講堂のような建物はなく、朝礼などは、すべて校庭で行われた。

一学年は甲組から戊組までの五学級で、朝は、グラウンドで校舎を前に右端の五年甲組から左端の一年戊組へ、それぞれ二列縦隊で並んだ。この年度は、新設の愛知県立昭和中学校（現・昭和高等学校）が当座だけ愛知一中に併設され、その一年生がさらに左側に並んだ。なかに年輩の傷痍軍人がいた。階級制の厳しい軍隊体験のゆえだろうが、彼は、わが子のような同級生と背を伸ばして並び、弟のような教師にも一生徒として敬礼していた。

組長には、それなりの「仕事」があった。朝礼で、二列縦隊に並んだ学級全員の右前に立ち、出席簿を手にした学級担任の教師に挙手の礼をし、「第一学年丙組、総員五二名、欠席者二名、現在員五〇名、報告終わり」と報告し、再び担任教師に挙手の礼をする。この任務から組長の一日が始まる。組長には、多様な雑務があった。

応援歌練習

入学早々の昼休み、突然、強面の五年生が教室に入って来た。彼は、生徒手帳に載っている「校歌」（日比野寛作詞・安田俊高作曲）を明日までに覚えよと私たちに伝えた。彼は、黒板の横に数枚の紙を貼り、「これも覚えておけ」と命じて、次の教室へ向かった。

一番から八番に及ぶ「校歌」の全歌詞を、翌日までに暗記するのである。覚えておかないと、ひどいことになると聞いていた。この中学校には、新学年度早々「応援歌練習」という五年生主導の年中行事があった。「校歌」のほかに、柔道・剣道・相撲・野球・競走（陸上競技）・端艇（ボート）などに加え、私の入学時には解散していた弁論部の応援歌も覚えよという。どれも長い歌詞で、部によっては複数の応援歌があった。だが、一三歳の少年の記憶力は強い。通学の途次や帰宅後の入浴中に繰り返し、完全に暗記した。

その日が来た。校庭の隅に、私たち一年生は、五年生に囲まれて地面に座った。小学校を卒業したばかりの私たち二五〇人ほどを、肩をいからせ腕を組んだ五年生が取り囲み、校歌に続いて各部の応援歌を合唱させる。全一年生が全詩句を覚えているという前提で歌わせる。私たちの前で、「団長」と呼ばれるひとりが校旗を大きく振り、私たちを囲む五年生が、「声が小さい」などと叱咤し、歌う際に元気がないとか、少しでも反抗的と見られれば、「立て」「前へ出て来い」と命じられ、全員の前で鉄拳を浴びた。

応援歌練習は、絶対服従の掟を新入生に徹底する儀式だった。新入生対象の第一週のあと、第二週以降は二年生から四年生まで「応援歌練習」を強いられた。二年生以上は校歌も各部の応援歌も熟知しているが、五年生は、最上級生の権威を誇示する場にする。とくに一学年下の四年生が狙われたようである。ある四年生が歌とは無関係の件で名指され、「前へ出よ」と命じられた。その春に留年した彼は、以前の同級生に全校生の前で徹底的に殴られ、鼓膜を破られる障害を被った。また、二年生になった年の応援歌練習で、私たちを囲む五年生のひとりが、私を指差し「口が小さい」と怒鳴ったことがある。体操部の五年生山崎隆が、「あれは本来、口が小さいのだ」と執りなしたおかげで、事なきを得た。

各部の応援歌は、ほとんどが明治・大正時代の生徒の作詞によるもので、少年らしい気負った詩句だった。生徒自身の作曲は皆無で、すべて旧制高校の寮歌や旧陸軍の軍歌の曲を借りていた。旧制中学校では、理科系と同様、音楽教育の水準が低かった。

旧軍隊でも旧制中学校でも、人間性は未熟なのに下級の者に支配者的態度で接する者が少なくなかった。旧陸海軍の兵士は、明日も知れない軍隊生活での鬱屈した気分を、下級兵士に制裁を加えることで解消しようとした。愛知一中の上級生も、それに類似の心理で下級生に接したのかも知れない。また、旧軍隊が、軍律を維持するうえで兵士への制裁を大目に見た事実に似て、この学校でも、校内の規律と秩序とを保持するために、上級生の振舞いが意図的に看過されていたようにも思えた。

戦後、ある席で、「愛知一中では学科成績の順に座席が決まり、運動部などでは上級生による鉄拳制裁が日常的に行われた」と話した。その席にいた女性が、後日、「弟も愛知一中の卒業生だが、そんなことは全然なかったという」と伝えてきた。その女性の弟は、終戦で旧制中学校の封建的慣習が一掃されてから在学している。そのための誤解だった。

これは、「パリへ行ったら雨だったので、パリはいつも雨だ」という笑話に似ている。物事を判断する場合、特殊な例を一般化してはならないし、ある部分を見ただけで、全体が分かったつもりの結論を出してはならないのである。また、「あの戦争」は日本の侵略戦争だったので、戦没学徒にも広島・長崎の原爆被爆者にも戦争責任があると主張する人びとがいる。このように、ある個人的な「思い込み」を金科玉条とし、それを原点として一切の事象を演繹的に説明しようとしてはならない。私の人生体験では、人びとの主張に見られる誤謬の多くは、この二つのいずれかによる。

連日の反復練習

放課後、各運動部で厳しい練習が行われた。私が所属した体操部は、私が入学した年に新設され、上級生の多くはこの春に解散した弁論部などの部員だった。当時は体育館がなく、校庭の高鉄棒や低鉄棒を使い、やや高度の技術の場合は、地面に移動式鉄棒を組み立てて使用した。鞍馬や吊り輪はなく跳び箱を砂場前に置いて練習した。移動式鉄棒や跳び箱の運搬や組み立ては下級生の仕事だった。

毎日、腕立て地上転回や前方宙返りなど、三次元運動の練習を反復した。体操部の意義は、落下傘部隊員としての訓練にあるというのが、学校側の言い分だった。連日の反復訓練は、同じ技の繰り返しによって運動プログラムを脳・神経系統に形成させるとともに、筋力、柔軟性、敏捷性、そして持久力を鍛え、技術を体で覚えさせるためだったという。

だが、上達が遅い私には、練習が苦行だった。授業の終了を告げるブザーが耳に鋭く響き、雨天の日は練習がなくて嬉しかった。各学期の中間および期末試験の一週間前に時間割りの発表があり、以後の二週間は練習が休みなので、極楽か天国で暮らす気分だった。戦後、私は、体操部での悪夢の体験は、俗にいう運動神経すなわち小脳や平衡感覚を司る三半規管の生育が不十分だったためと考えた。だが、知人で運動生理学者の星川保は、私が体操部で苦労した原因として、「第一に、都会で育って幼少時に転げまわったり走りまわったりする運動体験が乏しかったこと、第二に、強度の近視で視覚による情報処理が不十分のため、鉄棒とか跳び箱などで不利になったこと」を挙げる。

3 太平洋で戦端開く

米英に宣戦布告

一年生の二学期末、太平洋に戦火が揚がった。一二月八日である。早朝、ラジオの臨時ニュースで、「大本営陸海軍部午前六時発表、帝国陸海軍は今八日未明西太平洋においてアメリカ・イギリス軍と戦闘状態に入れり」という。活字では「米英軍」となるが、耳で「べいえいぐん」と聴いて意味を理解し兼ねる聴取者がいるかも知れない。この重大事を聞き誤ってはならないので、「アメリカ・イギリス軍」と放送したように思われる。この放送を担当したアナウンサーは、館野守男だった。

登校して朝礼のあと、私たち全校生徒は、冬の北西風が吹く校庭に並んで、スピーカーから流れるラジオ放送に聴き入った。

午前一〇時四〇分、大本営陸軍部が、香港の攻撃を開始したと発表し、一一時五〇分、大本営陸海軍部が、マレー半島に奇襲上陸したと発表した。午後零時二〇分には、大本営海軍部が、「ハワイ方面の米国艦隊ならびに航空兵力に対し決死的大空襲を敢行」と発表した。これらに前後し、まだ連絡が途絶していない各地からの電報も伝えられた。日本の爆撃機大編隊が空襲を開始したというホノルル電、日本軍のホノルル爆撃は猛烈で三時間近く続いているというニューヨーク電、真珠湾の西方バーバーズ・ポイント沖に日本軍を積載した輸送船の影が認められたというニューヨーク電などが、その例である。

午前一一時四五分、「宣戦の詔書」が渙発《かんぱつ》された。午後一時からは、大政翼賛会中央協力会議で、総裁の東條英機が、あの独特の甲高い声で「ただ今、宣戦の御詔勅が渙発せられました。精鋭なるわが皇軍は今や決死の戦いを行いつつあります」と演説している。

大本営発表などが繰り返し放送された。アナウンサーの声がスピーカーから流れるたびに、飽きることなく歓声を挙げたのは五年生である。彼らの何人かは、陸軍士官学校や海軍兵学校を卒業したり、海軍予備学生や陸軍特別操縦見習士官を志願して最前線に立つ。全生徒のうち、軍籍、したがって「死」に最も近い年齢の彼らが最も興奮していた。彼らの熱狂ぶりほどでなかったにせよ、一年生の私も、なぜか心が晴れて行く感じだった。五年生の多くは受験の重圧から解放され、一年生の私などは運動部の練習の憂鬱さから解き放たれたと解釈することもできようが、このとき、「心が晴れて行くような感じ」をもったのは、私たちだけではなかった。「事変」という名の中途半端な戦争の長期化に、国民の大多数は閉塞感を抱いていた。それは、知的水準がやや高い者の場合、厭戦感情に連なりかねない気分を抱くのに十分な条件だった。この朝、対米英開戦という途方もない報道を聴いて、国民の多くは暗闇から脱した思いだった。

たとえば、評論家で小説家の伊藤整は、「十二月八日、宣戦の大詔が下った日、日本国民の決意は一つに燃えた。爽やかな気持であった」と書いている（『十二月八日』）。

彫刻家としてよりも詩人として名を遺した高村光太郎は、「大詔《おおみことのり》ひとたび出でて　天《あま》つ日のごとし／見よ、一億の民　おもて輝きこころ躍る／雲破れて路ひらけ、万里のきはみ眼前《まなかひ》にあり」と詩に詠み上げた（『彼らを撃つ』）。

漫談家ながら文筆家でもあった徳川夢声は、真珠湾での戦果を聴いて「日本海軍は魔法を使ったとしか思えない。いくら萬歳を叫んでも追っつかない。萬歳なんて言葉では物足りない」と日記に書いた（『夢声戦争日記』）。

国文学者・民俗学者で歌人の折口信夫（釈迢空）は、次の歌を残した。

神怒り　かくひたぶるにおはすなり。今し　断じて伐たざるべからず

日露戦争のとき、召集されて出征した弟を思って「君死にたまふことなかれ／すめらみことは、戦ひに／おほみずからは出でまさね」と書いた与謝野晶子でさえ、太平洋に戦火が揚がったときには、次の歌を詠んでいる。

日《ひ》の本《もと》の大宰相も病むわれも　同じ涙す大《おお》き詔書《みこと》に

真珠湾とマレー沖

「奇襲」の英訳は“surprise attack”または“sudden attack”だが、アメリカ側は“sneak attack”と呼んだ。「騙し討ち」の奇襲と言いたかったようである。

『孫子』の「計篇」に「兵とは詭道なり」、「勢篇」に「凡そ戦いは、正を以て合い、奇を以て勝つ」とある一方、「軍争篇」には「正正の旗、堂堂の陣（陣）」を評価する文言が見られる。「正々堂々」というのは、これが語源である。

兵を起こす場合、二正面作戦は避けるのが普通である。だが、日本軍部は、中国戦線と対ソ戦備とに加え、南北太平洋およびインド洋という多方面で強力な米英軍と戦う道を選んだ。貧しい国が富む国に戦いを挑む場合、「正正堂堂」とは言えない「詭道」の奇襲に頼らざるを得なかった。だが、日米間が極度に緊張していた当時、アメリカ側は、日本に「最初の一発」を撃たせようと誘導する一方、暗号解読システム「マジック」で日本海軍の動きを知っており、奇襲ではなかったという。事実、「ハル・ノート」の翌日、陸軍参謀総長マーシャルが「合衆国は日本が最初の公然の行動に出ることを望む。偵察など必要な手段を取れ」と、ハワイやフィリピンの陸軍に命じ、海軍作戦部長スタークも「日米交渉は終わった。日本の侵略行動が数日内に予想される」と艦隊に警告している。

開戦の日、日本海軍は、機動部隊によってハワイの真珠湾を攻撃した。艦載機三五〇機と特殊潜航艇五隻とによる奇襲である。この攻撃隊は、アメリカの戦艦五隻と巡洋艦など四隻とを撃沈し、戦艦三隻と巡洋艦など七隻とを撃破したうえ、飛行機四七九機を撃墜破した。アメリカ太平洋艦隊の主力はほぼ壊滅した。日本側の損害は、飛行機の自爆・未帰還二九機と特殊潜航艇の未帰還五隻とに過ぎない。

この日本海軍の真珠湾攻撃成功は、微視的・短期的・戦術的には戦史に残る大戦果として、国内や枢軸諸国の喝采を浴びた。だが、巨視的・長期的・戦略的に見れば大きな失敗だった。アメリカの指導層は、"Remember Pearl Harbor" の合言葉で対枢軸国戦争に乗り気でなかった議会を説得し、まとまりのなかった国内世論を結束させたからである。

真珠湾への二波にわたる空襲のあと、航空参謀や搭乗員は再攻撃を要望し、第二航空戦隊司令官の海軍少将山口多門は、「第二撃準備完了」の信号を旗艦に送って反復攻撃を促した。だが、司令長官の中将南雲忠一は、旧式戦艦八隻の撃沈破の戦果に満足し、攻撃の徹底よりも兵力の損耗を恐れ帰途についた。この遅疑逡巡で真珠湾の重油タンク群や艦船修理機能などを破壊せずに終わり、アメリカ側の対日反攻を早める結果を招いた。

一二月一〇日、日本海軍航空隊の双発陸上攻撃機八五機が、仏印南部の基地を発進し、マレー半島の沖でイギリス海軍の戦艦レパルスを瞬時に轟沈《ごうちん》させ、最新式戦艦プリンス・オヴ・ウェールズも撃沈し、イギリス東洋艦隊主力を全滅させた。なお、轟沈とは、敵艦が爆撃・雷撃などで一分以内に沈没することをいう。この戦闘で、日本側の被害は被撃墜三機のみで、イギリス海軍の人的損失も少なかった。波間に漂う沈没艦のイギリス将兵を日本機が銃撃せず、二隻の駆逐艦による救助作業を妨げなかったためである。

オーストラリア攻略

年が明けて、二月二〇日にバリ島沖、二七日にスラバヤ沖、三月一日にはバタビア沖の各海戦で、日本艦隊は、次つぎに米英蘭連合艦隊を粉砕した。その間に、空母機動部隊の艦載機群は、ティモール島基地の陸上攻撃機編隊とともに、二月一九日、オーストラリア北西部の要衝ポート・ダーウィンを空襲し、艦艇一一隻を撃沈、飛行機二十数機を撃墜破した。その数日後の二月二四日には、日本海軍の潜水艦は、アメリカ本土カリフォルニア州のサンタバーバラ付近に艦砲射撃を加えている。

空母機動部隊は、さらに長駆してインド洋に進撃、四月五日、セイロン島のコロンボを空襲して、イギリス巡洋艦二隻、船舶二一隻を撃沈、飛行機六〇機を撃墜し、九日には、トゥリンコマリーを襲って英空母一隻を撃沈し、英空軍機五六機を撃墜、四機を地上撃破するなどの戦果を収めた。潜水艦も太平洋およびインド洋で米英側の補給路を脅かした。

私たちは、軍艦マーチで始まる大本営発表を、連日のように聴いた。

一方、日本陸軍は、一二月二五日に香港、年が改まった一月二日にはフィリピンの首都マニラを占領し、二月一四日、スマトラ島のパレンバンに落下傘部隊を降下させて、その油田地帯を確保した。そして翌一五日、イギリスの東アジア侵略の根拠地シンガポールを攻略した。三月八日、ビルマの首都ラングーンを占領し、翌九日には蘭印ジャワ島のオランダ軍を降伏させた。陸海軍とも意気軒昂としていた。西方では、インド洋のセイロン島を占拠してインドをイギリスの支配から脱落させ、中近東地域に進出するドイツ軍と提携しようとする。南方では、オーストラリアの北西ポート・ダーウィンと南東のシドニー付近とに上陸、両方から進撃し、大陸のなかほどで握手させ、オーストラリア全土を占領しようと企てる。そして、東方では、ミッドウェー島に続いてハワイ諸島を攻略し、アメリカ本土西海岸の油田地帯を占領しようとする。緒戦の勝利に傲った連合艦隊の幕僚部が、この夢想としか言えない作戦を研究したという。国民の多くも、予想を大きく上回る日本陸海軍の無敵振りに驚喜した。私たち少年も、日本人として誇らしい気分に浸った。

4　学園に戦時色

「お説法」

夕刻、練習が終わって着替えていると、上級生のひとりが「自転車通学の者は明日、電灯を付けて来るように」と告げに来る。その翌日、練習の終了後に「お説法」があった。「お説教」ではなく「お説法」という。当時、夜間に無灯火で自転車に乗ることは厳禁されており、夜遅くに及ぶお説法の前日、こうして予告された。上級学校受験を控えた五年生は、運動部でほとんど前面に出ず、四年生が下級生の指導に当たった。四年生にも旧制高校・旧制専門学校などの受験資格があり、三学期には、三年生に下級生指導の「権利」を譲るしきたりだった。

「入れ」という上級生の声で、私たち下級部員は、「小屋」と称する体操部の器具庫へ下駄を脱いで眼鏡を外し、頭を下げて一人ひとり入る。コンコロ下駄と称する高下駄を脱いで眼鏡を外すのは、殴られた際に怪我をしないためである。

小屋に入るや否や上級生の怒声が飛んだ。「貴様らは近ごろ消耗しとる」という怒号から始まる。「消耗しとる」とは、「たるんでいる」というほどの意味だった。一人ずつ呼び出され、「先日、欠礼した」「練習のとき元気がない」などの理由で制裁された。「歯を食いしばれ、股開けぇ」と号令が掛かる。殴られる際に歯や口腔を傷めず、よろけて無用の怪我をしないためである。殴る方にも殴られる方にも「作法」があった。体操部での私は恵まれた方だった。一・二年生のときに一度ずつ、全員の連帯責任という名目で、上級生の主将《キャプテン》に往復ビンタを受けただけだからである。

お説法あるいは鉄拳制裁について、幾つかのことを思い出す。

この学校では、冬でも下着を着てはならず、ズボンのポケットに手を入れられないように縫い付けておくことになっていた。三年生になってまもなく、新四年生の一団が私たちの教室に入って来て、クラスの全員を立たせ一人ひとりを身体検査した。たまたま下着を着ていた級友は、彼らに連れ出され、ほどなく両頬を真っ赤に腫らせて戻って来た。

グラウンドに二〇〇メートルのトラックがあった。ある日、そこへ自転車を乗り入れた四年生が、五年生たちに袋叩きになった。別のある夕刻、コンコロ下駄を履き、剣道の竹刀を杖代わりにして、自宅への坂を下りて行く途中、私は、小学校の同級生だった女学生と出会った。愛知県立第一高等女学校(現・愛知県立明和高等学校)の生徒である。女学生と話をしている場を上級生に目撃されては大変なので、互いに視線が合っても会釈どころか、笑顔さえ見せず無視するのだった。当時、福島市の成蹊女学校(現・福島成蹊女子高等学校)に在学していた五十嵐文も、「女学生の時代、従兄弟や小学校の同級生でも、男子と電車内などで言葉を交わせば出席停止の制裁があった」と回顧する。また、野上彌生子の『或る女の話』には、「夫と妻が日中連れ立って歩いたりしようものなら、毛唐人のようだといって町じゅうの評判になったであろう」とある。

戦後になって、私は同級生の澤木秀夫から、次のような話を聴いた。

愛知一中で端艇部（ボート部）に属し、毎日の授業後、学校からかなり遠い港区の千年まで練習に通った。ある日、堀川沿いの「小屋」すなわち艇庫で上級生からお説法で鉄拳制裁を受けている最中、艇庫に隣接する木造船工場から筋骨逞しい大人の船大工が入ってきて、「こんな子どもたちを殴ってどうするのか」と、上級生たちを張り倒した。上級生といっても、たかだか一五歳か一六歳の少年である。「いつも威張っていた上級生たちが船大工に簡単に殴り倒されて、あれは面白かった」というのである。

澤木秀夫は、三年生で一五歳のとき、第一三期海軍甲種飛行予科練習生を志願し、終戦の日を、鈴鹿海軍航空隊で迎えた。旧式練習機の「白菊」に「二十五番」（二五〇キロ爆弾）を吊り下げ敵機動部隊に突入する訓練中だったという。「それで飛び上がれるのか」と尋ねる私に、彼は「飛び上がれんだろうなぁ」と応じた。「白菊」は、全幅一五・八メートル、全長九・五メートルで、五八〇馬力のエンジン一基を搭載し、最大速度二三五キロメートルという鈍速の機上作業練習機だった。

鍛練部と国防部

一九四三年の春、戦局の急迫が伝えられ、学園の雰囲気が大きく変化した。野球・庭球（硬式テニス）・籠球（バスケットボール）・排球（バレーボール）など、かねてから「敵性スポーツ」と指弾されていた各部、それに、近代戦に役立たないという理由と思われるが、伝統のある弓道部も廃止され、滑空（グライダー）部や銃剣道部が新設された。

廃止された各部の部員は、これらの戦時色豊かな新設の運動部、そして柔道・剣道・相撲・体操・射撃・端艇（ボート）・国防競技など既設の運動部に加わった。日本の指導層は、戦争の全期間を通じ、いつも思いつくままの彌縫策をとっていた。彼らは「行き当たりばったり」の政策をとり、敗色が濃くなると「敵性語を排除せよ」「敵性スポーツをやめよ」などと感情的にさえなった。

しかも、柔道・剣道・相撲・体操・射撃などは個人競技であり、野球やバスケットボール、バレーボールなどは団体競技である。近代戦では、源平時代のような一騎打ちになるのはまれで、ほとんど集団と集団との戦闘となる。陸戦では、白兵突撃は古典的な戦闘法になり、航空戦も、一対一の格闘戦に替わって編隊空戦の時代になった。

なお、上記の各運動部の名称は、習慣に従った表現で、正確な呼称ではない。「愛知県第一中学校報国団組織並ニ役員」と題する表（愛知県第一中学校報国団『団報』第六号）によれば、次のような組織だった。報国団には、鍛練部と国防部とがあり、鍛練部には、柔道・剣道・相撲・体操の各班、国防部には、陸上戦技・滑空・教練・海洋・水泳の諸班が所属していた。この稿で体操部とか滑空部などと書くのは、読者に分かりやすい表現にするためであって、正式には鍛練部体操班、国防部滑空班などと呼ばれた。また、陸上戦技班は競走部と国防競技部とが合体したもので、滑空班は新設のグライダー部、教練班は射撃部と銃剣道部とが合併した組織、そして海洋班は端艇部の新しい呼称だった。滑空班には五機の滑空機（グライダー）があり、班員は、野球部のバック・ネットがあった校庭の南東隅から、北西の職員室前に向けて曳いて翔ばす練習をしていた。さほど広くもない校庭でのことである。また、海洋班員は、かなり遠くにある中川区の中川運河に出かけてボートを漕ぐ練習を重ねていた。

学力よりも体力

運動部の練習のほかに、学校側の主導による体練の催しがあった。

一年生の二学期、日曜日の一一月八日、四〇キロ強歩大会が挙行された。東区新出来町（現・出来町）の学校を出て、東北郊の龍泉寺から愛知・岐阜県境に近い玉野川の鹿乗橋を西へ向かう。小牧で左に折れて南下し、庄内川の水分橋を駆け抜け学校へ戻るコースである。「競歩」でなく「強歩」だから、できる限り走らねばならない。数週間後の一二月一日には、全校一斉競走が行われた。一五キロである。太平洋に戦火が揚がる一週間前である。

二年生の一一月九日、やはり龍泉寺・鹿乗橋・小牧・水分橋経由の四〇キロ強歩が実施され、一二月五日には全校長距離競走が行われた。名古屋から岐阜まで片道四〇キロ、その往復八〇キロを駆け足でも徒歩でもよく、力尽きたところから適当な交通機関で帰れと指示された。私は、岐阜市内に入って体力の限界を感じ、新岐阜から名鉄電車で帰った。

体操部では、日・祝日に「跋渉《ばつしょう》」と称し、上級生の引率で山野を強歩した。遠足とはほど遠いもので、ほぼ確実に翌日、お説法があった。通常の日でも、上級生の気分次第で、真夏の炎天下に五キロ余り隔たった鶴舞公園まで走って往復させられた。高温多湿の真昼、休息も水分補給もせず長距離を走るのである。また、ある事情で東北地方の中学校に転校する上級生の見送りで、真冬で雪の降る日、七キロ余の名古屋駅まで往復を走らされた。

三年生の一一月一三日、校庭で各種の項目にわたって体力検定が行われた。上記の強歩や長距離競走と同様、一〇〇メートルや四〇〇メートルなどの競走は旧競走部員、手榴弾投擲は旧野球部員が圧倒的に得意であり、鉄棒での懸垂とか腕立て伏せは私たち体操部員の独擅場だった。明らかに、多くの者はそれぞれの所属する運動部での専門に優れている反面、専門外の項目では劣っていた。格闘力に優れた柔道部や相撲部の部員は、グラウンドでは本領を発揮できなかった。青少年の戦闘力錬成が目的なら、検定の各項目について全生徒が及第点を得られるように、だれもが走力・投擲力・筋力・格闘力など、総合的に訓練されねばおかしいと思えた。

一月二二日、耐寒駆け足と呼ばれる一〇キロを競う行事があった。この種の催しでは、最高学年の五年生、次いで四年生の成績が悪く、下級生のうちで最も年齢の高い三年生がトップグループに多かった。下級生は、競走後の上級生による叱責を恐れて走った。

三年生になった年度、自宅から学校までの距離が四キロ以内の者は徒歩で通学するように、と決められた。四キロを上回る距離の通学者には、「自転車通学許可証」が交付された。私の家は、学校からちょうど四キロのあたりに位置していたため、毎朝夕、往復とも歩いて通学した。日本軍の兵士が、どの戦線でも歩きに歩いていた時代である。私たちが「歩け」と指示されたのは、戦地へ赴いたときの訓練とともに、工場勤労者の通勤優先でラッシュ時間帯の交通事情緩和の一助を兼ねるためだったようである。

七　戦時下の学園

1　学園の兵営化

三八式歩兵銃

戦時の愛知一中では、正規授業の時間割に軍事教練が組み込まれていた。一年生は徒手教練、二年生は木製の模擬銃による教練だったが、一九四三年春、私たちが三年生になると、三八式歩兵銃の執銃教練を受けるようになった。

校舎裏の銃器庫にはこの歩兵銃のほか、薄暗い奥に村田銃や三十年式歩兵銃もあった。村田銃は、一八九四（明治二七）年に日清戦争で用いられた銃、三十年式歩兵銃は、砲兵大佐有坂成章が開発し、一八九八（明治三一）年二月に制定された銃である。私たちの中学校に、このような古色蒼然とした銃があったのは、明治維新直後の一八六七（明治三）年六月、名古屋藩の「洋学校」創設以来という古い歴史をもつ学校だったからである。

明治三八（一九〇五）年一〇月、日露講和の直後、三十年式歩兵銃改良型の製作が決まり、翌年五月、三八式歩兵銃として制定され、俗に「サンパチ式」と呼ばれた。戦争の全期間、主力陸戦兵器として終戦までに約一〇〇〇万挺も生産された。銃身だけで七九・七センチ、銃の全長は一二八センチで、長さ五二センチの三十年式銃剣を着けると一六六・六センチに達し、大柄な生徒の背も超えた。銃だけで三・九五キロであり、軽くはない。

三八式歩兵銃の弾倉には五発の弾が入るが、手で「ガチャガチャ」と操作する単発式であり、一度に一発しか撃てない。射撃は、右肩に銃床を当て左手で銃を支え、右手で銃把を握って目標を決め、槓桿《ボルト》を持ち上げてこちら側に引く動作から始める。照尺を射距離に応じた目盛りにセットし、右人差指を引き金に掛けて狙いを定める。引き金の第一段をゆっくり押して呼吸を止め、照準が定まった瞬間、第二段を押して撃つ。

日本古来の弓道では、「矢を的に当てようと思うな。矢が弓を離れるまで待て」と教えられた。究極の集中力が強調されたのだが、精神主義偏重の軍部も、近代戦で「矢が弓を離れるまで待つ」手法が通用するとは考えず、一九四三年春、私たちの中学校の弓道部は廃止された。その折、弓道部から射撃部に移った級友の水野金平も、端艇部のキャプテンで本土決戦での国民義勇戦闘隊指導者として実戦訓練を受けた島田道敏も、「小銃の引き金を引く要領は、カメラのシャッターボタンを押す場合に似ている」という。

小銃の弾薬は貴重とされ、三年生でも射撃部員に限って名古屋東北郊の小幡ヶ原練兵場（現・守山区小幡緑地）で、五発だけ実弾で射撃する機会を得た。「五発のうち三発命中した」という水野金平に、「弓道部にいたおかげか」と尋ねると、「それは関係はない」と笑って答え、「実戦、とくに南方のジャングルでの戦闘では、こんなに悠長な撃ち方は役に立たなかっただろう」と付け加えた。

当時の教練教科書に、「射撃ハ銃器ニ信頼シ一弾一敵ヲ殪《たお》ス必中ノ信念ヲ以テ、最モ正確ニ実施シ得ザルベカラズ」（陸軍省兵務課編纂『学校教練教科書・前篇』）とある。連合国軍が連射可能な自動小銃を採用していた戦時、当局者は、弓道は実戦に役立たないとみなしながら、兵士や私たち学徒には、一二世紀の源平時代に屋島の合戦で那須与一が見せた妙技にも似た「一発必中」の訓練を要求していた。

三八式歩兵銃は、口径が六・五ミリと小さく、アメリカ海兵隊員は「日本軍の弾に当たっても死ぬはずはない」とわらっていた。他方、ガダルカナル以後、アメリカの陸軍と海兵隊とが使用したガーランド銃すなわちＭＩ型小銃は、三八式歩兵銃よりも短い銃身一・一メートル、口径七・六二ミリの自動装塡式小銃で八連発である。彼らには、口径一一・四ミリのトンプソン短機関銃など高性能の小火器も支給されていた。

藁人形に銃剣突撃

一九〇〇（明治三三）年夏の義和団事件の翌年、旧制一高の記念祭で、寮歌『アムールの流血や』（塩田環作詞・栗林宇一作曲）が採用された。「アムール河の流血や／凍りて恨み結びけん」に始まる歌である。これには「万朶《ばんだ》の桜か　襟の色」の『歩兵の本領』、「聞け万国の労働者」という『メーデーの歌』（大場勇作詞）など替え歌が多い。『愛知一中柔道部歌』も、その例である。

とくに『歩兵の本領』は、戦前の一般国民によく知られていた。一九一〇（明治四三）年春、陸軍中央幼年学校生徒、加藤明勝が作詞した軍歌である。その五番に「敵地に一歩我れ踏めば／軍の主兵はここにあり／最後の決は我が任務／騎兵砲兵協同せよ」の一節がある。「軍の主兵は歩兵」とされ、日本刀および銃剣を閃かせての白兵突撃が賛美された。

日本陸軍は、日露戦争での勝利は歩兵の突撃によって得られたと確信した。約一〇年後の第一次大戦で戦車や航空機が出現し戦争の様相が一変しても、近代戦を日露戦争の感覚で戦おうとした。第二次大戦に関わった国の軍隊のうち、日本軍だけが、制式兵器として軍刀を採用した。将校が軍刀を振りかざし、兵士が剣付き銃を構えて敵陣に突撃する。前方には、飛行機に援護され、重火器の弾幕や戦車に支援された敵が自動小銃・機関銃をもって待ち構えている。「あの戦争」では、この構図の戦闘が随所で見られた。水野金平は、「長篠で、織田信長の何段にも構えた鉄砲隊の陣地に、刀や槍を構えて突進した武田勝頼の騎馬集団を思い出す」と言う。

私たちの中学校では、校庭の南側の塀沿いに幾つかの藁人形が立てられていた。教練の時間、校庭の北側から剣付きの銃を抱えてグラウンドを匍匐《ほふく》前進し、「突撃に」の号令で銃を右腰に引いて身構える。「前へ」で膝を立て、「進め」と号令が掛かると、爪先で大地を蹴って突進し、銃を構えたまま数十メートルを全力疾走して、アメリカ兵に見立てた藁人形を銃剣で突き刺す。剣付き銃を構え、校庭の隅に立つ藁人形に突進している際、私は、いつも、「こうして走る間に、敵の機銃弾で薙ぎ倒されるに違いない」と思った。

戦争末期、軍部は、本土決戦では女性も白兵突撃しなければならないという。彼らは、町内の主婦に竹槍をもたせて刺突の訓練を行い、女学生や女子学童に薙刀《なぎなた》を練習させた。

だが、歴史家の鈴木真哉によれば、応仁の乱から島原の乱に至る戦国の世に、戦場での負傷の七割以上は弓矢・鉄砲・投石など飛び道具によるもので、刀・槍・薙刀など近接戦の武器による値を大きく上回る。無敵の剣豪と言われた宮本武蔵が、島原の乱で無名の農民の投石を脛に受けて痛手を受けた事実も興味深い。日本陸軍の白兵戦信仰は誤りだった。

水を飲むな

この年度に入ってから、実戦を想定した野外教練が頻繁に行われるようになった。快晴で、まさに炎天の六月二二日、私たち三年生の全員が、小幡ヶ原の練兵場を経て、学校から約八キロ隔たった龍泉寺という古刹まで歩兵銃を担いで演習に出かけたときのことである。練兵場では、散開、射撃、匍匐前進に続く銃剣突撃などの訓練のあと、昼食を摂った。雑嚢に入れて来た数個の握り飯と二切れのタクアンである。訓練が終わったころ、左腰の水筒は空になっている。その後も行軍を続け、練兵場の北の龍泉寺の幾段もの急な石段を駆け登った。叉銃して小休止する。叉銃とは、野外で休息する折、数丁の銃を銃口のあたりで三角錐のように立てておくことをいう。「水を飲むな」と陸軍准尉の教練教師が叱咤した。だが、私たちは境内の井戸に群がった。この教師は銃剣道の名手として有名だったが、当時の私たちには上級生ほど恐い存在ではなかった。

学校への帰途、「駆け足」の号令が下った。校門まで約一・五キロの距離で、相変わらず灼熱の太陽が燃えている。肩に担いだ銃の底を右掌にもち、左手で腰の銃剣の鞘を握っての駆け足である。准尉は自転車に乗っている。この通りを路線とするトロリーバスの車窓から乗客が同情深げな表情で、銃を担いで喘ぎながら走る私たちを見ていた。トロリーバスとは、車体の屋根の二本のポールで上の架線から電力を供給されて走るバスである。路面電車より建設費が安くガソリンも不要なので、戦時には好都合とされた。口の悪い少年少女が「ノロリーバス」と嘲った鈍速の乗物であり、私たちの駆け足の方が速かったかも知れない。

汗みどろの私たちが学校に着くと、またも陸軍予備少尉の別の教練教師が「水を飲んではいかん」と、くどく注意した。「水は咽喉が要求しているだけで、胃や腸が求めているのではない」というのである。聞き流した私たちは、解散後、校舎裏の銃器庫へ駆け込んで銃と帯剣とを格納するや否や、校庭の蔭の水飲み場へ殺到した。

2　勤労即教育

鎌・拳銃・シャベル

一年生当時は、軍事教練を含む授業と運動部の練習とが学校生活のすべてだった。太平洋での開戦後も別段の変化はなかった。だが、翌一九四二（昭和一七）年度に入ると、各種の勤労作業に授業時間を奪われるようになった。第一に食糧増産作業、第二に軍援助作業だった。

第一の食糧増産作業には、学校独自の作業と農村援助作業とがあった。前者は、名古屋市南部の土古《どんこ》地区の荒蕪地に鍬を入れ、水田六反（約六〇アール）を開拓する作業だった。農村は青壮年の応召で人手不足のうえ、農作業は機械化されておらず、耕耘機やトラクターなどは皆無で、鎌や鋤などの道具を使う人力に頼っていた。

第二の軍援助作業は多様だったが、陸軍造兵廠での工場作業と高射砲陣地または戦闘機基地造成の土木作業とに大別されよう。

一九四二年、二年生のとき、陸軍造兵廠鳥居松製造所で、十四年式拳銃の製造に従事した。工員が仕上げる部品を整理し、組立てを手伝うのである。一九二五（大正一四）年に開発された口径八ミリ、全長二二・九センチで八連発の拳銃は、八発の弾を装填すると、九八〇グラムになった。年配の工員が「持ってみな」と、私に手渡した拳銃は重かった。

一九四三年に入ると、戦局が急速に悪化し、私たちが軍関係の作業に出る頻度が増えた。

私が三年生になったこの年度、農村援助作業が前年の年間五日から二日に減った一方、軍援助作業は、前年の二日間から四一日間に激増した。その分、学校での授業時数は大幅に削減されたことになる。

熱田区の陸軍造兵廠高蔵製造所に動員されたことがある。埃っぽい工場で、旧式の大砲をつくる手伝いをした。短い砲身や木製の両輪など頼りない感じの砲である。後年、四一式（明治四一年制定）山砲だったと知った。口径七・五センチ、砲身長一・三メートル、重量五三九・五キロの砲で、通常は二頭の馬に曳かせるが、六個の部品に解体し人力でも運搬できたので、歩兵連隊に四門ずつ連隊砲として配備されていた。

戦線の後退で空襲の脅威が現実化し、各地で高射砲陣地の構築が開始された。南区柴田地区では、その作業に従事した。現場は私たち学徒と陸軍の若い兵士とで人の海だった。私たちがツルハシやシャベルで掘った大きな凹部に、現役の兵士らが高射砲を据え付けた。後年、八八式（皇紀二五八八年制定）高射砲と知った。口径七・五センチ、砲身長三・三一二メートルで重量二・四五トンだが、発射速度が毎分一五発、有効射撃高度が七〇〇〇メートルでは、高度八〇〇〇～一万メートルで来襲する敵機には無力だった。

この年の四一日間に及ぶ軍関係作業のうち半数近くの二九日間は、晩秋から厳冬にかけての時季だった。これまで「軍援助作業」と呼ばれていたが、当時の「校務日誌」には、単に「軍作業」とだけ記録されている。

戦闘機基地の造成

そのころ、校庭での朝礼で、「三年生全員、明朝六時大曾根十州楼前に集合」と、しばしば指令台から当番の体錬科教師が伝達した。

翌朝、自宅から四キロ余を走って十州楼という料亭（注、現在は別の位置）の前に駆け付けると、星のマークを付けた陸軍の二トン積みトラックが何台も待っていた。トラックは私たちを荷台いっぱいに載せ、寒風のなかを北へと走った。名古屋の市街地からかなり離れた濃尾平野だが、周辺に何軒かの農家が見られ、いくらか凹凸のある平地に着いた。東春日井郡小牧村（現・小牧市）である。荒地をならして飛行場を造る仕事だった。

私たちはツルハシとシャベルとで土地の凸部を崩し、その土砂を「もっこ」に積み、二人で担いで別の凹部へ運んだ。「もっこ」とは、網状に縄を編んで四隅に綱を付け、土砂などを運ぶ原始的な籠のことである。ブルドーザーやパワーシャベルなど土木機械は一台もない。見渡す限りの荒野に人の海だった。柴田の高射砲陣地構築の場合と同様、この飛行場造成も人海戦術に頼っていた。やや大きめの丘のような凸部を崩すのは、朝鮮半島から連行されて来たらしい若者の担当だった。凸部の穴に火薬を仕掛けて爆破する、発破という危険な仕事である。彼の手で発破が仕掛けられ、轟音とともに岩片や土砂が飛び散るごとに、彼は私たちに理解できない言葉で何かを叫んだ。

機械が一台も見当らない人また人の海に、発破の炸裂音がこだまする。その荒野のような造成途上の飛行場に、初冬のある日、見慣れない液冷式戦闘機の一群が並び、一機ずつ雲間へ舞い上がって行く。当時、日本陸海軍の飛行機は一般に空冷式だったので、私たちの目を惹いた。列線の近くにいた若い陸軍中尉を囲み、「何という飛行機か」と私たちが質問すると、中尉はいくらか躊躇しながら、「あれはメッサーシュミットに似ている」とだけ答えた。戦後、私は、それが川崎航空機製の三式戦闘機「キ－61」すなわち「飛燕」と通称される陸軍の新鋭戦闘機だったと知った。そのエンジンはナチス・ドイツの戦闘機メッサーシュミットMe109と同じダイムラーベンツDB601を国産化したものだが、機体はMe109と設計思想がまったく異なり、そのコピーでなかったことも知った。

「飛燕」は、全幅一二・〇メートル、全長八・七五メートル、全備重量三・六トンで、「ハ－40」という一一七五馬力の発動機を装備し、最大速度五九〇キロで、二〇ミリおよび一二・七ミリの機関砲各二門を備えていた。なお、大艦で巨砲を扱う海軍は、口径四〇ミリまでの火器を機銃と呼んだが、陸軍は、一二・七ミリ以上の火器を機関砲と称した。

私たちが作業に従事したこの急造の飛行場は、のち名古屋空港に一変した。

砲弾を作る

同じころ、名古屋市東北郊の高蔵寺町（現・春日井市）の山中にあった陸軍高蔵寺補給廠へ、数日ずつ泊り込みの作業に動員された。厳冬の時季である。

その工場では、ささやかなベルトコンヴェアに垂直に並んで動いていく砲弾に黄色の液が注がれる。それを、もんぺ姿で日の丸の鉢巻きを締めた挺身隊の少女たちが無表情に見つめていた。戦後、ビール工場でビンにビールを詰める装置を見たとき、私は、規模や自動化の程度は比較にならないが、補給廠の火薬充塡工程を連想した。

フォークリフトなど機械的な運搬手段は皆無で、ここでも一切を人力に依存していた。私たちが扱ったのは八八式高射砲の砲弾であり、一発の重さが六・五四キロだった。それを二発ずつ詰めた木箱を肩に担いで貨車に積み込む作業があった。重さで私が落としそうになり、中年の工員が慌てて手助けしてくれたことがある。

私たちの宿舎は俄か造りの粗末な木造の建物で、各部屋では通路を挟んで両側に六人ずつ臥床するようになっていた。三食ごとに当番の生徒が、補給廠内の厨房から飯と汁とを別々に入れた大きなバケツ二つを部屋に運び込んで、各自の食器に盛り分ける。ある日、私が食事当番になった。私の手もとに部屋中の級友の視線が集まる。各自の食器に飯を盛ろうとする私の手つきを見て、「もっと少しずつ盛れよ」という声が聞こえた。普通に飯を盛ってゆけば、バケツの飯が足りなくなるというのである。

また、ある夜、別の部屋の同級生が私たちのクラスの部屋へ来た。「何か食べる物はないか。誰かくれたら歌をうたう」という。腕っ節の強い男である。「あ、お前、いい物を食べとるな」と、誰かを指さした。級友のなかには飢えを凌ぐため自宅から間食を持参した者もいた。その一人が手持ちの菓子一片を手渡すと、彼は、「ブナの森の葉隠に……慣れし故郷を放たれて夢に楽土求めたり……」と唄った。

『流浪の民』（ロベルト・シューマン作曲・ガイゼル作詞、石倉小三郎訳詞）という歌である。彼が出て行ったあと、しばらくの間、部屋中の誰もが黙り込んでいた。

こうした生活が続くある日、国防部長の肩書きのある体錬科教師が、校庭での朝礼の壇に立って、「諸君の勤労作業には軍から報酬が出ているが、校内にプールを設ける資金として積み立てている」と言った。だが、この学校の校内にプールができたのは、終戦後かなり経った一九五七年六月のことである。

ああ紅の血は燃ゆる

一九四四年四月、四年生に進級したばかりの私たちは、二週間ほど授業を受けた。ほとんどの教師が投げやりな姿勢で済ませようとしたのに、数学担当の教諭浅野英夫だけは、「残された時間はわずかです」としきりに口にして、密度の高い講義をした。

五月に入ると、これまでとは異なり、一年間を通じての動員態勢に入った。「通年勤労動員」という。当局者は「勤労即教育」（情報局編輯『週報』昭和一九年九月六日号）と詭弁を弄し、教師たちもそのように説いた。授業はまったくなく、工場勤務だけの生活である。毎日、通学するのではなく通勤するのである。

毎夕、「花も蕾の若桜／五尺の生命引っ提げて／国の大事に殉ずるは／我ら学徒の面目ぞ／ああ、紅の血は燃ゆる」に始まる歌をラジオが流した。『ああ紅の血は燃ゆる』（野村俊夫作詞・明本京静作曲）だった。軍歌ではなく、通年勤労動員の歌である。

まさに筆を擲って工場へ通う毎日になった。名古屋陸軍造兵廠千種製造所である。ここで私たちは、戦闘機の両翼に搭載する機関砲の製造に携わった。鍛工から仕上げ・組み立てに至る工程が南西から北東へと長方形に広がる敷地内に、第一工場から第五工場へと配置されていた。ここで造る機関砲は、初めは口径一二・七ミリの「ホ—103」だったが、私たちが手がけたのは二〇ミリの「ホ—5」だった。

太平洋などの諸戦線では、日本陸海軍の戦闘機が搭載した七・七ミリ機銃はもとより、一二・七ミリ機関砲でさえ「空の要塞（air-fortress）」と呼ばれたボーイングB17の撃墜が難しかった。それより強力な「超空の要塞（super-air-fortress）」と称される超重爆撃機ボーイングB29による日本本土空襲が予想され、こうした口径の大きい機関砲の量産が緊要になった。なお、海軍では二〇ミリ機銃と呼んでいたし、陸海軍の間では、同じ口径二〇ミリの自動火器ながら、その弾丸に互換性がなかった。

その後、日本本土に頻繁に来襲するようになったB29は予想以上に重防御・重武装で、二〇ミリ機関砲でも撃墜が困難だった。そのため、三〇ミリの「ホ—155」、さらには口径三七ミリという対戦車砲並みの機関砲も、この工場で造られるようになった。

私は、第五工場の仕上げ班のひとつに配属されていた。昼夜勤交替の一二時間作業である。時には「決死増産期間」と称して二四時間作業を命じられた週もある。二四時間内に一四時間ずつの二交替制というこの算数の謎は、いまでも私の頭の片隅に残っている。

通年勤労動員に入ってから一度だけ、私たちは母校に「通学」する機会があった。五月二一日で日曜日だった。何の目的なのか母校の教室で学科試験が行われた。その数日後、工場の隅で、私たちは学級担任の教師に一人ずつ呼び出され、試験の成績を批評された。私は、「物象よりも英語が目立ってこのように出来るとは何事か」と叱責された。当時、物理は物象第一類、化学は物象第二類と呼ばれていた。

監視の視線

機関砲の側板の仕上げが、私の仕事だった。側板とは、機関砲の機関部を砲身とともに覆う長方形の箱型部分の側面に打ち付ける鋼板である。私たちの部署へ挺身隊の少女たちがリヤカーで運んできた側板には、周縁に鋳型からはみ出た薄い鉄片があった。鋳バリといった。側板を万力で挟み、それをヤスリで削り取って仕上げる。現在の日本では考え難いだろうが、どの部品も一門の機関砲に適応できるだけだった。私が体験した限り、一〇〇式拳銃から「ホー5」機関砲に至るまで、一挺ずつ一門ずつが手作りであり、それらの部品は同一機種の間でも融通がきかなかった。

ここでも、あのインパール戦線から生還した級友の熊田熊三郎の話が思い出される。彼の砲兵隊では、重砲や野砲を前線に運ぶのに、輓馬で曳くのではなく自動車によったが、部隊の自動車が故障を起こした場合、シンガポールなどで捕獲した米英製の車と異なり、日本製の自動車の部品には互換性がなく、その部品の補給もなくて辛かったという。

ところで、翌年度の上級学校入試の内申書には、「学科成績」とともに「勤労成績」が記載されることになっていた。担任の教師は、正確に数値化できそうにない「勤労成績」を減点法で採点しようとし、いわば粗捜しだけを目的とする巡視を、日々の仕事にした。

深更、灯火管制で暗い現場に教師が見回りに来た。毎晩、戦闘帽に国民服の姿の彼らが暗闇から現われた。人影に気づいた私がヤスリの手を止めて挙手の敬礼をする。ときに、私の学級の担任教師が暗中から現われ、私の敬礼に一片の微笑も唇許に浮かべず、冷たい表情のまま挙手の礼を返し、構内の闇に姿を消した。

約一〇年後、母校に教師として戻った私は、たとえば、一九五九（昭和三四）年秋の伊勢湾台風の直後、担任学級の三年生と一緒にトラックの荷台に乗って名古屋市南部の被災地に赴いた。小型船舶が地上に乗り上げ悪臭が漂う市街地を南下して名古屋港へ行き、土嚢つくりなどに泥塗れで従事したが、その際、戦時の勤労作業では、生徒とともに働くどころか、生徒を励ましたり労わったりした教師が皆無、ほんとうにゼロだったことが思い出された。

昼夜勤交替の一二時間作業では、生活が不規則になった。コメと乾燥甘藷との比が四対六ほどの黒っぽい丼飯と、原形を留めないほど煮崩したイワシの一皿とが、昼勤では正午ごろ、夜勤では零時ごろに配られた。このメニューは、千種製造所では終始一貫してほとんど変わらなかった。私は、ほどなく胃腸障害・不眠・微熱・倦怠感・立ちくらみなど、体に不調を覚えた。とくに胃腸障害が甚だしく市販の薬では治らなかった。工場では機械による振動や騒音、低周波音が絶えず、暗い構内には粉塵が舞い、私たちには絶えず緊張感があった。昼夜勤交替という条件も加わり、強いストレスを受けて当然の環境だった。栄養の補給も不十分で、月日を重ねるにつれ、私の顔色は蒼白くなり、痩せ細ってきた。

私は、工廠内の診療所へ行った。若い軍医が触診し、聴診器を当てて首をかしげ、再三、「この健康状態では昼間だけの八時間勤務でなければだめだ」という。担任教師の表情を思い出し、私は、「それは困ります」と即座に答えて現場に戻った。だが、体調は一向に改善されず、一〇日ほど経って、再び診療所へ行くと、先日の軍医が、今度も丁寧に診察し、「だから、言っただろう。昼間だけにしなけりゃだめだ」と、渋る私を押しとどめるように、万年筆を握った右手を左右に振って笑いながら諭す。

軍医に渡された診断書をもって、私は製造所内の教官室へ行き、学級担任の教諭にその旨を申告した。

予期したとおり、彼は冷たい目で私の顔と診断書とを見つめ、何かを呟いて、露骨に不快そうな素振りで受け取った。

その年、軍需省（現・経済産業省）航空兵器総局長官の陸軍中将遠藤三郎が、「医師の診断書は職場を離れるパスではない。病気休みでもズル休みと結果は同じである。風邪や頭痛で職場を離れてよい時ではないではないか。病気は休日を待ってからにしよう」という談話を発表している。

「生産戦士」

工場では、旋盤・フライス盤などの機械一台に二人が取り組み、各工程での製品はすべて手から手への手送りだった。手作業ばかりで、合理的な流れ作業ではなかった。工程間の連絡は口頭で行われ、部品の運搬は、少量なら人の手、多量ならリヤカーに頼った。

工場内には多数の工作機械が並び、「優良機械」の札が掛かったのも見られた。よく見ると「MADE IN U.S.A.」とある。工作機械とは機械を造る機械のことだが、国産のそれは、米英独など外国製の模倣で故障が多かった。級友の竹内最が、別の学校の動員学徒に聞いたとして私に語った話がある。南方で日本軍の捕虜になったアメリカ兵が名古屋の軍需工場で働かされていた。その一人が、たまたまトイレで「こんな方法で物を造っては、日本が勝てるはずがない」と片言の日本語で呟いたという。奇妙に納得できる話だった。

緒戦の日本軍の圧勝に、海軍の零式艦上戦闘機すなわち〝ゼロ戦〟が大きく寄与した。そのゼロ戦は、名古屋市港区大江町の三菱重工業で造られていたが、そこには十分な滑走路がなく、約四八キロ離れた岐阜県各務原の陸軍飛行場まで運ばれた。胴体の前半分・後半分と翼とに分けて輸送するのだが、名古屋市外に出ると悪路になる。そこで、凹凸の多い道路で脆弱なこの飛行機を運ぶのに牛車が使われた。最新式の戦闘機を牛が曳く木の車で運ぶのである。高速戦闘機という近代兵器と牛車という古風な運搬手段とには違和感があって深い記憶となり、いまも忘れられない。中区新栄町の交差点を北へ進み、東区の布池町・赤塚町・山口町から徳川町を経て大曾根へと北上するルートが通学路とほぼ一致するため、私は、日常的にこの光景を目撃していた。

通年勤労動員で、私たちはこうした「日常」から離れ、「非日常」の日々を送ることになる。教育が「日常」の営為なら、勤労は「非日常」に相違ないのに、当局者は「勤労即教育」と詭弁を弄した。私の家から造兵廠までの距離は、学校までと大差なかったが、勤労学徒は「生産戦士」というので、徒歩ではなく市電（路面電車）などの交通機関も利用できた。市電の前部から降りる際、運転席の鋳造の機器に「GE」すなわち General Electric 社の略語を見て、私は奇妙な感じを抱いた。

巨大な浪費

生え抜きの工員、しかも熟練工にも召集令状が届いた。顔色が悪く貧弱な体格の工員にすら応召の日がきた。彼らが赤だすきを掛け万歳の声に送られて去ったあとの工場には、未熟練工の私たち動員学徒の姿が目立った。未熟練工どころか素人である。

例の側板の仕上げにしても、側板を削り過ぎるとオシャカになった。オシャカというのは、検査に通らない不合格品のことである。検査といっても製品にベンガラすなわち酸化鉄（Ⅲ）Fe_2O_3 の赤い顔料を塗って基準の平板に押し付け、赤色が着かない個所があれば規格に合わず、他の部品と摺り合わせて組み立てることは不可能と判定するだけだった。

オシャカは、私たちの班どころか、日本全国のどの軍需工場でも無数に見られた。私たち学徒は、オシャカという名の鉄屑を造っていた。白木綿布に「神風」と墨書された鉢巻きを締め、熱意を籠めたつもりの作業でオシャカを造り続けていた。

各部品を仕上げて機関砲を組み立て、試射場へ運んで試射すると、「ド、ド」と音を発しただけで止まる。数回試みて駄目なら、この苦心して作った機関砲は、即座にただの鉄屑になる。ある噂を聴いた。小銃製造工場で、未熟練の勤労学徒が製造に携わった小銃がただ一度の検査だけで合格し、実際に撃つ段になったら引き金を何度引いても撃てず、「このような小銃を与えられた兵士は気の毒だ」というのだった。

熟練工が相次いで応召する一方、地元の歩兵連隊から私たちの班へ若い兵士が応援に来た。寒い時季、霜焼けで赤く腫れた手にヤスリをもち、作業台の万力に黙々と取り組む彼らは、慣れない手つきで、いつも何かに怯えているようだった。「実に馬鹿馬鹿しい人力・物資・時間の浪費だった」と、ゼロ戦の設計主任者、堀越二郎たちが、戦時日本の航空工業について述懐した通りの状況だった。

馬鹿げた浪費といえば、次のような例もある。

排水量六万八二〇〇トンで、口径四六センチの主砲九門を装備した戦艦大和は、膨大な人力と物資を費やした世界一の巨艦で、その建造費は東海道新幹線の東京・新大阪間敷設費の約二分の一に相当したという。大和型二番艦の武蔵の分を加えれば同区間の全建設費に匹敵するが、主役が戦艦から航空機に移り、両艦とも古い時代の遺物になった。武蔵はフィリピンのレイテ沖海戦、大和は沖縄特攻作戦で、どちらも無為のまま沈んだ。

大和型三番艦の信濃は、戦艦から空母に改造設計され、一九四四（昭和一九）年一一月一九日に竣工し、二八日、横須賀から呉に回航されようとした。信濃は、突貫工事のため艦内各区画の気密試験なども省略されていた。翌二九日午前三時二〇分、潮岬の沖で敵潜水艦に雷撃され、七時間後に沈没した。就役して一〇日の寿命で、これも徒死とも言える最期だった。

工作機械から路面電車の制御器に至るまで、工業製品の品質・性能などはアメリカと比べ格段の差があった。B29のような超重爆撃機をつくる能力のない日本の軍部は、多様な戦術や兵器を考えた。戦術での有名な例は体当たりの特別攻撃隊（特攻隊）であり、兵器でのさほど知られていない例は風船爆弾である。

この年、愛知県第一高等女学校四年生だった海部美波留や小島祥子たちは、名古屋陸軍造兵廠熱田製造所に動員され、和紙をコンニャク糊で貼り合わせて大きな風船を造る仕事をした。コウゾ・ミツマタ・ガンピを材料にした和紙は、洋紙よりも繊維が強靭とされ、それをコンニャク糊で貼り合わせ直径約一〇メートルの巨大な紙風船を造るのである。

風船の下部に、一五キロ炸裂爆弾一個と五キロ焼夷弾二個を懸吊し、水素ガスを詰めて八〇〇〇メートルから一万メートルの高空に放つ。それは偏西風に乗って太平洋を越え、アメリカ本土の上空に到着し「爆撃」を加えるはずである。

当時の私たちは、具体的なことは全く知らなかったが、千種製造所のどこかで女子挺身隊員が、コンニャク糊で紙を貼りつないで風船爆弾を造っているらしいという噂は聞いた。戦後、水野金平は、この製造所で風船爆弾の部品らしいものを造っていたと回想する。また、私の恩師で名工大名誉教授の山田保は、やはり戦後、「神奈川県登戸町（現・川崎市多摩区）の第九陸軍技術研究所で風船爆弾の研究に従事した。厳重に管理され極秘とされていた。その発想は、戦後に世間で酷評されるほど幼稚とは言えず、日本独自の技術による新しい着想も少なくなかったが、結果として失敗に終わった」と、私に語った。

「ふ」号作戦という。当時は、研究開発された順に「いろは」の記号を付ける習慣があり、三二番目に開発された風船爆弾は、「いろは」の第三二番目の「ふ」号兵器だった。「ふ」号作戦が下令され、福島県勿来・茨城県大津・千葉県一宮の各基地から九三〇〇個が放球されて、そのうちアメリカ西海岸で二八五個が確認された。

日本陸軍は、「ニューヨークの摩天楼も爆撃する用意がある」などと豪語していたが、風船爆弾でアメリカ本土へ焼夷弾を運んで落とすのが精一杯だった。とはいえ、アラスカからメキシコに至る西海岸の各地に得体の知れない巨大な風船が飛来し、オレゴン州では爆発して六人の命が失われた例もあり、アメリカ側は、国民の動揺を防ぐために報道管制を布いた。B29による東京焼夷空襲の三月一〇日、西海岸ワシントン州のヤキモー市東方にあったプルトニウムを生産するハンフォード工場の送電線に、日本の風船爆弾が不発のまま引っ掛かって停電になり、三日間ほど操業停止を余儀なくされた。日本の新兵器である風船爆弾が、アメリカの新兵器、原子爆弾の製造工場を攻撃するという奇縁になった。

3　適性無視の進路選択

陸海軍志願

私は旧制中学校在学中に三度、試験で不合格になった。

一度目は、一九四三年夏、三年生のときである。七月五日の朝、事件が起こった。校長の野山忠幹が、全校生徒に「海軍甲種飛行予科練習生への応募状況がよくない」と指摘したことに端を発し、三年生以上の全員が甲飛予科練の志願に総決起した一件である。予科練は下士官コースであり、その志願は立身の夢を捨てて殉国の道を選ぶことを意味した。

七月二三日の午後一時から、学校の柔道場で、第一次試験に先立つ予備検査が行われ、私は第一関門の視力検査で簡単に失格した。視力は航空搭乗員にとって最も重要な条件だが、私は幼時から強い近視だった。それでも海軍航空隊を志願したのは、異常な総決起の熱気に煽られ、異常な心理状態に陥ったためである。総決起直後、校内は自分の希望進路を正直に言える空気ではなかった。「文科系の上級学校へ」などとは論外で、「陸士（陸軍士官学校）へ行きたい」、「海兵（海軍兵学校）に入るつもり」などと言えば袋叩きに逢う。陸士も海兵も士官養成の学校だからである。「俺は近眼だから困った」と呟けば、耳にした者が「それでは甲飛を受けないのか」と凄む。誰もが狂気の時代に生きていた。

この総決起によって、その年一〇月一日、まず三年生一一名、四年生五名が海軍航空隊に入隊し、一二月一日、第二陣として五年生をも含む四〇名が入隊した。第一陣の入隊者のうち、四年生の犬飼成二と岡田巧、三年生の鈴木忠熙と蒲勇美が戦死し、やはり三年生の汀朋平が戦傷死している。なお、飛行機の生産が戦局の急迫に追いつけなくなっていたため、第二陣の入隊者からは犠牲者が出なかった（この事件の経緯と意味については、拙著『積乱雲の彼方に――愛知一中予科練総決起事件の記録』法政大学出版局、を参照されたい）。

二度目は、一九四四年、四年生になり通年勤労動員が始まってまもなくのころである。勤労動員という地獄の生活から一日も早く脱け出したいという一心で、私は陸軍経理学校を受験した。第一次試験は学科試験である。

事前に、名古屋師団兵務部から葉書が届いた。高村光雲の制作による楠木正成の銅像を図柄にした二銭の官製葉書に一銭切手を貼ったもので、表には〝公用〟の朱のスタンプが押され、その裏には、次のように記されている。

陸軍経理学校予科生徒召募試験通達書　番号113

昭和二十年度陸軍将校生徒召募試験ノ為　左記ニ依リ　出頭スヘシ

一、期間　自　昭和十九年五月二十八日

至　　五月　三十日　　三日間

二、試験場及場所　名古屋第一試験場　名古屋市中区大井国民学校　（以下略）

三年生のころは「軍作業」のため、授業時数が必要時数を大きく下回ったので、四年生とはいえ、三年生修了に見合う学力があるとは思えなかった。だが、この学科試験では、数学だけは暗記科目でないためか、または幸運だったせいか、未履修の領域の問題が出たのに解けた。この召募試験に合格して陸軍経理学校に入学した青木訓治は、「入学後、あの試験の合否は数学の成績で決まったと聞いた」と、後年、私に語った。やがて、次の書類を同封した封書が届いた。封筒の表には海軍元帥東郷平八郎の肖像を図柄にした七銭切手が貼ってあり、「公用」および「速達」の赤いスタンプが押してあった。封筒の裏には、東京府北多摩郡小平村　陸軍経理学校、左下に四角で囲んで「陸軍」と印刷されている。

検　第四二号　　学科試験合格通知

江藤　千秋

右者昭和二十年度陸軍経理学校予科生徒学科試験合格者トス　仍テ身体検査ノ為　昭和十九年八月二十三日午前九時迄ニ陸軍経理学校ニ出頭スベシ

注　意

出頭ニ際シテハ東京師管ヲ除キ各所管師団ノ指示ヲ受クベシ

昭和十九年七月二十二日

経理学校長　印

八月二二日の夕刻、翌日の朝食と昼食という二食分の握り飯などを雑嚢に入れて肩から掛け、制服制帽に巻き脚絆を着けて名古屋駅へ行くと、構内に一年上の五年生やその友人らしい旧制第八高等学校（八高）の生徒が旅行鞄をもって、すでに来ていた。当時の習いとして、私は上級生である彼らに挙手の礼をした。

上りのプラットフォームで、「二等車の前後の客車（三等車）に乗れ」という指示通りの位置で待っていると、ほどなく準急三〇号の列車が進入して来た。車窓から半身を乗り出し大声で指示する士官が目に入った。岐阜連隊区司令部の陸軍中尉土屋直道である。彼は名古屋師団管下の陸軍経理学校予科生徒志願者の引率官であり、「陸軍経理学校へ行く者は、前か後の車両に乗れ」と、手振りを交えて叫んでいた。

志願者の乗車時刻は、岐阜で一九時三三分、名古屋では二〇時二七分、豊橋で二二時一九分、浜松で二三時二二分、静岡では一時一〇分で、東京駅到着は翌二三日の五時二五分であり、名古屋から約九時間かかっている。中央線に乗り継いで国分寺駅で降り、北多摩郡小平村（現東京都小平市）の陸軍経理学校内の宿舎に着いて、わずかな仮眠をとった。

仮睡から覚めて、九時からの第二次試験すなわち身体検査に臨んだ。俗にM検と呼ばれた検査や、四つんばいになっての肛門の検査には驚いた。やがて視力検査の室へ入ると、担当の白衣の軍医が、視力表の文字やランドルトの輪を鞭で示す。ほとんど見えない。

「失格。毎年、このような者が受けに来る」と、その眼鏡の軍医は冷やかに言った。室の隅で検査の順を待っている名古屋駅で会った五年生や八高生たちが不審そうな表情で、私を見つめていた。

身仕度を整えて出口へ行くと、机を前にした数人の兵士がいて、中央線の国分寺駅から東京駅経由で名古屋までの帰路の旅費として八円五〇銭の現金と「経校甲証 第一九九九号、旅行証明書」とある紙片、それに当時としては珍しく大きなパンを私に渡した。

当時、軍が発行する旅行証明書がなければ国鉄（現ＪＲ）の切符は、一般大衆には入手できなかった。東京駅の切符売場の窓口で、旅行証明書を提示して「名古屋まで一枚」と言っても、窓口の若い女性は「名古屋までの切符は新橋駅でしか売っていない」と言う。この八月一一日に一六歳になったばかりで、しかも初めての上京である。「新橋駅へは、どのように行けばよいのか」と尋ねても、その女性は笑って答えようともしない。

東京駅の改札口近くの一隅に腰を下ろしてなんとなく、次から次へと人波が続くのを見ていた。途方に暮れていたわけでも、思案していたわけでもない。

私の近視は強度だった。私の視力が採用基準に達せず、合格は無理と分かっていながら受験したのは、他の陸海軍諸学校と比べて視力の制限が緩い陸軍経理学校なら万一の僥倖をと考えたからである。とにかく勤労動員の苦痛の日々から逃れたかった。だが、このときの私は、自分の甘さを反省しているのでもなかった。ただ茫然としていた。

東京駅の構内に靴音を響かせて行き交う人びとの大多数は、軍服姿である。駅の片隅に座っている私の帽子の記章を目に留め、ひとりの青年士官が立ちどまり、「ぼくも、愛知一中の出身だ」と、一言だけ言い残し、改札口へと足早に向かった。また、別の若い士官が私の前に立ち、同じような言葉を掛けてすぐ立ち去った。

私は、相変わらず、漠然と座ってカーキ色の人波を眺めていた。恰幅のよい下士官が、私の眼前に立った。「きみは名古屋へ行くのだろう。この切符をあげる」と、名古屋行きの切符を私の手に握らせる。驚いて立ち上がり、金を払おうとする私を制止して、「その切符は要らなくなったから」と、この青年も足早に改札口へ去った。あの先輩の若者たちは、フィリピンあたりの戦場に急いでいたのであろうか。切符を手にした私が改札口へ行くと、改札担当の若い女性が「急いでね」と、いたわるような表情で声をかけた。駆けて乗った夜行列車は満席で、名古屋までの八時間以上、立ったままだった。

明け方近く、名古屋駅に着いたが、自宅まで帰るための交通機関がない。暁闇から払暁への間、私は、南武平町四丁目の家まで歩いた。街に明かりはなく、路上には人影が見られない。広小路本町あたりの北側の歩道を歩いていると、反対側の歩道を白い服装で姿勢のよい人物が大股で足音もなくこちらへ来る。「最近、海軍士官の夏服は白色から薄緑色に変わったはずだが」と、すれ違いざまに振り向いても誰もいない。幻覚だったか、それとも戦死者の亡霊だったかと考えているうちに、私は自宅に着いた。わずかな時間の仮眠のあと、またも、あの造兵廠へ出かけねばならない。

旧制高校入試

三度目の不合格は、一九四五年、四年生での卒業を眼前に、五年生とともに上級学校を受験した折のことである。「昭和二十年第八高等学校入学志願者心得」に、「本校ニ入学セシムベキ生徒数」は文科三〇人、理科では甲類二四〇人と乙類八〇人とで計三二〇人とある。第一次選抜で出身校の調査書に基づき、中等学校からの従来の入学者実績などを参考にし、「入学セシムベキ定員ノ約二倍ヲ選抜」し、そのなかから第二次選抜で身体検査・口頭試問・筆答試問によって入学者を決定するという。

身体検査は、とくに結核性疾患について厳重に行い、口頭試問は、「人物及向学心、研究心ノ厚薄」などについて行うとともに、筆答試問は、「学力ノ程度ヲ考査スル」のではなく、高校教育を受けるに足る「素質、能力ノ有無ヲ察知スル」のが目的で、勤労従事の期間の長短などが影響しないように考慮するという。

理科の募集人員は、文科のそれを約一〇倍も上回る。またしても、日本軍部指導層は、泥縄的な発想で教育現場に介入した。諸戦線で玉砕が伝えられた一九四三年、戦闘力の錬成と称して軍事教練が強化され、運動部は軍事色の濃い組織に統廃合された。サイパン島が敵手に落ちた一九四四年、生産力の不足を補うために通年勤労動員が実施された。そして、B29が跳梁し始めたこの一九四五年、戦線後退は科学技術の劣勢が原因であったものとして、理系の生徒を大募集するのである。

だが、私自身も時流に流されたようである。生まれ育った環境などから、私はどう見ても文科系と評されていたのに、理科系、それも数学・物理に重きを置き、将来は工学部か理学部に進学する理科甲類を選んだ。

母が第一回の脳出血で倒れ、昏睡状態に陥った直後、八高から封書が届いた。手書きの謄写版刷りである。

審査ノ結果 第一次選抜ニ合格セシニ付 左記各項ヲ心得ベシ

昭和二十年一月十一日

第八高等学校

（各項、略）

前年の一二月、千種製造所第五工場の仕上げ班で作業中の私の持ち場へ、四丙で級友の野田卓三が駆けつけたことがある。彼は、健康上の理由で現場での作業を免除され、工場内の教員控え室で教師たちの補助的な仕事をしていた。

息を弾ませて入ってきた彼は、「江藤は八高に入れない」と言う。同じ班の級友はもとより、近隣の班の者まで、野田卓三の声を聞いて、私と彼との周りに集まった。口々に彼らは言う。地面を踏みならして、だれもが「江藤が八高に入れないとは何事か」と言う。だが、野田卓三は、「江藤の内申書には〝コノ者仕事ニ不熱意ニシテ不真面目ナリ〟と書いてある。ミイラ（国語教師の渾名）とメソ（英語教師の渾名）の二人以外は、内申書を書いたエンソ（学級担任で理科教師の渾名）を始め、どの教師も江藤の悪口を言っている」と言って退かなかった。寒気の厳しい時季、冷気で凍りつく現場で生徒を働かせながら、明るく暖かい室内でストーヴに当たって、教師たちは、このような内申書を書いていた。その教師の何人かは、一〇年ほど経って旭丘高校と名を改めた母校に化学教師として赴任した私と、同僚になった。

開戦前から、中等学校の生徒は国防色すなわちカーキ色の制服と戦闘帽とを着用するように当局は示達していた。教師たちも同様の服装だった。だが、私は、家庭の事情で新型の服装に改める余裕がなく、兄たちの着古した濃紺色の古い制服を着て、やはり濃紺色の古い破れ帽子を被っていた。その格好は、反抗的で生意気な態度に見えたかも知れない。しかも、服も帽子もボロに近く、意識的に襤衣破帽を気取っているように思えたかも知れない。それに、工場内での作業が、地味すぎるほど地味と自分でも分かっていた。

野田卓三の自信に満ちた断定的な言い方を聞いても、私は、「教育者ともあろう人が、そのようなことを書くはずはない」と思い、「まさか」と笑って彼の言を信じようとしなかった。好まない仕事ではあるが、私なりに熱意をもって作業に従事し、戦時の学徒として恥ずかしくない毎日を過ごしているつもりである。級友たちも私の笑顔を見て安心したのか、各自の持ち場に戻った。

第一次選抜の合格通知を受け取って、私の脳裏からは、野田卓三の言う懸念が一掃された。「学級担任の教師が、教え子の人格を無視する事実無根のことを内申書に書くはずはない」と、改めて思った。

一月二三日、夜明け前から空襲警報が鳴った。八高の第二次選抜の日だが、中止になるはずはなく栄区の家から昭和区滝子町にあった八高の校舎まで徒歩で受験に行った。このころ、私たちも学校当局者も空襲になれていて、爆撃を直接受ける恐れがなければ、ほとんどの者は平然としていた。この日も雪が積もり、空襲警報のサイレンが響いていた。

この日、筆答試問が行われた。メンタルテストのような簡単な設問のほかに、二〇〇字ほどの制限字数内で短文を書く問題があった。「最近感銘を受けたことを書け」という題だったと思う。躊躇なく私は、「物思う爆弾」をテーマにして書き始めた。

航空兵力の不足に悩む日本陸海軍は、前年の一〇月二五日、レイテ沖で敵空母群に突入した神風特別攻撃隊以来、爆装した飛行機を敵艦船に体当たりさせる特攻戦術を採用していた。当時の同盟国ドイツの新聞が、これを「物思う爆弾」と表現して報道したことが強く印象に残っていた。それを文にまとめようと考えたのである。

一月二四日、未明の午前零時四二分、B29一機が来襲し、名古屋市近郊の天白に一五〇キロ爆弾三トンを投下している。この日は身体検査があった。今回は視力で心配する必要はないが、例の下半身の検査は愉快ではなかった。一月二五日、午後九時四〇分、B29数機が、名古屋市瑞穂区に数発の二五〇キロ爆弾を投下した。

一月二六日、口頭試問が行われた。最初の室には二人の試験官がいた。私が入室して座ると、手もとの書類に目を通して、首を捻って何事かをささやき合い、困惑した表情のまま黙って出口ドアの方を指差した。

ほどなく、私は二番目の室に入って座った。向かって右の眼鏡を掛けた教官が手もとの書類を一読して息を呑み、隣の同僚にそれを見せて頷き合い、私の顔を凝視した。見つめられても表情を変えない私を見て、彼は苛立ったように詰問した。「それでも日本人か。所見欄にはとんでもないことが書いてある」と声を荒げる。私たち生徒の間には、「学課成績のほかに勤労成績というのがあるらしい」という風聞があった。それは単なる噂ではなかった。「まさか」と一笑に付した野田卓三の伝えた担任教師の内申書の文言を、眼前の試験官が口にし、私を罵倒しているのである。このときも、私は「まさか」と思った。

「なぜ、こんなことが書いてあるのか」と、苦い表情で眼鏡の試験官は問いただす。私は、咄嗟《とっさ》に「認められなかったのです」と答えたが、私の答えの意味が彼に理解できるはずはなかった。造兵廠での地味な作業の性格とか、父親はなく、母親が病床で昏睡していることなどを学級担任に分かって貰えないもどかしさを、私は、この一言で訴えたかったのであろうか。この時代、「それでも日本人か」と面罵するのは最大限の侮辱だった。だが、私には、誇りがあった。作業が自分の性格に合わず、技術は巧みではないにしても、「仕事に不熱意」ではなく、まして「不真面目」な人間ではないつもりである。「帰れ！」と一喝されながらも、正面から試験官の目を見据え、直立不動の姿勢で上体を前に三〇度傾ける正規の敬礼をして、その室を出た。

どう考えても、学級担任の教師が、あのような事実に反し、しかも非情な記述を内申書に書くはずはない。何かの間違いに相違ない。しかも、私たちの中学校の伝統的な校風によれば、自ら顧みて恥じるところがなければ、毅然としていればよいはずである。

三つ目の室には、年配の試験官がひとり座っていた。回ってきた書類に目を通し、首をかしげて「帰ってよろしい」と静かに言った。私は、このときも、胸を張って室を出た。

一月三一日、市街地でも雪が積もっていた。それを踏んで八高へ合否の発表を見に行った。途中、工場で同じ班の平手隆三と出会うと、「俺は駄目だったし、お前も駄目だ」と言う。このときも、私は「まさか」と思い、歩き続けた。「まさか」は、本当だった。

この平手隆三については、私たちの工場で夜勤の深夜休憩のとき、灯火管制の暗い電灯の下で、ヘルマン・ヘッセの『車輪の下』の文庫本を読んでいた彼、作業中に「狭霧《さぎり》消ゆる湊江《みなとえ》の／舟に白し朝の霜／ただ水鳥《みずとり》の声はして／いまだ覚めず岸の家」と、小学校唱歌『冬景色』を低い声で口ずさんでいた彼、そのような記憶が、いまも私の脳裏にある。

八高から約六キロの積雪の街を帰路も歩いて家に帰ると、母は、布団のなかに意識不明のままである。一八歳の姉が、その枕もとに寄り添っていた。悲壮感はない。ただ、名状しがたい無念さだけがある。

昏睡している母には、声を掛けることもできなかった。

旧制専門学校入試

この時期のことは、空襲警報、敵機の爆音、そして積雪の白さが、記憶に残っている。

その年の「名古屋工業専門学校入学案内」には、募集人員として、「第一部　土木科約七〇名、建築科　約八〇名、化学工業科　約六〇名、航空機科　約七五名、機械科　約八〇名、紡織科　約三〇名、電気科　約七〇名」のあと、「附設工業教員養成所　土木科　約五名、建築科　約七名、化学工業科　約一二名、航空機科　約五名、機械科　約二〇名、紡織科　約二名、電気科　約一〇名」、「第二部（夜間授業）　各科　約四〇名」とあった。入学志願者資格は、「品行善良・身体強健・志望鞏固ナル男子」で、身長一五〇センチ以下、体重四五キロ以下、胸囲が七五センチ以下、矯正視力両眼〇・五未満、色盲または強度の色弱の者、嫌悪すべき疾患のある者などは、不合格とされた。

第一次選抜に合格した者は、私が受験した化学工業科では、二月二一日㈬に筆頭試問、二月二二日㈭に口頭試問、二月二三日㈮に身体検査を受けることになっていた。各科の附設工業養成所も第一部と同様、三日間にわたって試験が行われたが、第二部の受験生は、二月二三日の一日間だけで、身体検査と口頭試問とを受けることになっていた。

旧制中学校からの内申書の学科成績審査だけの第一次選抜が済んで、二月一〇日、私宛てに名古屋工業専門学校から葉書が届いた。母が倒れてからちょうど一ヵ月になる。葉書の裏面には「第二次受験票」と横書きされた下に、

第一部　化学工業科　第18号
第一次選抜　合格

と、縦書きで、特に合格の二字が大きな活字で印刷され、その左に注意事項がやや小さな活字で付け加えられている。

二月二一日㈬午前九時　本書持参出頭スベシ
尚　前日出校ノ上　自己ノ試問場ヲ承知シ置クベシ

二月二一日、午前五時近くB29一機が来襲し、午後一時過ぎにも警戒警報が発令されたが、予定通りに筆答試問が行われた。八高のときと同様、陸軍経理学校とは比較にならないほど単純な設問だった。

二月二二日、口頭試問の日である。この日も、昼ごろB29一機来襲のため、警戒警報が発令されている。初めの室に入ると、初老の試験官が一人だけ座っていた。その試験官は、手もとの書類を一瞥して眉をひそめたものの、すぐ微笑を浮かべて尋ねた。

「火災のとき火を消すには、どうしたらよいか」という問いである。「可燃物の除去、空気の遮断、そして放水による冷却です」という私の答えに頷いた教官は、「今度の戦争で現われた新兵器を挙げてみなさい」とさらに尋ねた。「電探と気密室です」と私が答えると、「なるほど」と深く頷き、「よろしい」という。終始、柔和な笑みを絶やさなかったこの教官は、有機化学の権威である鈴木義鏞教授だった。

なお、電探とは電波探信儀の略で、レーダーのことである。気密室は、一万メートル前後の高空を飛ぶ航空機では機外の気圧が低く、その機壁を気密にする必要があったために開発された設備である。いずれも、敵の日本本土空襲が激化していたころなので、即座に私は、このように応じたのであろう。

次の室には、二人の試験官がいた。私が座ると、向かって右の中年の教官が書類を一見して首を傾け、向かって左の若い教官に見せた。二人とも腕を組んで絶句したままだったが、中年の教官が、静かな声で「帰りなさい」と言った。

ここで、二つの特記しておきたいことがある。

第一は、数ヵ月後の新しい勤労動員先でのことである。その日、「おう、きみか」と、私は肩を叩かれた。入試の口頭試問の当日、向かって右に座っていた中年の教官である。「古代金属文化史の研究で文学博士と理学博士とどちらの学位でも取れたのだが」と、後年、しばしば私に語った学科長の教授道野鶴松だった。同じ勤労動員先で、「ぼくはきみの中学校の先輩だ」と私に握手した人物がいた。口頭試問のときの若い教官である。分析化学の助教授青木稔だった。

第二は、内申書の文言は同じなのに、一月二六日の二番目の試問室の教官たちと、二月二二日の教官たちとが極度に異なる反応を見せたことである。

二月二三日、身体検査があった。私の最大の弱点である視力についてでさえ、矯正視力が基準をかなり上回っていたので、別段のことはなかった。

三月一日付けで、次の文書が届いた。

化学工業科　江藤　千秋

右者来ル四月一日ヨリ本校第一部へ入学ヲ許可ス　尚入学式等ノ期日ニ関シテハ追テ通知ス

昭和二十年三月一日

名古屋工業専門学校

この通知が届いた日も、病床の母は、意識が明瞭でない状態のままだった。

八　孤立する日本列島

1　本土の封鎖と空襲

道路も菜園に

日本海軍は、輸送船の護衛に熱心でなかった。海上護衛が「腐れ士官の捨て所」と蔑まれたのは、陸軍で「輜重輸卒《しちょうゆそつ》が兵隊ならば、蝶々トンボも鳥のうち」、または「……電信柱に花が咲く」と嘲られたのと同様である。他方、アメリカ海軍は、日露戦争直後から、太平洋の日本軍の前進基地を奪取して島伝いに侵攻するとともに、海上封鎖で島国日本を屈伏させる「オレンジ・プラン」を練っていた。開戦後、彼らは、東南アジアなどの資源地帯から日本本土に至るシーレインを遮断する目的で、多数の潜水艦を散開させた。

開戦早々、落下傘部隊の奇襲で確保した蘭印のパレンバンの石油も、タンカーが撃沈されて本土に届かなくなった。シンガポール南のビンタン島のボーキサイト、マレー半島の生ゴム、海南島の鉄鉱石、フィリピンの銅鉱石なども、輸送船がアメリカ潜水艦に狙われて沈んだ。日本の潜水艦が艦隊や基地の強襲、離島への物資輸送という法外な目的に酷使されて戦力を失ったのとは対照的に、アメリカの潜水艦は日本本土封鎖に効果を上げた。

開戦後は民間の商船や貨物船が軍に徴用され、コメなどの移入・輸入が難しくなった。農村の若者の多くが徴兵され、軍が化学肥料よりも火薬の製造を優先させたことも、食糧事情悪化の要因になった。敵の輸送路遮断作戦の効果は、私たちの食卓にすぐ反映した。

学徒動員で生徒不在になった学校の校庭は耕され、市街地の空き地は畑と化し、道路も菜園に変わった。わずかなコメに大根の葉やサツマイモの蔓などを混ぜて煮込んだ雑炊、トウモロコシに麩を混ぜた粥、葉や茎と一緒に細かく切って煮たカボチャ、そうした主食が食卓に上る。臨時菜園で採れたホウレンソウやキュウリなどの野菜のほか、イナゴもバッタも、アマガエルやヒキガエルでさえ蛋白質《たんぱくしつ》の供給源として、すべて副食になり得た。イナゴは乾燥重量で六八パーセントに及ぶ蛋白質を含み、その佃煮などは栄養食品とされた。

私たちが通年動員に入った一九四四（昭和一九）年、国内では戦争に不可欠な戦略物資も、日常の食料も払底し始めた。二年前の開戦一周年記念に「国民決意の標語」が募集され、応募作品の「欲しがりません勝つまでは」が有名になったが、それどころではなくなった。

鋼材不足で、木造船の建造が喧伝され、大きな筏まで造られた。当局は、松の根を乾留すれば高オクタン価の航空機燃料が得られると宣伝した。松根油である。松並木の景色は日本の原風景だが、当局者には軍需資源にしか見えなかったようである。国民学校児童の松の根を掘る作業も山野を荒らすだけに終わった。「金属供出」「銅像応召」などと称し寺院の梵鐘、公園の銅像、家庭の金属製品までも供出を強要された。愛知一中の校庭には「正義・運動・徹底」という校訓が台座に刻まれた、先輩で元校長の日比野寛の銅像があったが、撤去し供出された。マラソン王の異名をもつ彼の銅像は、戦後、旭丘高校卒業生で日展彫刻家の柴田鋼造によって復元されるまで、台座だけが残っていた。金属不足は甚だしく、陶製のアイロン、陶製の手榴弾はまだしも、陶製の貨幣まで出回ろうとしていた。

ゲルニカと南京・重慶

私が小学校三年生になった年の春だった。

一九三七（昭和一二）年四月二六日、スペインの内戦で、共和国政府に反乱する右翼のフランコ派に加担していたナチス・ドイツの空軍が、スペイン北東部の小さな町ゲルニカを空襲した。午後四時半ごろから三時間にわたり、ユンカース52型急降下爆撃機やハインケル51型戦闘機など四三機が、人口七〇〇〇人のこの町を襲った。住民の家屋は二五〇キロ爆弾で破壊され、雨下する焼夷弾で焼き払われた。逃げまどう住民は機銃掃射で撃ち倒された。投下弾量は二九トンという。平和な市民への最初の無差別爆撃と言われ、当時のスペイン共和国政府は、住民七〇〇〇人のうち一六五四人が犠牲になったと発表した。

私が、このゲルニカの悲劇を知ったのは、戦後、パブロ・ピカソの『ゲルニカ』と題する大作の絵によってだった。無差別空襲を加えたナチス・ドイツは、約八年後の一九四五年二月一三日、古都ドレスデンへの米英空軍八〇〇機による大空襲で、三三〇〇トン以上の爆弾・焼夷弾を浴び、三万数千人の市民が爆死または焼死するという形で報復された。

ドイツ空軍のゲルニカ空襲から二ヵ月余り経った七月七日、盧溝橋で日中両軍が衝突した。数週間後の八月一五日、日本海軍は、長崎県の大村基地および台湾の台北基地に展開していた九六式（皇紀二五九六年制定）中型陸上攻撃機三四機で東シナ海を越え、中国の首都南京と南昌基地とを爆撃した。国内では「渡洋爆撃、見よその雄姿」と唄われ、小学校三年生の私たちも歓呼したが、海外では非武装の首都への最初の無差別爆撃として非難を浴びた。なお、柳条湖事件直後の一〇月、戦火拡大を憂慮する中央の意向を無視して、関東軍は一一機の旧式飛行機で遼寧省の錦州を空襲し、市民を主とする二四人の死傷者を出している。小規模なだけで、これも無差別爆撃の発端と言えなくもない。日本海軍航空部隊は、中国の国民政府が南京から退いて重慶を臨時首都にして以後、重慶市街に三年間にわたって二一八回も無差別空襲を重ねた。重慶は、第二次大戦の参戦諸国の首都のうちで最も早くから、最も長い間、戦略爆撃にさらされた。

南京および重慶に与えた惨禍に対しては、終戦の年の三月以降、日本の諸都市の焦土化作戦、そして、丸木位里・俊夫妻の連作『原爆の図』に象徴される史上初の核攻撃によって、アメリカ軍に報復される。

一九四四年の夏

一九四四（昭和一九）年六月一五日朝、マリアナのサイパン島に、アメリカ軍が大挙して来襲した。帝国日本の「絶対国防圏」の一角である。通年勤労動員が始まってまもないころだった。

守備軍は、名古屋編成の第四三師団基幹の一個師団余である。この師団は訓練不足で、年配の補充兵が多く装備も劣悪だった。そのうち歩兵第一一八連隊などを乗せた輸送船団は、敵潜水艦の雷撃で沈み、二二四〇人の将兵を火砲・戦車・装備などとともに失って、千余人の丸腰の将兵が辛うじてサイパン島に着いていた。その前にも船が沈められ、武器・装備を失って上陸した将兵が少なくない。海軍根拠地隊員なども含め約四万三六〇〇人の兵力だが、実際の戦闘力は貧弱だった。

他方、来攻したアメリカ軍は、第五水陸両用軍団、第二・第四海兵師団、陸軍の第二七歩兵師団に砲兵隊・戦車隊などを加えた約七万一〇〇〇に及ぶ重装備の大兵力で、しかも、空母・戦艦などの艦艇七七五隻と艦載機八九一機とに支援されていた。第二・第四両海兵師団が、戦艦・巡洋艦の艦砲射撃と艦載機群の銃爆撃との援護で、サイパン島に上陸を強行した。むろん、アメリカの海兵隊を、日本海軍の陸戦隊と同一視してはならない。それは最新鋭の武器を携えた若者の集団だった。屈強な志願兵を主とし、敵前上陸などの訓練で鍛え抜かれた部隊である。

翌六月一六日、中国奥地の四川省の成都基地から発進した六三機の超重爆撃機B29が、北九州の八幡製鉄所を初空襲した。この「超空の要塞」と呼ばれるB29編隊を、飛行第四戦隊の陸軍大尉樫出勇たちが、三七ミリ対戦車砲を装備した二式複座戦闘機「屠龍」を駆って邀撃《ようげき》した。目標の八幡製鉄所に軽微な損害を与えただけの空襲だが、マリアナ失陥後のB29による本格的本土空襲を予告するものだった。

本土では燃料事情が逼迫し、艦隊随伴の油槽船《タンカー》も不足していた。日本海軍の第一機動艦隊は、「精製せずに使用できる純良だが、ひどく揮発性の強い艦船用油の産地ボルネオの豊富な油井」(ニミッツ)に近いタウイタウイを基地にした。だが、タウイタウイとその周辺には適当な飛行場がなくて訓練ができず、搭乗員の技量も士気も低下していた。

敵の第五八機動部隊のマリアナ空襲を知って、一六日、第一機動艦隊はフィリピン東方洋上で「ひどく揮発性の強い」危険な油の補給を受け、マリアナ方面へ進んだ。一八日、味方偵察機がマリアナ西方沖合にアメリカ機動部隊発見と報告した。かつて一九〇五（明治三八）年五月二七日、対馬沖で「皇国ノ興廃此ノ一戦ニ在リ　各員一層奮励努力セヨ」と、旗艦三笠のマストに「Z旗」が翻った。私たちは、それを日本海軍の勝利の象徴として、繰り返し聴かされた。やはり日露戦争の奉天会戦で日本陸軍が勝利を収めた三月一〇日の「陸軍記念日」と並び、五月二七日の「海軍記念日」は、少年の私たちに誇らしい日だった。翌一九日、旗艦大鳳のマストに再び「Z旗」が掲げられ、対馬沖と同様の訓示が連合艦隊司令長官の海軍大将豊田副武から全将兵に示達された。

サイパンを守るはずの日本海軍の第一機動艦隊は、艦載機の大編隊を放って先制攻撃しながら、搭乗員が未熟練だったため、ほとんどが撃墜された。アメリカ側が「マリアナの七面鳥狩り」と嘲笑したほど、日本機は無残な最期を遂げた。直後の敵襲で旗艦大鳳をはじめ、空母三隻などを撃沈され、飛行機三九五機を失って、日本海軍は敗退している。

「血に咽ぶサイパンの島」

サイパン守備軍は、海空からの支援を期待できない状況に陥った。この戦域に展開していた第三一軍は、「我レ身ヲ以テ太平洋ノ防波堤タラン」を合言葉にしていた。この防波堤が崩れれば、日本本土は怒濤に襲われる。暗示に富む言葉だった。

守備隊は、七月七日朝と八日夜、いわゆる「バンザイ突撃」を敢行し、待ち構えた敵の重火器の一斉射撃を浴びて全滅した。サイパン島の約二万五〇〇〇人の在留市民のうち、男性は日本刀や竹槍を手に突撃に加わるか、兵士から渡された手榴弾で自決し、女性は辱めを極度に恐れ、島北端のマッピ岬の断崖から海へ身を投じた。

勤労動員の重苦しい日々、ラジオや新聞でサイパン島の危機を知ってはいたが、「全員壮烈なる戦死を遂げたるものと認む」という大本営発表に、私たちの心は怯んだ。発表文の末尾に、「在留邦人は終始軍に協力し凡そ戦ひ得るものは、敢然戦闘に参加し、概ね将兵と運命を共にせるものの如し」とあったことも、私たちの気分を重くした。しばらくの間、ラジオから「血に咽《むせ》ぶサイパンの島」と繰り返す歌謡が流れていた。

戦時中、名古屋編成の師団は、なぜか戦局の重大な節目に参加し、壊滅的な打撃を受けている。ガダルカナルの第三八師団、サイパンの第四三師団、インパールの第一五師団などがその例である。そのため私の身近には、そのどれかの激戦に参加して戦死した恩師、重傷を負って生還した級友、そしてマラリアを病んで復員した叔父などの例が目立つ。

八月に入ると、サイパン島に隣接するテニアン島が三日、グアム島が一〇日、いずれもアメリカ軍の手に落ちた。マリアナの三つの島に、アメリカ軍は日本軍とは比較にならない土木工事力を駆使し、短時日に大型爆撃機の発着可能の滑走路を造成した。このとき、日本の焦土化と敗戦とは確かなものになった。

アメリカ軍のサイパン上陸に約一旬先立つ六月六日、アメリカ軍を主力とする連合国軍が、ドイツ軍占領下のフランス北部ノルマンディーに上陸した。以後、東部戦線での後退に加えて、西部戦線でも大攻勢を受け、ドイツは加速度的に破滅への坂道を転げ落ちる。

前年の一九四三年二月初め、日本軍がガダルカナルから敗退し、ドイツ軍はスターリングラードで降伏した。同年九月八日には、日独伊三国同盟の盟邦イタリアが連合国に無条件降伏している。日独両国は、同時進行の形で破滅への道を歩んでいた。

この六月のサイパン失陥、ノルマンディー喪失という決定的な時機に、終戦の手を打つべきだったが、日独とも無意味に抵抗を続けて流血を重ねた。日本の場合、太平洋戦争での全犠牲者の九〇パーセント以上がサイパン失陥以降に生じている。

七月一八日、首相東條英機の内閣は総辞職した。私たちにも、諸状況から見て当然と思えた。巷間には米機ならぬ「英機を撃て」の落書が見られた。彼の暗殺が計画され未発に終わったものの、重臣らの動きで東條退陣となった。そのころ、ドイツでも、陸軍将校団によるヒトラー暗殺計画が露見し、多数の犠牲者が出た。「七・二〇事件」である。

地獄からの使者

マリアナの三島がアメリカ軍の手に落ちて約三ヵ月後である。一一月一日の午後一時過ぎ、銀翼の敵一機が秋晴れの東京上空に現われた。B29を写真偵察用に改造したF13が、サイパンから二二八〇キロの洋上を飛来したのである。この一機を、各要地の電波探信儀（レーダー）も、洋上の監視艇八隻も捕捉できず、戦闘機も高度一万一四〇〇メートルまで上昇しながら一撃も加えられなかったし、旧式の高射砲はまったく役に立たなかった。

B29は、両翼に二二〇〇馬力エンジンを二基ずつ計四基備え、一二・七ミリ機銃一〇挺と二〇ミリ機関砲一挺とをもち、九トンの爆弾を搭載して最高時速五八五キロ、航続距離は五二〇〇キロの性能を示す。一万メートル以上の高高度を飛ぶため、機内は気密室になっており、搭乗員は酸素ボンベなしで自在に行動できた。戦闘機を上回る速度と重武装とをもちながら高空性能の優れた超重爆撃機だった。

一一月一三日に続いて二三日午後、快晴の名古屋上空へB29、実はF13が単機で偵察に来襲した。高射砲弾も届かず、戦闘機も到達できない一万メートル以上の高度である。垂直尾翼にR（偵察、reconnaissance）という印のあるこの機は、高性能の撮影装置一基と航空カメラ三台とを搭載し、一回の偵察で五〇〇〇枚の航空写真を撮ったという。初冬の青空に白い飛行機雲を曳いてB29は、南西から北東へと私たちの頭上を斜めに飛んだ。

アメリカ側は、F13によるこの二回の偵察飛行で名古屋市の航空機工場に関する多くの情報を得た。航空写真の解析専門家によって、写真に写った工場の形状などから、矢田川近くの日本で最大の三菱重工業名古屋発動機製作所と、名古屋港に近い同航空機製作所とが確認され、この二つの目標を破壊すれば、日本の航空機生産に決定的打撃を与えられるとアメリカ側は判断した。その日、警戒警報のブザーに続いて、「空襲警報発令」というスピーカーの声が聴こえた。名古屋陸軍造兵廠千種製造所の第五工場である。工場のすぐ傍に、一人用の露天防空壕、俗にいう蛸壺壕が掘ってあった。空襲の際には、その壕に入ることになっていたが、高空を行く敵機の角度から、直接爆撃される恐れはないと判断した私たちは、壕に入ろうとせず、この一機を見上げていた。高射砲陣地は沈黙しており、戦闘機の反撃も見られなかった。旧制中学校四年生で一六歳の私は、地上に立ったまま銀色の敵機を仰ぎ続けた。素直に、私はこの碧空を飛翔する飛行機を美しいと思った。まして、青空を悠々と飛び来たり飛び去るこの一機の来襲が、その後の殺戮的空襲を予言する地獄からの使者の訪れとは思いも及ばなかった。

私が飛行機雲を見たのは、このときが初めてだった。大気中の水蒸気が凝結してできた微小な水滴、あるいはそれが凝固した氷の微粒子が集まり、上昇気流によって空に浮いているとき、私たちは、それを「雲」と呼ぶ。そして、高空の大気中の水蒸気が飽和に近いなかを飛行機が飛ぶと、排気ガス中の水蒸気が急に冷却され、凝縮・凝固して氷の微粒子になる。この微粒子が核になって大気中の水蒸気が凝結し、飛行機の航跡に沿って細長い白雲をつくる。これが飛行機雲である。

2　空襲と地震

高高度からの精密爆撃

名古屋市は、日本陸海軍の航空機の六〇パーセント以上を生産していたので、Ｂ29の最大の爆撃目標とされた。東区大幸町の三菱発動機や港区大江町の三菱航空機など、市内外の多数の航空機関係の軍需工場が爆撃目標になった。高度約一万メートルの上空からは、ほとんど「点」としか見えない工場の各棟に、Ｂ29の編隊は的確に爆弾を降り注いだ。

私が動員されていた造兵廠は、南西から北東へと、鍛鋳造の第一工場から仕上げ・組立の第五工場までがほぼ工程の順に並んでいた。写真偵察機Ｆ13が名古屋市の上空に現われた数ヵ月後の一九四五年の四月八日、私たちの千種製造所が爆撃され、翌日、出勤した私は驚いた。南端の第一工場から第四工場までが完膚なきまでに破壊されて、被害を受けなかった東北端の第五工場にほぼ相当する面積だけ、西南方の民家が被爆している。太平洋と日本海とが同時に見える高高度からの爆撃である。誤差としてもわずかである。

高高度の上空では、帯状に強い西風が吹いている。偏西風といい、夏季には日本列島の北側にあるが、冬季には南下してくる。冬の偏西風は秒速一〇〇メートルに達し、これをジェット気流（jet stream）と呼ぶ。それは、この風速で絶えず吹いていると仮定すると、時速三六〇キロに相当する。冬の日本列島の約一万メートル上空で、B29の編隊はこうしたジェット気流に乗って西方の空に現われることが多かった。

一一月二四日正午過ぎ、九四機のB29が中島飛行機の武蔵野工場を爆撃した。その編隊は富士山を目標に北上し、そこで右に変針して東京方面に向かった。平均時速二二〇キロのジェット気流に乗って予想以上の高速で迫るB29編隊に対し、千葉県の勝浦などから発進した防空戦闘機は、偏西風に逆らう姿勢で有効に迎撃できず、しかも、高度一万メートルまで届く性能の高射砲はごくわずかだった。他方、B29群も予想外の偏西風の強さに照準が狂い、目標の工場への命中弾は少なく、その生産能力を低下させる効果はなかった。

爆弾の炸裂音

一二月一三日午後一時三七分、空襲警報が発令された。

B29群は、マリアナ基地を出撃して太平洋上を北上した。多くの場合、東京空襲のときには富士山、名古屋空襲のときは養老山地付近で右に旋回、強い偏西風に乗って加速し、対地速度七二〇キロ以上の高速で爆撃目標に殺到した。しかし、この日のB29群は、東京方面を襲う気配を見せながら伊豆半島南方洋上で北西方に変針し、偏西風に逆らって浜松上空を西進、浜名湖を経て豊橋付近で編隊を整え名古屋に来襲した。

このとき、七五機のB29が、午後一時五〇分から一五時までの間、名古屋の三菱発動機を爆撃した。私たちの動員先の工廠とは千数百メートルしか隔たっていなかった。私たちは、先日のF13の偵察来襲のときと同じように、自分たちの工場が目標ではないと決め込んで、割当てられた蛸壺壕にも入らず、空を見上げていた。これまでの経験から、敵機が自分たちの方へ向かってくるかどうかは、最初に現われた敵機の軸線を見れば分かった。爆弾・焼夷弾がこちらに落下するか否かも、投下音で即座に判断できた。

銀色に輝く大きな翼のB29に対して日本軍の戦闘機は点にしか見えず、高射砲弾は、その下方で炸裂していた。二五〇キロ爆弾が着弾するごとに地響きし、蛸壺壕の傍らに立つ私たちの前方に、三菱発動機工場に黒煙が舞い上がる光景が見られた。

三菱発動機工場には、巨大な三本煙突が並んで立っていた。度重なる爆撃で、三本のうち中央の大煙突の胴の真ん中に爆弾の破片で大きな孔が開いた。かなり遠くからでも視認できる三本煙突は、その後もそのまま立っていて、空襲の脅威を物語る証人に見えた。

B29のように亜成層圏で来襲する敵機に対しては、口径一二センチの三年式高射砲（皇紀二六〇三年制定）や、一五センチの試作高射砲（一九四五年四月、二門のみ完成）でなければ太刀打ちできない。だが、軍部は、帝都と呼ばれた東京、とくに宮城すなわち皇居の守護以外は念頭になかった。この一五センチ高射砲二門は、東京都杉並区の久我山陣地に置かれ、終戦直前の対B29戦闘で威力を発揮した。戦後、アメリカにもドイツにもなかった強力な対空火器だと、アメリカ軍部の視察団が驚嘆し、分解して持ち帰ったという。

この日、陸軍の第一一飛行師団は、小牧基地から第五戦隊の複座戦闘機「屠龍」二〇機を発進させ、海軍の第二一〇航空隊は、安城の明治基地からゼロ戦を主力とする二五機を出撃させた。これらの戦闘機隊は、B29二機を撃墜し八機を撃破したと記録されている。

一方、名古屋市内の上飯田、茶屋ヶ坂、川名山、八事、近郊の翠松園、龍泉寺、森孝などに布陣していた高射砲隊は、一四六門の高射砲から二七二八発を射ちながら戦果がなかった。しかし、アメリカ陸軍の中尉でB29の機長だったアルフレッド・スタンダールは、日本空襲に三四回出撃し、東京・名古屋・大阪・神戸・明石の諸都市を爆撃したが、上空からは都市の区別がつかず、「対空砲火が激しかったところが名古屋だった」と回想している（『朝日新聞』一九九四・一二・二八）。

敵機群は高い高度を、秒速八〇メートルの強い偏西風に逆らって飛翔して来たが、日本防空陣には、この偏西風を照準のファクターに入れる発想がなかったようである。三菱発動機工場は、二五〇キロ爆弾九六トン、焼夷弾八五トンを浴び、生産施設の一八パーセントを破壊され、三〇〇人以上の死者を出した。

一二月一八日の暁闇四時三七分、B29一機が名古屋市港区に投弾した。その約八時間半後の昼間午後一時から、やはり港区大江町の三菱航空機に対してB29七三機による爆撃が加えられた。続いて二二日の午後一時五〇分からは、六二機のB29によって東区大幸町の三菱発動機が爆撃された。私たちは、耳朶をうつ爆弾の炸裂音には慣れ切っており、割り当ての蛸壺壕に入ろうともせず、ほとんど眼前に見える火炎地獄に気をとられていた。

その年の大晦日の夜半零時一〇分、B29特有の爆音を耳にしたほか、頻繁に警報が発令された。年が明けて一九四五年の元旦の夜にも、敵機が単機または少数機で来襲し、空襲警報が東京や名古屋の夜空に鳴り響いた。払暁五時、B29一機が東京の下町に焼夷弾を投下し、四一戸が焼失、三四人が死傷した。戦時とはいえ、正月を楽しみにしていた庶民である。この「日本の正月」を無視する深夜の敵襲は、嫌がらせとしか思えなかった。

対照的な事実がある。

約三年前、開戦直後の一二月二〇日ごろ、海軍の第一潜水部隊は先遣支隊として、アメリカ本土西海岸の沖合で海上交通破壊に従事していた。先遣支隊指揮官の判断で、その部隊の潜水艦群は、二五日の夜、オレゴン州のアストリア、カリフォルニア州のユリーカ、モンテレーなど八ヵ所の陸上施設に一四センチ砲による艦砲射撃を加える予定だったが、連合艦隊司令部から「クリスマス当夜の砲撃は見合わせる」よう指導され、中止している。

実験的な焼夷爆撃

マリアナ基地に展開したアメリカ陸軍航空軍(のちの空軍)司令官の准将ヘイウッド・S・ハンセルは、日本の軍需工業への精密爆撃だけで十分とし、市街地に対する焼夷空襲には反対する立場をとっていた。

しかし、アメリカ国民には、第一次大戦でドイツの無制限潜水艦作戦に反発し、中立の立場を捨てて参戦に踏み切った記憶がある。日本については、かつて中国での無差別爆撃に不快感を抱き、いまは真珠湾攻撃への憎悪の思いがある。

日本では、工業労働人口が大都市に集中し、それらの都市は密集した木造家屋からできている。アメリカ軍は、一九四三年二月、この事実から、焼夷弾の効果はドイツと比べて数倍も大きく、軍事施設よりも大都市の住宅密集地帯を焼夷爆撃する方が効率的と判断した。軍上層部は、ハンセルの姿勢に同調せず、日本の都市を焦土化すべきだと主張した。

ハンセルは、ついに一月三日の昼間、午後二時四六分から一時間にわたり、商店や民家などの密集する名古屋市西区菊井町などに、B29五七機から、M69焼夷弾三八発ずつを束ねた集合焼夷弾一三九トンなどを雨下させ、約七五ヵ所に火災を発生させた。日本側は、陸軍が小牧基地の第五五戦隊、清洲基地の第五戦隊、海軍が明治基地の第二一〇航空隊を発進させて迎撃し、七機を撃墜、別に七機を撃破したと報告したが、全半焼三二〇〇戸以上、死傷者四〇〇人以上の被害を被った。この空襲は、木造建築が多い日本都市の殲滅を企図する大焼夷爆撃の「実験」にほかならなかった。

この日、私は旧制中学校の四年生、現在の高校一年生に相当する年齢の学徒として、また、姉は旧制高等女学校卒業の延長としてであろうが、「女子挺身隊」と呼ばれる組織に所属し、私と同じ名古屋陸軍造兵廠千種製造所に動員されていた。情報がまったく入らない時代である。この市街地昼間空襲のとき、母は、私たち姉弟が心配だったに違いない。連日連夜、ラジオから、当時は放送員と呼ばれたアナウンサーの「愛知県空襲警報、東海軍管区司令官発令」という声が流れ、街には警報のサイレンが響きわたった。

この年の二月一一日、東海北陸地方は、それまで大阪に司令部があった中部軍から独立し、名古屋に司令部を置く東海軍管区に属することになった。その司令部は、名古屋師団司令部に設けられた。名古屋城のすぐ南側（現・水資源開発公団など）である。

六日後の一月九日には、未明の午前零時三八分、午前一時二〇分、早暁午前五時一五分に各一機、昼すぎにも、午後一時五分に約二〇機、さらに一四日の午後二時五〇分には六二機のB29の編隊が名古屋に来襲している。昼間に大挙しての敵機群の空襲は、日本側の防空戦闘機や対空火器の不備を見抜いてのことと思えた。

一月三日の市街地焼夷攻撃の一週間後、つまり一月一〇日、私の母が脳出血で倒れた。この母の発作は一月三日の実験的な都市焼夷爆撃と無関係とは思われないし、直接には、それに続く一月九日の神経戦的な深夜空襲が引き金になったと、私はいまも信じている。

震える大地と空襲

前年の一二月七日午後、私は、千種の製造所で作業中だった。警戒警報も空襲警報も鳴っていないのに、足もとどころか工場全体が揺れる。大地が揺れる。工員や、いつも威厳を保ちたがっている工場の班長も、そして私たち勤労学徒も女子挺身隊員も、何も指示がないのに工場の建物の外へ飛び出した。屋外に出ると、工場の高い煙突が大きな振幅で揺れている。水泳プールのような防火用水の水面も大きく波を打っている。紀伊半島沖を震源地とするマグニチュード七・九の地震が東海地方を襲ったのだった。「東南海地震」である。戦時は極秘とされ報道されなかった。そのせいか、現今でも本土空襲の記録では、この地震のことが無視されている例が多い。

地震から一年後の翌年一二月七日、名古屋管区気象台の担当者は、次のように語った。

東南海地震の震源地は渥美半島西端の南方約六〇キロ、深さ二〇キロの海中で、震度は「強震」、性質は「横」、初期微動時間は二〇・六秒、最大振幅は水平動九〇ミリ以上、上下動三三・五ミリで、約二〇分間にもわたって震動した。余震が続き、この日だけでも一〇八回、翌八日には八九回、その後一月一三日の地震までに五四八回を数えたという。

夕刻、市電が不通になっていたので、約五キロを歩いて帰ると、途中、無数の家が傾いたり屋根瓦が落ちたりしていた。だが、辿り着いたわが家にはほとんど被害はなかった。

さらに一月一三日の未明、午前三時半すぎ、横揺れとは異なる激しい上下の震動で、私は目覚めた。空襲警報は鳴っていない。またも地震である。前年一二月七日の地震の余震がしきりに起こってはいたが、この大地の震えようはただごとではない。

渥美湾を震源地とするマグニチュード七・一の「三河地震」と知ったのは、戦後になってからである。東南海地震では愛知・三重・静岡などで死者・行方不明者一二二三人だったが、この三河地震は規模が小さいのに、愛知県だけで死者二三〇九人、全半壊三万二九六三戸と、被害が大きかった。翌日、工場へ行くと、責任者の教諭が私たち生徒を集め、「とくに知多半島方面から名鉄で通勤している者は、見たことを口外しないように」と念を押した。この地震で中島飛行機半田製作所、三菱航空機大江工場などが、生産ラインを停止したほどの大損害を被ったからである。三河地震も余震を伴った。一月一三日から二月末日までに一一二八回の余震があった。連日連夜、大地は震え、敵機の爆音が響いた。

深夜の単機来襲の際、わずか一機でも侮ることはできない。敵機は暗夜の市街上空に爆音を響かせて市民を威嚇したのち、五〇〇ポンド（約二二七キロ）爆弾を「無造作に」という感じで投下した。ある深夜には、わが家から数百メートルほどの都心のホテルに着弾した。こうした連夜の地震や空襲にもかかわらず、その怖さも、飢えや寒ささえも感じなかった。

一月二〇日、准将ハンセルは更迭され、少将カーティス・E・ルメイが、マリアナ基地のアメリカ戦略空軍を率いるために着任した。ルメイは、限られた目標に対する精密爆撃よりも無差別焼夷爆撃の方が日本の戦力破壊にはるかに効果的と判断し、以後、日本の各地に地獄絵を繰り広げる。彼らの都市無差別焼夷空襲の名目は、日本の主要都市が軍需企業とその下請け工場とから成り立っているという虚構にあった。

このアメリカ側の言い分を鵜呑みにしたらしい日本人の著書を目にして、私は唖然とした。何度も被爆した私たちの街には、まれに玩具や板ガラスなどの小さな個人の仕事場はあったものの、軍需工場も下請けの町工場らしいものも一切、見られなかったのである。

一月二三日の未明、午前一時二〇分、さらに払暁五時二〇分にも、B29各一機が名古屋市に来襲、東区、千種区、栄区（現・中区）に爆弾を投下し、午後二時五〇分には、七〇機のB29が東区大幸町の三菱発動機に一六六トンの爆弾を投下した。

その後もB29の夜間単機空襲が続き、二月一五日の午後二時、一〇一機のB29が、またも三菱発動機を爆撃した。二月一六日、一七日には空母機動部隊の艦載機グラマンF6Fなどが、関東・東海地区の諸施設を襲った。

二月一九日、アメリカ軍は、二つの画期的な作戦に乗り出した。

ひとつは、首都東京の咽喉元《のど》に刃を突き付けるように、硫黄島に上陸を開始したことであり、もうひとつは、第二〇航空軍司令部が、日本本土爆撃作戦として、航空機工業施設の破壊よりも都市焼夷攻撃を優先する指令を、指揮下の爆撃兵団に下したことである。この日、一三一機のB29が、東京都下の各区の市街地を爆撃した。

三月九日には、マリアナ基地の司令官のカーティス・E・ルメイが、「東京鏖殺《おうさつ》作戦を実施する。東京を廃墟にするため残らず家屋を焼き払え」と、指揮下の部隊に命令し、その翌日、すなわち三月一〇日の未明、B29二七九機が二〇〇〇〜三〇〇〇メートルの低空から東京上空に侵入し、その市街地に大量の焼夷弾を投下した。この空襲で、「木と紙」でできた首都東京は、死者八万数千人、家屋焼失二六万数千戸という原爆を受けたかのような大きな被害を被っている。

3　夜間無差別爆撃

音と火との饗宴

三月一一日の深更、午後一一時四二分、名古屋市の夜空に長いサイレンの音が響きわたった。警戒警報である。名古屋中央放送局（JOCK）からのラジオ放送は、「東海軍管区情報」と前置きし、「敵一目標、潮岬南方洋上を北上中」などと伝える。三重県志摩郡波切に設けられたレーダーが敵影を捉えたのである。前日の一〇日未明、東京に大規模な夜間焼夷空襲があったと聞いていた。今度は名古屋に来襲すると即座に判断した私は、姉に「来るぞ」と声を掛けて跳ね起きた。ゲートル（巻脚絆）を巻いて身仕度し、鉄兜をかぶった。鉄兜といっても形だけで、見るからにもろそうな鋳物のヘルメットである。寝たきりの母の病床を、布団を積み重ねたバリケードで囲んで、敵機の来襲を待った。

ラジオが「敵三目標、志摩半島南方洋上を北上中」と、落ち着いた声で伝える。

警戒警報から二〇分後、日付が変わった一二日の午前零時二分、ラジオから「三重県、愛知県空襲警報、東海軍管区司令官発令」と、一区切りずつ正確に発音する冷静な声の放送が流れ、街には空襲警報の断続的なサイレンが響いた。低くて重い音である。

「敵機は名古屋市内に侵入しました。市民の皆様、ご敢闘を……」といって、ラジオは切れた。真空管の国民型ラジオと呼ばれた機種である。ときには聴こえなくなることがあり、多くの場合、木製の本体を手で叩けばよかった。電気回路の接続が悪かったのであろうが、このときは確かに切れた。

B29の爆音が聞こえたと思うまもなく、西南西の空に敵機が現われた。何条も交差する照空灯の光芒を浴び、西の家並みの上に低い高度で次つぎに巨体を現わした。これまでは、約一万メートルの高高度からの昼間爆撃だったため、B29の巨大さを実感したのはこの夜が初めてである。

アメリカ側は、初冬のころF13による偵察写真で、日本軍には低高度向きの高射機関砲がきわめて少ないことを知った。そこで、千数百~二千数百メートルという低い高度で、夜間にB29を市街地上空に侵入させ爆撃する戦術を採用した。投弾する高度が低ければ、悪天候でも雲下を飛行できるうえ、目標地域にほとんど全弾を命中させられる。ルメイが雀躍して部下を東京や名古屋などの夜間爆撃に赴かせたのは、こうした理由による。

対空砲火の音も絶え、照空灯の光芒も見えなくなった。一五五〇~二五九〇メートルの低い高度で頭上に迫った敵機は、銀色から桃色に変わった。市街地の数百ヵ所で起こった大火災がジュラルミンの機翼や機胴に反映したためで、周辺も白昼の明るさに一変した。

この夜、二八八機のＢ29が午前零時二〇分から三時間三五分にわたって名古屋の都心の栄区などを襲い、Ｍ47焼夷弾、Ｍ69集合焼夷弾など一七九三トンを投下した。その際の凄まじい音を「重い荷物を載せた大八車がトタン屋根の上を駆け回るような音」と、火の粉や炎が乱舞する光景とともに、私は当時の日記に書きとめた。

すでに一九四二年までに、アメリカ軍部は、ゼリー状ガソリンまたはナパームと呼ばれる焼夷物質を兵器化していた。Ｂ29編隊は、これを詰めた七〇ポンド（約三二キロ）Ｍ47焼夷弾やＭ69集合焼夷弾を、この深夜、私たちの頭上に五万五千余発も雨下させた。この集合焼夷弾は、約六〇〇メートルの高度で破裂し、親弾が多数の子弾のＭ69焼夷弾に分かれて飛び散る。いわゆる「モロトフのパン籠」である。飛び散った子弾は「木と紙」でできた市街に幅五〇〇メートル、長さ一五〇〇メートルの燃えるガソリンの帯をつくる。

Ｍ69集合焼夷弾が落下する音、それが弾けて散った子弾の大気を引きちぎる落下音とその着弾音、家屋が焼け落ちる音、それに味方高射砲の弾片が屋根や塀などに当たる音も加わる。四囲は、耳の鼓膜を破りそうな音響に包まれている。轟音が空間を裂き、庭に焼夷弾が落下する。玄関のあたりに造ってあった防空壕は役に立たない。周辺の木造家屋は瞬く間に火に包まれて燃え落ち、無数の火の粉が雨のように降り、燃える木片や紙片が屋内まで次つぎに舞い込む。

漆黒の闇のはずなのに、母の病床のある南側の庭が昼間のように明るい。多くの植木や灯籠などを覆うように、無数の火炎のかけらが舞い落ちる。音と火との饗宴ならぬ狂演と私には思えた。意識が明瞭でなく身動きできないはずの母が、布団の防壁を抜け出て這い回り、声にならない声を出して畳のうえに散る火の破片を手で押さえようとする。無数に舞い込む火の破片を叩き消す作業に忙殺されながらも、私がなだめようとするのだが、母は幼児のように畳の上を這い回り、火片を追う。

火炎の奔流

西方と北方とに、とりわけ大きな火炎が揚がった。白昼のような明るさのなかで轟音が絶えず響く。火片は降り続け黒煙が渦巻き、異臭さえ漂ってきた。私たちの家も火炎に包まれると思った。町内会や隣組からは何の連絡もない。私は、最も近い「広い場所」として南南東一・五キロほどの鶴舞公園に避難することにした。母に防空頭巾をかぶらせ、寒気に触れないように衣類でおおって背負い、私は家を出た。

近くの広い通りに出て驚いた。近所の人びとをまったく見かけず、見渡す限り人影がなかった。近所の大人たちは、病母を抱えた一〇代の姉弟など眼中になく、家族ともども逸早く安全な場所に避難したようである。限界状況ではごく普通の人間でも利己的になり、決して利他的に振舞わないことを、私は知った。

また、大火災は風を呼び、火の川、それも激流となって流れる現象をはじめて見た。北方の坂の上にある中区役所の方から南へと、火炎が奔流となって押し寄せる。熱風をはらんだ火の激流が、南へと逃げる私たちの背後に迫る。逃げるほかはない。もんぺ姿の姉が、懐に亡父たちの位牌を抱いて小走りについてくる。両手にバケツを下げている。姉は、一方のバケツにはコメや洗面具、他方には枕を入れていたが、コメや洗面具はともあれ、枕をもっていたのは、「母をどこかで寝させねば」と考えたからだと言う。

私たちの家には、祖先が遺した文化財と言える書画や江戸時代から昭和初期にかけての多数の書籍などがあった。それらの価値が少年の私に分かるわけはなかったうえ、敵弾が雨下し火炎が渦を巻いて奔流となる状況では、まず人命を守ることしか念頭になかった。

三月一〇日の東京大空襲の四日後、貴族院の秘密会議で、議員の大河内輝耕が、「コノ次ハ東京ガ全部ヤラレルカモ知レヌ。ソノ場合ニ人ヲ助ケルカ物ヲ助ケルカ、之ヲ伺ヒタイ」、すなわち「人貴キカ物貴キカ」と質問した。これに対して内務大臣の大達茂雄は、「初メカラ逃ゲテシマフト云フコトハ之ハドウカト思フ」と答えている（『朝日新聞』一九九五・六・五）。彼らは、私たちのように、火炎地獄を体験していたのであろうか。

火と煙とのなかを街から街へとくぐり抜け、丸田町の交差点に出た。数百メートルほど南の鶴舞公園一帯が火の海に見え、私は立ち止まった。この判断で、私たちは救われた。

あとで聞いた噂では、すぐ南の老松町などは炎に包まれ、鶴舞公園には罹災者、避難者の群れが集まっており、そのあたりで焼夷弾を浴びて焼死・窒息死した者が多く、死体の山が見られたという。鶴舞公園まで到達できない人びとは、民家が焼け崩れ、電柱が傾いている街の冷え込んだ舗道で警戒警報の解除後もうずくまっていたという。

近くの民家の門を叩き、玄関の土間を借りて、私たちは爆弾の火と音の嵐が過ぎるのを待った。ここには見知らぬ他の避難者のグループも加わった。だれもが黙り込んでいた。

空襲が終わって夜が明け、ふたたび母を背負って、一応、家へ帰ることにした。燻り続け、焼死体が転がって死臭が漂う街を通り抜けるとき、姉が「私たちも罹災者になったね」と言う。だが、死んだ街を通り抜けて辿り着くと、わが家は焼け残っていた。

熱田神宮は御安泰

鶴舞公園にある名古屋市公会堂には、名古屋高射砲集団司令部と高射第二師団司令部とが置かれ、同公園南部の野球場内には、その指揮下の高射砲第一二五連隊第一大隊第六中隊、第二大隊第一一中隊が布陣していた。いずれもB29群に狙われて当然といえる目標である。この夜間空襲で、野球場の高射砲部隊の照空灯がB29の機銃手に狙い撃たれ、市公会堂から道路を挟んで数十メートル隔てただけの名古屋帝国大学（現・名古屋大学）医学部附属病院にさえ焼夷弾が落下した。だが、見事な建築の市公会堂は、無傷のまま終戦を迎え、戦後アメリカ占領軍に接収されている。

戦時中、名古屋は六三回にわたって空襲を受け、数百機の来襲八回を含め大編隊による空襲は一八回に及ぶ。そのうち夜間無差別焼夷爆撃は、この深夜がはじめてだった。この最初の名古屋夜間爆撃は、二日前の東京大空襲と比較し、空爆時間は七三分も長く、M47七〇ポンド焼夷弾一一四トンのほか、M69焼夷弾三八発を束ねた集合弾など計一七九三トンの焼夷弾が投下され、投弾量では一二八トンも上回る。だが、この夜間空襲での名古屋の被害は、焼失家屋二万六二九〇戸、死傷者五九〇人にとどまっている。

一方、この二日前の東京夜間大空襲での被害は、焼失家屋二六万七一七一戸、死傷者約一二万五〇〇〇人と格段に大きかった。東京の場合、風速二〇〜三〇メートルの強風のためレーダー・アンテナが揺れて機能せず、敵の投弾による火災発生の七分後に空襲警報が鳴って不意打ちを受けた。東京下町の超過密の木造住宅密集地域に焼夷弾が降り注ぎ、強い北風に加え、湿度五〇パーセントという乾燥した気象条件もあって、原爆被害並みの惨状を呈したのである。理不尽なことだが、アメリカ軍は、東京の下町一帯を軍需工業地帯だと主張していた。

関東大震災で壊滅的打撃を受けた東京では、帝都復興院総裁の後藤新平が震災地全域を買い上げて、道路の拡幅、公園の拡充に力点を置く大規模な都市計画を立案したことがある。それは地権者の反対や官僚の抵抗で挫折したが、実現していたら、この三月一〇日の空襲による東京の惨害はかなり軽減されていたと思われる。

しかも、東京空襲の成功から、アメリカ空軍は、二日後のこの名古屋空襲の際、信管の作動高度を低くし過ぎ、季節風の火災への効果を期待し過ぎるという誤りを冒した。このアメリカ側の過誤が、何万人もの名古屋市民の生命を救ったとも言える。

三月一二日の名古屋夜間焼夷空襲でのB29の損失について、日本側は対空砲火により一八機、防空戦闘機で二機、計二〇機撃破と記録し、アメリカ側は一機喪失、二四機損傷、その大部分は対空砲火によるもので、戦闘機の反撃は少なかったと述べている。

このアメリカ側の指摘を裏付ける事実がある。名古屋防空担当の第二三飛行団は、名古屋北西郊の清洲基地に双発複座の重戦闘機「屠竜」からなる第五戦隊を置き、北郊の小牧基地には単座戦闘機「飛燕」

の第五五戦隊を配置していた。前者は夜間、後者は昼間の防空戦闘に適していたのに、三月一〇日の東京大空襲に狼狽したためか、当局は、夜間戦闘に習熟した第五戦隊の全機を関東地区の調布に移動させ、その隙に名古屋が襲撃された。小牧基地の飛燕の戦闘機隊が迎撃したが、ほとんど無力だった。指揮官ルメイは、「二八五機のB29が日本の航空工業の中心地名古屋を襲った。攻撃ののち目標から一五〇マイル（約二四〇キロ）の海面にいたわが潜水艦から、ひどい煙のため視界が一マイル（約一・五キロ）しかないと海軍が連絡してきた」と書いている。

前々日東京を襲ったB29は、マリアナ基地を発進した三三四機のうち一六パーセント強の五五機が、恐怖感から任務を放棄して脱落した。けれど、この日は、出撃した三一三機のうち、目標の名古屋上空に侵入したのは二八八機であり、落伍機は九パーセント弱に激減している。これは、東京空襲に先立ち、「東京を焼き払って地図から抹消したい」と望んだ司令官ルメイが、あとで、「搭乗員らの不安なムードは〝東京での成功〟とともに劇的に一変した」と述懐したことを裏付ける。日本の首都と航空産業中枢とへの夜間空襲で一応の戦果を得て気をよくした彼らは、以後、及び腰でなく自信に満ちて日本本土の焦土化に熱中する。

名古屋の都心一帯が空爆の余熱を帯びている一二日の午後四時半、大本営は発表する。

「本三月十二日零時過より三時二十分の間B29約百三十機主力を以て名古屋市に来襲、市街地を盲爆せり。右盲爆により熱田神宮に火災を生じたるも、本宮、別宮等は御安泰なり。市内各所に発生せる火災は十時頃迄に概ね鎮火せり。

現在迄に判明せる戦果次の如し。
撃墜　二十二機、損害を与へたるもの　約六十機」

新兵器ナパーム弾

当時、アメリカ軍は、木造家屋でできた日本の諸都市を焼き尽くす目的で、多量の焼夷弾を使った。そのベースになる焼夷剤は、第一に空気中の酸素による酸化反応で焼夷剤が燃焼するもの、第二に空気中の酸素がなくても点火後、焼夷剤そのものが発熱して燃焼するものとに二大別される。前者の例は油脂焼夷弾、後者の例はテルミット焼夷弾である。

第一種の油脂焼夷弾は、石油のような可燃性物質を素材にした焼夷弾だった。日本本土空襲では、この種の焼夷弾が多量に、しかも無差別に使用された。このことは、過去の話だけでなく、現今でも全人類にとって見逃すことのできない問題点を含んでいる。

一九六四年八月二日のトンキン湾事件を契機に、アメリカはヴェトナム戦争にのめり込み、五〇万人もの兵力を投入しながら敗退した。その戦争のとき、日本人の多くは他人事のように、しばしばナパーム（napalm）の名を耳にし口にした。だが、ナパームは、第二次大戦でアメリカ軍が、最も広範囲にわたって多量に使用した油脂焼夷剤だった。

ナパームとは、焼夷剤として安価なガソリンに添加剤を加えてゲル化、つまりゼリー状にしたものをいう。ナパームをつくる場合の添加剤は、パルミチン酸・オレイン酸・ナフテン酸などの混合物のアルミニウム塩、すなわちアルミニウム石鹼だった。ちなみに、私たちが日常使っている石鹼は、パルミチン酸・ステアリン酸・オレイン酸などの混合物のナトリウム塩である。これらの脂肪酸は、植物性油脂を加水分解すると生じ、ナフテン酸は石油の酸性成分で、石油精製の副産物として得られる。

ガソリンを油脂焼夷剤のナパームにするとき、地上での近接戦闘でノズルから噴射して点火する火炎放射器の場合は五パーセント、爆撃機から投下する焼夷弾の場合は一二パーセントものアルミニウム石鹸を添加剤として加えた。焼夷弾ではゲル化の程度を高くする必要があった。

ナパーム焼夷剤は、初めは七〇ポンド（約三一・八キロ）M47焼夷弾に用いられたが、落下地点で燃え上がるこのM47などとは異なり、大量のゼリー状の火片を周辺一帯に撒き散らす六ポンド（約二・七キロ）M69焼夷弾がほどなく開発された。私たちの街を焼いたあの火の嵐は、おもにこのM69焼夷弾だった。

ハーバード大学の化学者ルイス・F・フィーザーは、アメリカ国防省筋の焼夷弾関係部門で指導的立場にいた。スタンダード石油グループが開発したM69焼夷弾は、彼が中心になっての研究成果だった。アメリカ軍部は、ユタ州のダッグウェーに、木造家屋が密集する典型的な日本の市街地を細密に模造し、ナパーム弾という画期的新兵器の実験を繰り返して自信をもった。不幸なことに、この彼らの予想は見事に的中するのである。

核攻撃に匹敵

ワシントン条約の翌年の九月一日、関東大震災が起こった。アメリカ軍部は、その被害状況から日本の都市の致命的欠陥を知り、それに対する無差別焼夷攻撃の発想を抱いた。

彼らは、草木と紙とでできた日本の都市は火炎攻撃に脆く、自分の家屋を焼かれれば働く者たちも労働意欲を失って日本の生産能力は急激に低下すると考えた。彼らは、日本を屈伏させるための戦略的な最重要空爆目標として、商船、航空機工場、製鉄・製鋼工場、そして市街地をリストに挙げた。戦争相手国の商船や輸送船よりは戦艦や航空母艦を狙い、後方の諸施設や市街地よりも軍港とか航空基地という眼前の戦術的な目標に気を取られ過ぎた日本軍とは根本的に考え方が異なっていた。

日本本土の諸都市に投下された爆弾・焼夷弾などのうち九七パーセントは焼夷弾である。まさに焼夷弾の雨あられ、嵐だった。このような無差別焼夷爆撃による死傷者・行方不明者は、終戦直前の一九四五年七月三一日現在でも、三三万八一四三人に達している。終戦間際の八月七日に愛知県の豊川海軍工廠へB29一二四機、一四日にも名古屋地区一帯にB29一八六機が来襲し大きな被害が出たが、それらを含まないこの統計ですら、八月六日の広島、九日の長崎への原爆投下による死傷者・行方不明者数を大きく上回る。ちなみに、八月七日の豊川海軍工廠爆撃は、午前一〇時一三分から二六分間で二五四四人もの死者を出している。

私たちは、「モロトフのパン籠」という言葉を小学生のころから知っていた。爆撃機から投下された親弾が多数の子弾に分かれて降り注ぐ仕掛けである。それが名古屋夜間空襲では、絶えず私たちの頭上で炸裂し、眼前で火を噴き、火の破片を撒き散らせた。大編隊で来襲するB29は一機ごとに、親弾の集合焼夷弾二四発を積んでいた。それは、四八発というよりは四八本と呼ぶ方がふさわしい細長い形の子弾、すなわちM69焼夷弾を三段に束ねて筒状のケースに収めたものだった。この子弾は四八発とは限らず、三八発とも六四発などとも記録されている。

B29から投下されると、三〇〇〜六〇〇メートルという低い高度で、子弾を束ねる親弾の鋼製のバンドが外れ、多数の子弾、つまり六ポンド（約二・七キロ）M69焼夷弾に分かれて「火の嵐」になる仕組みだった。

断面が円に近い筒状の容器に最も密に詰めるには、子弾の断面は正六角形でなければならない。自然界の例では、蜂の巣などが分かりやすい。M69焼夷弾は全長五〇センチ、厚さ四センチで正六角形の断面をもつ鉄製の筒だった。その頭部七センチほどのところに信管と炸薬とが詰められ、残りの部分にゲル化ガソリンが充塡されていた。尾部には、麻でできたリボンが折り畳まれて詰められていた。通常の爆弾には投下時の姿勢を安定に保つため金属製の鰭が付いているが、M69では、麻布製のリボンに替えたため重量が軽減するとともに落下速度を緩くなり、焼夷攻撃の際の心理的効果が増した。というのは、無数のM69焼夷弾が頭部を下にし、それぞれのリボンに火が着いて落下するとき、地上からは、「火の嵐」に見えるからである。

こうした仕組みのせいもあってM69は命中精度が不良で、しかも、実験段階で約二〇パーセントが不発弾だった。そのため、アメリカ軍は、M69などは戦闘では使用できないと考えていた。前線の戦闘に使えなければ都市無差別焼夷空襲に使うのが最善と彼らが考えたのは、自然の成り行きであった。

M69が着弾すると、頭部の信管が作動して炸薬が爆発し、底部の金属蓋が外れて、火の着いたゲル化ガソリンが飛散する。その火のかけらが家屋の壁とか天井などに付着して燃え上がる。木造家屋が密集する日本の都市はこうした攻撃に脆かった。私が何度も目撃した火の雨、火の嵐、火の海は、おもにM69によるものだった。

M47やM69と同じ系列の化学焼夷剤は、ヴェトナム戦争をはじめとする二〇世紀後半の戦争でもしきりに用いられている。大型の八〇〇ポンド（約三六三キロ）ナパーム弾ともなれば、爆発すると幅五〇〇メートル、長さ二〇〇〇メートルの地域が炎の海となって、その範囲内の住民と、家畜や家屋などはほとんど焼き尽くされるという。ヴェトナム戦争で用いられたナパームIIなどでは、主原料のナパームにテルミットや、マグネシウム、ナトリウムなど高温を発する物質が加えてあり、爆発地域では二〇〇〇度以上に達する。そのため、あたりに住む人びとは黒焦げになったり、大気中の酸素が失われるために窒息死する。私自身が、あの度重なる焼夷空襲で数多く目撃した死体の様態は、それだった。

二〇世紀も末に近い一九九一年一月一七日に起こった湾岸戦争では、最新型の焼夷弾として燃料空気爆弾（Fuel-Air-Explosive、略称ＦＡＥ）が用いられた。焼夷剤として液化したエチレンオキシド（エチレンオキサイド）を筒に詰め、それを破裂させて空気中とか地表にその微小な液滴を分散させた霧をつくる。その霧に爆弾で点火し爆発を起こさせ、広範囲にわたって建物や車両などを破壊し、遮蔽された箇所にいる人びとさえ殺すのである。エチレンオキシドは水とただちに反応してエチレングリコールに変化するほか、反応性が活発であって、眼を冒すなど人体にも有害な物質である。

油化学者の高木徹は、「こうした化学焼夷兵器の行使は、核兵器と同様、無差別に大量殺人を企てる残忍な手段であり、周知の毒ガスのような化学兵器とともに世界中での使用禁止が望まれる」と、私に語っている。

テルミット焼夷弾の火柱

第二種の金属焼夷剤の代表的なものは、テルミット（thermite）である。

本来、テルミットは酸化鉄（Ⅲ）とアルミニウム粉との混合物で、点火すると空気がなくても次の化学反応で多量の熱量を発生し、約三〇秒で二〇〇〇度を大きく上回る高温に達する。なお、鉄が融けて液体になる温度、つまり鉄の融点でさえ一五三五度である。

$$Fe_2O_3 + 2Al \rightarrow 2Fe + Al_2O_3 + 851.4\ kj$$

当時の新聞に、「殺傷エレクトロン焼夷弾の正体」という見出しの解説記事が、図解入りで掲載され、次の趣旨のことが説明されている（『中部日本新聞』一九四五・二・二二）。

開戦当初の一九四二年四月一八日、空母ホーネットから発進し東京・名古屋・神戸などを奇襲した双発の陸軍爆撃機ノースアメリカンB25が、エレクトロン焼夷弾を投下した。それは、四ポンドの正六角形の焼夷筒九九個を束ねたものだった。

以後、アメリカ軍は、その種の焼夷弾を使わず、油脂焼夷弾をおもに投下していたが、このころの名古屋夜間焼夷空襲では、エレクトロン焼夷弾を使用し始めた。

今回、アメリカ軍は、正六角形の焼夷筒九九個に小爆発式のエレクトロン焼夷

殺傷エレクトロン焼夷弾の正體

『中部日本新聞』1945年2月22日（『中日新聞に見る昭和の追憶・上巻』）

弾一一個を混ぜて一一〇個にし、それを二段に束ねた約五〇〇ポンド集合弾として用いている。この小爆発式エレクトロン焼夷弾は、正六角柱の焼夷筒の芯にテルミット、すなわち酸化鉄（Ⅲ）とアルミニウムとの混合物に硫黄などを混ぜた焼夷剤を詰め、その周囲をマグネシウム合金のエレクトロンで囲み、さらに鉄製の弾頭に爆薬を装塡した型式である。

ここで、エレクトロン（electron）という語は、本来は素粒子の「電子」を意味するが、この場合はドイツのエレクトロン（Elektron）社が開発したマグネシウム軽合金のことで、亜鉛・アルミニウム・マンガンとともに、主成分のマグネシウムを八五パーセント以上含む。また、テルミットの成分のアルミニウムがマグネシウムに置き換わった化学反応のときは、発熱量が著しく増す。アルミニウムよりもマグネシウムのほうが酸素との親和力が大きいからである。

エレクトロン焼夷弾には、中心部の焼夷剤が燃え尽きる寸前、弾頭の爆薬が炸裂し鉄製の弾頭の破片が飛び散って、消火活動に従事する市民を殺傷する効果もある。この小爆発式、すなわちミニ爆弾式のエレクトロン焼夷弾が着弾すると大きな火柱が立ち、地表に小さな穴が残った。当時、一般市民が「焼夷爆弾」と呼んでいたのは、ナパーム・マグネシウム系の焼夷弾M76、あるいはこのミニ爆弾式エレクトロン焼夷弾のことと思われる。

敗戦後の数年、都心から離れた昭和区萩原町で幼年時代を送った編集者・平川俊彦の話によれば、人家の少ない田んぼや道路脇の溝で遊んだとき、泥に埋まった六角形の錆びた鉄の筒をよく見つけたという。その中にいるエビガニやドジョウが目当てで、子供らは、空から与えられた〝仕掛け〟を泥まみれになって探したわけだが、都心だけでなく、人家まばらな所まで焼夷弾を投下していた事実を物語っている。

機銃掃射の曳光弾

三月一八日、気温がマイナス四・六度という寒い夜である。午後八時七分、名古屋市の上空に警戒警報の長いサイレンが鳴った。ラジオは、「東海軍管区情報。敵一目標、南方洋上を北上中」と伝える。ほどなく、ラジオの情報が「敵数目標、志摩半島南方洋上を北上中」に変わると、私はすぐ跳ね起きてゲートルを巻き、身仕度を整えた。姉に声を掛けた私は、いつものように旧制中学校の古い制服にゲートル巻きで鋳物の鉄兜、姉は、もんぺに防空頭巾である。

一週間前と同様、布団の防壁で母の病床を囲んで敵機の来襲を待った。家の中には、玄関の床下にささやかな防空壕が用意してあったが、都心の住宅密集地で焼夷弾攻撃を受けた場合、まったく役に立たないことを私は知っていた。

このとき来襲した一機は、名古屋市の中川区や熱田区のあたりに焼夷弾を投下して火災を発生させた。後続編隊の目視による爆撃の目印を、この先導機がつくったものであろうか。日付が一九日に変わって未明の午前一時四五分、ふたたび警戒警報、次いで午前二時には、空襲警報が鳴りわたる。「東海軍管区情報」と、いつものように重々しい声でラジオは、敵機群が志摩半島南方洋上を続々と北上する状況を伝える。今度は大編隊のようである。ほどなく、名古屋市が狙われていると明確に分かった。

三月一〇日に東京、一二日に名古屋、一四日大阪、一六日神戸と、日本の主要都市への夜間無差別焼夷爆撃を続けたB29の編隊が、今夜もまた、名古屋を襲おうとする。一二日からわずか一週間後のこの夜も、敵機は西の空に現われた。日本軍の照空灯の光芒が交差し、高射砲弾が敵機の周辺に炸裂したのは、先夜と同様、はじめのうちだけだった。一週間前の空襲で破壊されたためか、鶴舞公園の運動場に布陣した高射砲陣地は沈黙している。

やや低空で侵入する敵機は、燃える市街地の火炎で桃色に染まり、敵弾の空を引き裂く落下音と地鳴りを思わせる炸裂音とのほかは、なにも聞こえない。「ザーッという夕立のような音」と想起する人もいたようだが、集合焼夷弾が分裂して無数の弾片が頭上に降り掛かる音はその程度のものでなかったし、前述の「重い荷物を載せた大八車がトタン屋根の上を駆け回るような音」という表現も不十分であり、平凡ながら「言語に絶する」と言うしかないようである。

沸き上がるように、次つぎに敵機が西空に姿を現わす。近所一帯には、まったく人の気配はない。私の部屋からわずかな灯火でも漏れていると、少年ながら気丈な性格だったらしい私のいないときを見計らって、温和な母に文句を言いに来た警防団の中年男、敵機がまだ飛来しないとき、メガフォンで「空襲警報」などと町中を叫びながら駆け回っていた彼らも、どこかへ逃げ込んで姿を見せない。

日中戦争さなかの一九四〇年一〇月ごろ、「とんとんとからりと隣組／格子を開ければ顔なじみ／廻して頂戴　回覧板／知らせられたり　知らせたり」という歌謡が、街に流れていた。『隣組』と題する歌（岡本一平作詞・飯田信夫作曲）である。その年、上意下達のシステム、戦争指導を効率的に行う末端組織として、「隣組」が編成された。各町内会に約一〇世帯を一組とし、食糧配給や防空活動などの基礎単位になった。

そのころ、「世の中は、星に碇に闇に顔」と、一般市民の間でひそかに噂されていた。星は陸軍、碇は海軍であり、闇は公式の流通ルートを経ない取引、顔は町内などの有力者のことである。一〇年前に父を失い、母は重い病気のため幼児のようになっている。そのような私たちには、無縁の戯れ言だった。現在の私は、多くの善意の人びとに囲まれて暮らしていて回覧板や町内との付き合いなどにも違和感を覚えないが、「隣組」の呼称には、戦後半世紀以上を経た現在でも抵抗感がある。

戦後になって、あの夜、寝巻のままで下駄や靴を両手にもった壮年の男性、ヤカンとか鍋や飯椀を抱えた夫婦たちが避難先に集まったと聞いた。一二日未明の空襲で、姉が退避に不可欠とはいえない枕などをもって駆けていたことをわらうことはできない。

玄関の前で、私は頭上に現われる敵機を見上げ、周辺の街が燃え上がり崩れ落ちていくのを見ていた。そのとき、ふと気づいたことがある。

私の家から直線距離で二五〇メートルほど西に、百貨店の松坂屋のビルがあった。そのビルに焼夷弾が斜めに降りかかってコンクリートの壁に跳ね返され、多彩な火片となって飛び散っている。異様なその美しさに目を奪われている間にも、ジュラルミンの機翼と機体とを桃色に染めたB29が一〇〇〇～二〇〇〇メートルの低空で、続々侵入してくる。

私には分かった。B29の機腹から斜めに降り注がれる赤や橙などの火箭は、ビル周辺への機銃掃射の曳光弾に違いない。私の家のすぐ西方の市街地で懸命に消火したり逃げまどったりしている非戦闘員の市民を、敵機が無差別に銃撃しているのである。

三月一三日の『朝日新聞』は、「敵、鬼畜の銃撃」の見出しで「十二日未明中京を襲ったB29はわが制空陣めがけ、火炎に挺身する防空陣めがけて銃撃の雨を降らせた」と報じた。この制空陣とは高射砲陣地のことであり、防空陣とはバケツや火叩きをもって火炎に立ち向かうどころか、火の海で逃げまどっていた一般市民のことだが、私個人については、一二日の夜よりも眼前に見たこの一九日夜の銃撃の方が印象深く、いまでも目に浮かぶ。

日本軍の対空火器は非力で夜間戦闘機の数も少ないと見抜いたアメリカ空軍は、B29から機銃と弾薬、そして射手も降ろして機体を軽くし、搭載弾量を増やしたという。B29の「各機は機銃弾を搭載せず、その代わりに焼夷弾をできるだけ多量携行」(戦史叢書『本土防空作戦』)という記述はその一例であろう。

日本本土焦土化作戦を指揮した司令官カーティス・E・ルメイは、機銃と射手とをすべて外して日本本土空襲に赴かせては搭乗員の士気にかかわると考え、銃手は下部だけに配置し、日本側のサーチライトだけを狙い撃つように命じたという。それも、私の記憶とは異なる。私は、三月一九日の未明、確かに銃撃の嵐を見た。火炎地獄に喘ぐ市民たちに降り注がれた機銃掃射の曳光弾の幾十条を、まぎれもない現実のこととして私自身の眼で目撃したし、永久に忘れはしない。

眼前の松坂屋のビルはナパーム焼夷弾などを無数に浴びて、窓という窓から火を噴き、煙に包まれていた。わが家にも危険が迫ったようである。それまで路上に立って状況を見ていた私は、家に入って姉を促し、避難の準備をした。

松坂屋のビルは、以後、何日もの間、すべての窓から黒煙を揚げて燃え続けた。戦争末期で、大した商品はなかったにせよ、老舗の百貨店なので燃える物品や器財は多かったに違いない。このビルは戦火に焼けただれ、ほとんど骸骨のようになって満目焦土の都心に焼け残り、戦後もかなりの間、名古屋市民に敗戦という現実を思い知らせた。

電話局の庇の下

母を背負って南武平町通（現・武平通）に出てみると、先夜と同様、路上にはだれひとり姿が見えない し、四囲は轟音と閃光とに包まれ、火と煙とに覆われている。

通りに面して、大きくはないが頑丈なコンクリート造りの中《なか》電話局のビルがあり、それもM69などの焼夷弾を絶え間なく浴びていた。その北側に小さな庇があった。その下を、私たちの避難場所と決め、背負ってきた病母を布団で囲んで姉が付き添った。

北からは火の怒濤が押し寄せ、南は文字通りに火の海である。左の西空には火の柱が立ち、右の住宅地にも火の手が揚がり、逃げ道はない。電話局のこのささやかな庇の下では、眼前に二五〇キロ爆弾どころか、いわゆる焼夷爆弾が落下しても、私たちは全滅である。

私は弾雨の間隙を縫って路上に立ち、事態の推移を見守った。M69集合焼夷弾がはじけて雨下する。黄色で細長い正六角柱の焼夷弾がすぐ眼前の舗装道路に落下して火片を撒き散らせた。幾本も幾本も私の目の前に落ちた。不発弾も少なくなかった。この夜、名古屋市街に投下された焼夷弾はM69よりもM47のほうが多かったという記録もあるが、私自身が眼前に見た無数の焼夷弾はM69である。

右を見ると、東方の同じ栄区内の池田町、西瓦町（現・栄四）、小川町（現・新栄一）などの市街地が火炎の渦のなかにあった。左のやや前方には、この南武平町通からは見えないはずの南久屋町三丁目（現・栄五）にある私の母校が、一週間前すなわち三月一二日の夜間空襲で周囲の街並みが焼失していたため、眼前に見えた。当時の名古屋市立南久屋小学校（現・久屋大通公園東側）である。「コの字」型の木造建築のうち、南北の校舎は一週間前の空襲で焼け落ちており、講堂や職員室、音楽教室などを含む西側の残存部分が火柱のなかで崩れていくのを、私は見つめていた。

一〇年前に入学し、四年前に卒業した母校である。校門を入ってすぐ右に二宮金次郎の石像があった。薪を担ぎ、本を読んで歩む少年の像である。校庭の西北隅には奉安殿があった。そのなかには「御真影」つまり天皇・皇后の写真が納められていた。教師も児童もその前を通るときには頭を下げなければならなかった。新年拝賀（一月一日）・紀元節（二月一一日）・天長節（四月二九日）・明治節（一一月三日）という四大節の祝賀式は荘重な儀式だった。祝賀式に先立って、校長が奉安殿から御真影を出して捧げ持ち、講堂の壇上正面に飾る。教頭の号令で教員と児童一同が最敬礼して式が始まった。荘厳な雰囲気の仕掛けがつくられた壇上で、教頭が捧げて差し出す「教育勅語」を校長がうやうやしく受け取り、披《ひら》いて奉読したのち、その祝日に関連する講話を私たちに語り聞かせた。冬の季節には、素足あるいは靴下一枚の足もとから冷たさが全身を貫く感じだったが、身じろぎもせず聴き入らねばならない時代である。こうした式典の舞台装置で、御真影は重要な役割を担っていた。御真影を納めた奉安殿は学校内で最も神聖な場所であり、私たちにとって御真影はまさに「神」そのものだった。

この夜、二宮金次郎はともかく、当直の訓導（旧制小学校・国民学校教員）たちは御真影を運び出しただろうか、と火炎の渦巻く母校の最期を見守りながら、ふと私は考えた。こうした場合、教職員は身を挺して御真影を守らねばならない習わしだったからである。

北方の坂から火の滝が襲いかかる。一帯は火の海になる。空気を裂く敵弾の落下音が耳に入ると、路上で周囲の状況を観察していた私は、電話局の分厚なコンクリートの庇の下に入る。十数秒か、せいぜい数十秒の間隔で、私はこの挙動を繰り返した。弾雨が濃密に降り注いで頭上の庇に絶えず命中し、足もと近くの路上にも次つぎに着弾して火を噴く。私は、時折、布団の防壁に囲まれた母の様子を見るのだが、母が事態を理解できるはずはなく、無表情のままである。

小川町に住んでいた級友の水野金平は、回想する。

焼夷弾が二階の屋根を貫いてほどなく、庭で、父親が焼け落ちる自宅を呆然と見つめていた。あの父親の姿は忘れられない。空襲が激しくなると、北風が強くなった。自転車のハンドルを握って、互いにはぐれないように、その荷台に六六歳の父親と五七歳の母親の手を紐で結んで、火の嵐から避難した。前回の空襲による焼け跡の方へ、広い場所へと逃れ、中区の記念橋近くの新堀川畔に座り込んだが、一時間も経つと、火が身近に迫って来た。そこには老人ばかり五〇人ほどが座っており、その衣類に火の粉が移って燃え出す。寒い時季で着ぶくれているうえ、高齢者たちは動作が緩慢なので、綿入れが燃えたりしてはならない。バケツに紐を結んで新堀川の水中に下ろし、釣瓶のように水を汲み上げ、川畔の老人たちに水を掛けて火を消して回る。暗闇から、老人たちが念仏を唱える声が低く沸き起こる。鬼気迫る雰囲気だった。煙が薄れたときは、すでに日がかなり高かった。

午前二時五分から午前四時五〇分までの間に、二九〇機のB29が名古屋市街に、焼夷弾一九万六二一七発、それに加えて爆弾一〇一八発、計一八五八トンを投下した。この夜だけで、同市の当時一三区だった全域が被災し、私の三つ目の母校である名古屋工業専門学校（現・名古屋工業大学）も、由緒のある大須観音なども灰燼に帰した。

学園にも戦火

この夜、警報を聞いて、名古屋工業専門学校の化学工業科（本来は工業化学科、現在は応用化学科）の建物へ駆けつけた横山功二の回顧談に耳を傾けたい。それに、当夜の当直教官だった尾藤忠旦の回想を書き添え、後年の私の解釈なども加えておく。

横山功二は言う。

その夜、柔道着の黒帯に〝関兼房〟の銘刀を差し、空を見上げていた。柔道着は、火災に耐える衣類で、日本刀は当時の日本男児の心意気の象徴でもあった。キャンパスの南東部に航空機科（戦後は第二類機械科、現・機械工学科）があり、新型戦闘機の風洞実験場が設けられていた。突然、そこに大きな火の柱が立った。新兵器の研究施設とひそかに呼ばれていたその場所に第一弾が落ち、あとは学内一帯に弾雨が注いだ。この夜、アメリカ空軍はまずこの施設を狙った、と今でも確信している。近くの鶴舞公園内の野球場に布陣していた高射砲は、一週間前の夜間空襲で破壊されたらしく、この夜は沈黙していた。

この件について、私もほぼ同様に解釈する。「ほぼ同様」というのは、当時助教授だった尾藤忠旦が「はじめ東側にあった愛知県立工業学校（現・愛知県立愛知工業高等学校）が燃え上がり、続いて東南隅にあった航空機科が炎上した」と証言しており、私自身、現在、その近くに住んでいて、当時のことを地域の人びとから聴く機会があるからである。

たとえば、前回の空襲で名古屋帝国大学附属病院に焼夷弾が落下したと聞いたが、その被害は僅少と思えたし、私たちのこの母校周辺の街はまったく戦災を受けていない。

横山功二は続ける。

その火は、すぐ北の銃器庫に燃え移り、隣の化学工業科の建物にまで火の手が及んだ。そのなかから、上半身を火炎に包まれた人物が飛び出して来る。尾藤忠旦先生ではなかったかと思う。その人物に柔道着を被せて火を消した。先生は重要な資料を火炎のなかから運び出そうとして、このとき火傷を負われたようだ。

各科の諸施設に火が回り、この夜の空襲で全校舎が焼け落ちた。化学工業科の玄関前のコンクリート階段に焼けた丸太が二本転がっていた。電信柱の焼け焦げたのが二本並んで横たわっているのだろう、と気にも留めなかった。

だが、通りかかった誰かが「あれは人間ではないか」と呟いたので、近寄って見ると、肋骨や内臓などで人間の焼死体と分かった。脚は膝から下がなく、遺体を静かに起こしてみると、コンクリートに接している皮膚だけは焼けていない。周囲を掘ってみたら、遺体の傍らにひび割れた水晶の印鑑があったので、当番の仲間で第二部学生の安田・横井山両君の遺体と識別できた。近くの寺に運んだが、境内には焼死体がすでに山のように積まれていた。連絡で駆けつけた父親たちとともに、寺の境内で、二人の遺体を荼毘に付した。

すぐ西にある名大附属病院で手当てを受けようとする人や、狭い道路を隔てただけでほとんど隣接している鶴舞公園へ避難しようとする人で、西向きの正門付近はごったがえしていた。鶴舞公園内の陸上競技場には無数の遺体が並べられていた。

一方、『名古屋工業大学八十年史』(編集・発行、名古屋工業大学創立八十周年記念行事会)には、この空襲の際、「第二部二年稲垣隆、同一年横井山英二の両君は化工(化学工業科)地区防衛中、任に斃る」と記載されている。

ここで、化学工業科に文部事務官として勤めていた夏目ゆきの記憶に注目したい。彼女は、空襲が終わった直後に出勤して、すべてを目撃しており、「異様な臭いがしていた。黒焦げの焼死体は稲垣隆さんと横井山英二さんとの二人だった。稲垣隆さんは、何かの理由で、安田圭さんの印鑑を預かっていたのではないか」と証言している。

また、尾藤忠旦は、「化学工業科の廊下にいたが、あっと気づいたときには、私は全身火に包まれていた。同科のあたりには防空壕があちこちに掘られていて、その壕内にいた者は助かったが、壕外にいた学生二人は即死した。当時は寒く上衣の下に厚着していたし、防空頭巾を被っていたので、焼夷弾や焼夷爆弾から飛び散るゲル状のものが自分の胸部に付着して燃え、顔や手などが焼けたが、心臓部は何とか免れた。火だるまになって校庭に出ると、松永義明先生と横山功二君とがいて、地面に転がして何度も叩き、やっと火を消してくれた」と回想する。

さらに、一九九六年八月、私宛てに送られてきた尾藤忠旦の回想記には、「近くにいた電気科の大橋君と八幡山の地下にあった軍の救護班へ行ったら、応急手当で赤チン（有機水銀化合物マーキュロクロムの二パーセント水溶液、現在は製造中止）を塗ってくれた。栄町（現・栄）の松坂屋や十一屋（現・丸栄、位置は別）が燃え上がっている前を通り、余燼の燻《くすぶ》るなかに訪れて会えた板橋町の従兄と大橋君とに送られ、名古屋駅から軍の列車に特別乗車を許され、岐阜の家へ帰った。その後、一ヵ月は、顔が腫れて眼が見えなかった。しかし、顔面などに重傷を負いながらも、死線をくぐり抜けて以来五〇年余り経過したのに、不思議に私は生きており、ことし八一歳になった」と書かれている。

横山功二に、私は尾藤忠旦の「松永義明先生と横山功二君とが……」という証言について尋ねた。「あのときは、次から次へと火だるまの人が運び出されるので、だれがだれかは分からないまま、消火・救出の作業に当たった」と彼は述べ、さらに付け加えた。

「この学校のすぐ南の至近距離に八幡山という古墳の旧蹟がある。その南方にB29一機が墜落したと聞いて、早暁、空襲警報解除後に走って見に行った。憲兵隊によって現場は立入禁止になっていた。機胴には鮮やかな色彩で裸婦が描かれており、その下に搭乗員数人の遺体が並べられていた。空襲の惨状を眼前にした市民たちは、激昂して石を投げつけたりした。女性搭乗員の遺体もあったように思う」

この横山功二の話を聞いたとき、私の脳裏には次のような記憶が蘇った。

ソロモン諸島の周辺で日米間の航空戦が熾烈だったころ、アメリカ機に女性の搭乗員の姿が見られるという風聞があった。後年になって、この風聞は、終戦直後、日本を占領するために来たアメリカ兵が、私たちとは比較にならないほど血色がよかったことと無縁ではないと、私は思った。とくに若いアメリカ兵のなかには、頬が薔薇色で美しく映える者もいた。そのころ私たち日本人の多くは、栄養失調寸前で、肌の色も悪かったのである。

その後、私は次の事実も知った。

この夜、被弾したB29は昭和区御器所付近に墜落したが、「鬼畜米英」の搭乗員六人の遺体は、一週間ほど野ざらしにされた。終戦になり、アメリカ軍の進駐を前に愛知県当局は、付近に埋められていた遺体を掘り起こして改葬し、戦時中から墓地の管理を続けたような擬装写真を撮った。撮影には、一九三三（昭和八）年以来、昭和区の私立南山中学校（現・南山学園中学校男子部）の教師だったドイツ人神父パッヘが協力した。戦後、進駐軍のMPは、戦犯特別捜査部を設け、連合国軍将兵への日本側の処遇を調査し始めた。この擬装写真は、構図が不自然で見破られ、厳しく追及された。だが、一週間後、アメリカ側の態度が急に軟化した。高射第二師団の部隊長が「全責任を負う」という遺書を書いて自決しただけでなく、数回にわたって尋問された神父パッヘが「あの写真は、すべて私の一存で計画し実行した」と自白し、引責して自決しようとしたため、アメリカ軍が態度をやわらげたと言われる(『朝日新聞』『毎日新聞』一九九六・七・二四夕刊)。

なお、この事件は三月一九日でなく三月二五日だったという説もあるが、私の恩師尾藤忠旦と級友横山功二との体験に基づく証言は疑いようがない。

「目には目を」

ここでも、思い出すことがある。

戦争末期の空襲の記憶として、中島良三が私に語った。

「墜落するB29から落下傘で、アメリカ兵が両手に二丁拳銃を構えて降下してきたが、着地と同時に、家を焼かれ肉親を殺された民衆に囲まれて拳銃を捨て両手を挙げた。米兵は背が高いので、下駄を脱ぎ飛び上がって殴打した。素手はもちろん、竹刀や木刀で殴る者もいたし、子どもたちは石を投げつけた。自分たちに責任はないのに、なぜわが家を焼かれ、肉親を殺されねばならないのか、という憤怒の思いに駆られてのことだった」

一般市民にとっては、こうした無差別空爆が、日本の東アジア侵略とか真珠湾奇襲などへの報復とは、思いも寄らないことだった。

この一九日の夜間大空襲で、日本側はB29の撃墜四機、撃破八二機と記録に残しているが、真偽のほどは分からない。被害は、焼失家屋三万九八九三戸、死傷者三五五四人、罹災者一五万一三三二人に及んだ。

日本本土への焼夷空襲について、司令官カーティス・E・ルメイは、「焼夷弾空襲での民間人の死傷者を思うと、私は幸せな気分にはなれなかったが、とりわけ心配していたわけでもなかった。(大量殺傷が)私の決心をなんら鈍らせなかったのは、フィリピンなどで捕虜になったアメリカ人——民間人と軍人の両方——を、日本人がどんなふうに扱ったのか知っていたからだ」と言う。「右の頰を」ではなく、「目には目を」の発想である。

このカーティス・E・ルメイの名は、日本本土に対する殺戮的な無差別爆撃を指揮した責任者として歴史に残る。だが、戦後、アメリカ本国で大将に昇進した、このルメイという人物に、私たちの日本国政府は、「わが航空自衛隊の創設に貢献した」という理由によって、勲一等旭日大綬章という高位の勲章を贈っている。

明けて一九日の朝を迎え、動員先の造兵廠まで五キロほどを歩いてゆく間、灰燼と瓦礫との街でくすぶっている家屋の陰や防空壕から担ぎ出される遺体を無数に見た。

朝になってもアメリカ空軍は執拗だった。午前八時五六分、警戒警報が発せられ、ほどなく九時五〇分にはB29一機が名古屋に来襲し、栄区に五〇〇ポンド爆弾を四トン投下した。夜間爆撃の戦果確認のついでであろうが、私たちに対しては非情すぎた。

翌日、一〇代の姉弟ふたりが病母を抱えてどうしているか、と亡父の知人の中年の男性が訪れ、路傍で目撃した惨状を語った。衣類が燃え尽きて裸体同前になっている若い女性の遺体などは直視できないほどで、至るところに黒焦げの焼死体が転がっていたと興奮気味に語る。このような大規模焼夷空襲のときには、木造家屋からなる市街地が火炎に包まれたために、一帯が酸欠状態になって窒息して倒れ、そのあと、衣類が燃え落ちたり、体が焼け焦げたりした場合が多かった。私も、そうした場面を少なからず見たので、「その通りです。けれど頑張るほかはありません」と応じた。それ以外に答えようがなかった。

幸運だった例もある。

私の級友の沖脩は、千種区高松町一丁目（現・千種二丁目）に住んでいた。三月一九日未明、彼の家の東方と西方とに焼夷弾が落下した。東向きの彼の家の前の路上に多数の焼夷弾が落ちたものの、強い西風のせいで彼の家は無事だった。焼夷弾が吹き出す炎は東方に煽られて、古井ノ坂など飯田街道筋に及んだ。

一方、沖脩の家の西方、やや南寄りに大きなビール工場があった。当時は石炭を燃料にしていたので、工場の構内には石炭の山があった。それに何発もの焼夷弾が命中し、何日も燃え続けていた。夜間には明るく見え、「それが狙われるのではないか」と、彼の一家は恐れた。それも杞憂に終わり、彼の家は、終戦まで安泰だった。

名古屋市への度重なる焼夷爆撃により、この日、日本の航空機生産は本格的な本土空襲開始前の四〇パーセントほどに低下した。アメリカ空軍は十分な戦果を挙げたのである。

その日の午後二時半、大本営は、未明二時頃から約三時間にわたり、B29百数十機が、一機または数機の編隊で名古屋に来襲し、「主として焼夷弾により市街地を爆撃」したため「火災により市街地に被害を生じたり」と発表した。来襲敵機の数を過少に伝えるいつもの傾向はともかく、「市街地に被害を生じたり」とは、かなり正直な表現だった。

この三月一九日未明、B29二九〇機が、名古屋市街に二五〇キロ爆弾二〇トン、M47、M76、そしてM69三八発の集合弾など各種の焼夷弾を合計一八四二トンも投下し、被害は栄・中・千種・東・昭和・瑞穂・熱田・南・港・中川・中村・西・北の一三区に及んだ。

多数の死傷者を出し、上記のような地獄絵を現出したこの夜の空襲について、司令官ルメイは、その回顧録に「三月一九日には二九〇機がふたたび名古屋を襲った」と一行しか書いていないし、戦史家のカール・バーガーは、自著のなかで一言も触れていない。

日本側の諸資料にも、特殊な紙誌は別とし、この三・一九空襲に関する記述がない例が多い。公刊戦史と呼ばれる戦史叢書『本土防空作戦』の該当欄にも、「三月一九日夜、再び名古屋攻撃を行なった。出撃したB29三一三機のうち二九〇機が目標上空に到達し、一八五八屯を投弾した。焼失区域は、前回よりも広く三平方マイルであった」と、三行だけ記されている。

4　炎の松林を逃げる

突然、照明弾

アメリカ空軍の日本本土空襲を語る場合、名古屋圏への空襲に注目する必要がある。航空機関係の軍需工場の多い名古屋市への空襲は、執拗で激烈を極めた。その事実を定量的に吟味してみる。

たとえば、空襲による被爆回数を比較すると、名古屋の五四回は、帝国日本の首都で、人口がはるかに多い東京二三区の被爆回数とほぼ等しく、横浜の二五回、大阪の二八回、神戸の一六回などを大幅に上回る。また、都市面積一平方キロメートル当たりに投下された爆弾量(トン数)、すなわち「被爆密度」(トン/平方キロメートル)の値が、名古屋市の場合は九三・七〇で、東京二三区の二九・五〇、横浜市の一九・一〇、大阪市の六〇・一〇、神戸市の七三・八〇(吉田守男)などを凌駕する。また、B29からの投弾量に占める爆弾投下量の割合は、名古屋三二・九パーセント、東京三〇・五パーセント、大阪一八・八パーセントである。

このような名古屋に住む私たち姉弟には、「病母を守らねば」という思いが強かった。

こんなに危険な都心ではなく、安全な田舎へ避難しようと、私たちは考えた。名古屋市の東北方の郊外に新しくできた借家があり、すぐ近くの松林のなかには安全な防空壕も設けてあると聞いた。

造兵廠の帰りに現地を見て、これほどの田舎なら大丈夫と、そこへ疎開することに決めた。防空壕は白昼でも薄暗いほどの松林のなかにあり、壕には笹で覆われた蓋もあって安全に思える。愛知県東春日井郡守山町大字小幡字廿軒家（現・名古屋市守山区廿軒家）という草深い土地だった。栄区の米穀店からリヤカーを借り、家のガス管や水道管から切り離した木製の浴槽を積んで、病母をそのなかに座らせ、毛布や布団でくるんだ。ほかに当座の食糧や日用品などを積み込み、私がそのリヤカーを曳いた。

南武平町の坂を上り切ると、広小路通りである。余燼のくすぶっているその街角で、黒塗りの乗用車に乗った陸軍の高級将官と視線が合った。彼は空襲による市街の被害視察のつもりだったろうし、私を見て微笑して見せたのは激励のつもりだったであろうが、私は敬礼するどころか、無意識のうちに彼を睨みつけていたようである。瞬時のことだが、彼の微笑が微苦笑に変わったことを覚えている。

いま想い出してみると、あの将官は当時の東海軍管区司令官の陸軍中将岡田資だったようである。ちなみに、戦後、彼は連合国軍による軍事裁判でB29搭乗員処刑の責任者として絞首刑に処せられている。

守山の廿軒家は、いかにも田舎だった。私が育った栄区の家では、すぐ近くに幾つかのビルがそびえ、周囲一帯は、すべて完全に舗装された道路しかなく、土の面といえば自宅の庭か、ごくわずかな空き地でしか見られなかった。水道はもとより都市ガスなども完備した街である。個人の庭などでなければ街路樹以外の樹木は見当らなかった。けれど、ここでは家のすぐ近くに松林が広がり、自然の植生が豊かである。はるばると僻地へ来たものと私は思った。姉も同様な感慨を覚えたらしい。水道や都市ガスではなくて、井戸と薪とに頼る生活である。草を踏んで屋外に出ると、松籟《しょうらい》の音が聞こえた。この地域が、あの栄区の街のように焼夷爆撃を受けるはずはないと思えた。

その後、私は何回もリヤカーや大八車を曳いて、傾きながらも焼け残っている栄区の家から、この廿軒家の疎開先へ荷物を運んだ。父祖伝来の書画などや日常生活に必要な品だけではない。とにかく一冊でも多くの書物をこの安全な場所へ移さねば、と私は考えた。

新しい家で荷物を整理し終えた三月二四日の夜、病母を挟んで布団を敷き、「今夜こそ安心」と早めに寝た。午後一〇時二五分、警戒警報のサイレンで目覚めたが、こんな田舎だから心配することはないと、ふたたび眠り込んだ。

うかつだった。

一六歳の少年とはいえ、私は思慮に欠けた判断で、この新しい家に移ったようである。後年、名古屋地区の地図を見て気づいた。廿軒家のこの家から、矢田川という川幅がさほど大きくもない川を挟んで、直線距離で一キロほどの位置に巨大な三菱発動機大幸工場があった。前年の末ごろから、B29が繰り返し爆撃を加えていた工場である。

午後一一時五六分、突然、私たちの部屋が白昼のように明るくなった。

「照明弾だ」と姉に告げると同時に私は跳ね起きた。敵機の爆音、敵弾の落下音、その炸裂音、対空火器の砲声などが轟きわたる。一二日、一九日の空襲とは音や光がかなり異なる。敵弾の落下音、着弾音はけた違いに凄まじい。わが家の屋根に焼夷弾が突き刺さる音も聞こえる。手早く身仕度を整えて病母を背負い、走ってすぐ東にある松林中の防空壕に運び入れた。家から数十メートルの距離である。急いで家にもどると、多数の焼夷弾が屋内や屋根に命中して火を噴いている。

裏庭に井戸があり、その水で一枚の布団をぬらした。当面はこの一枚が武器である。家のなかに飛び込んで畳に刺さる焼夷弾は、これで叩き消した。屋根に次つぎに突き刺さる焼夷弾には、梯子を掛けて屋根に登って立ち向かう。井戸でバケツに水を汲んで来た姉と隣家の若い主婦とが梯子のうえの私にバケツを手渡す。受け取って、火を噴く一帯に力いっぱい水をかけ、屋根に突き刺さる焼夷弾は、咄嗟に素手で引き抜いて、なるべく遠くに投げ捨てる。発火しているかどうか、不発弾かどうかなどと考える余裕はない。その間にも、間断なく敵弾の耳を聾する落下音が続き、無数の閃光が走る。ときには屋根から飛び降りて身近な遮蔽物に身を寄せ、新たな着弾音を聞いて、新たに水を満たしたバケツを手に梯子を掛け登る。轟音が響きわたり、火炎が踊り狂うなかで、私はこれを繰り返した。

いつの間にか、姉も隣家の主婦も見当らない。姉は病母の壕、主婦は自宅へ、それぞれ安否を気遣って去ったようである。そこへまたも焼夷弾である。私は庭の井戸まで駆け、バケツに水を汲んで戻り梯子に登る。この動作を反復するうちに、空気を切り裂く敵弾の落下音で、私は地面に伏せた。着弾後に立ち上がり、井戸の方を見て目を疑った。ほんの一〇秒ほど前、私が水を汲んだ井戸の傍らの地表に大きな穴ができていた。焼夷爆弾一発が、そこで炸裂したようである。この三・二五夜間空襲で、アメリカ空軍は、ナパーム・マグネシウム系の四八〇ポンドM76焼夷弾を使用したという。

火に包まれる松林

松林の壕の母も気がかりだった。

焼夷弾との絶え間のない闘いの隙に、私は松林のなかへ駆けつけた。病母を退避させておいた壕には、千種造兵廠の蛸壺壕とは違って土の蓋がある。その蓋のうえの笹や枯草が燃えている。私は制服の上着を脱いで、その火を叩きつぶす。壕のなかを覗いてみると、母は「妙に暑いし明るい」という意思表示をしたように思えたが、別状はない。

身辺を取り巻く異様な轟音から、敵がこの夜の空襲で各種の焼夷弾のほかに、本格的な爆弾を投下しているに違いない、と私は推測した。

周囲の松の木が次つぎに炎に巻かれ、地響きたてて倒れてゆく。狭い道路を隔てただけの近隣の家屋が一瞬の轟音とともに砕け散る。燃えるゼリー状の破片が飛び散り、火の粉が舞うなかで、爆風が家々や松の木々を揺るがせて吹き抜ける。

何よりも母を救い出さねばならない。栄の生家から運び出した父祖伝来の家宝や蔵書などのことは、このとき、私の脳裏を掠めもしなかった。

まず、母が入っている防空壕のうえに広がろうとする地表の火を始末しなければならない。これは、市街の空襲で見掛けた「火の海」とは、まったく異質の「火の海」である。私は脱いだ上着を振りかざし、笹の葉に覆われた壕の上に広がる火を叩き消し続けた。火との格闘である。頭上には爆弾・焼夷弾の落下音が響き、周囲に着弾音が轟きわたる。絶え間なく焼夷弾が降り注ぎ、鬱蒼とした松林のなかが火炎で真昼のように明るい。松の枝から枝に火が移り、松の木が次つぎに燃えて地響きとともに倒れる。

近くの壕で狼狽しているらしい夫婦たちを「頑張ってください」と何度も大声で励ましたが、「頑張る」という語の曖昧ながら広義にわたる使われ方に、こうした空襲の記憶が不快なせいも加わってか、いまの私はことのほか、この「頑張る」という言葉を耳障りに思う。「生きざま」という言葉になじめないのと同断である。

その間に、何とか私は、松林中の壕上の火を消して母を救うことができた。引っ越して来たばかりの家も弾雨のなかで部分的な損傷程度で守り通した。とはいえ、家の破損は甚だしく、居住不可能と私には思えた。私が生まれた栄区の家は、この夜、すぐ西に二五〇キロ爆弾が何発も落下し、その爆風でさらに傾いて一層危険になったと、直後に聞いた。

アメリカ側の資料によれば、この空襲のとき、B29二九〇機の編隊は、五〇〇ポンド爆弾一一九五トンに加え、二〇〇〇ポンド破裂爆弾一トン、さらにM76ナパーム・マグネシウム焼夷弾一一七トンなども混投している。

当時、私たちが「二五〇キロ爆弾」と見聞きしていたのは、アメリカ側のいう「五〇〇ポンド爆弾」のことである。正確には二五〇キロは約五五一ポンドに相当し、五〇〇ポンドは約二二七キロに等しい。だが、陸上自衛隊第一〇師団司令部広報室によれば、五〇〇ポンド爆弾にも各種があり、アメリカ軍は、後付けの信管などを含まない重さ約五〇〇ポンドの爆弾を「五〇〇ポンド爆弾」と総称していたようで、その重さが約二五〇キロだった。アメリカ側のいう「二〇〇〇ポンド爆弾」もこれと同様で、私たちは「一トン爆弾」と聞き慣れていた。

爆死者と焼死者

翌二五日の未明、午前一時一六分に終わったこの空襲で、私はさまざまなことを、生まれて初めて経験した。

第一に、警報解除後も、周辺の数多くの松の木々が燃え、音を立てて倒れてゆく。それを見て、「松の木は、松脂を含むだけあってよく燃える」と、奇妙なことに感心したのを覚えている。三・一二空襲と三・一九空襲とのいずれのときにも、焼け崩れてゆく街並みを眼前にして「盛大な焚火」と思ったが、この三・二五空襲では、松林が燃え崩れる光景が「壮大な山火事」のように見えた。

第二に、わが家の付近はもとより、松林の内外一帯の地面に黄色で正六角柱の焼夷弾が無数に突き刺さっていた。このM69焼夷弾には不発弾がことのほか多く、私は「アメリカでも粗製濫造でオシャカが多い」と思った。だが、アメリカ空軍は、M69焼夷弾に不発弾が多いことを承知のうえで、いや、そのゆえにこそ市街地の無差別空襲に使っていた。

第三に、夜が明けるとすぐ、私は、名古屋の千種の造兵廠へ勤務のために、瀬戸街道を歩いた。交通が途絶していたからである。守山は、名古屋と瀬戸との間で、名古屋寄りの位置にある。その守山の廿軒家から名古屋市内に入るまで街道は路上も両側もくすぶり続けており、街道を歩いて行くとき、数えきれないほどの爆死者を見た。爆死者と焼死者との違いは一目で分かった。爆弾の犠牲になった人びとの腕や脚、毛髪などが木の枝や電線に架かり、千切れた胴体が地表に転がったりしていた。火炎で落命した人たちの多くは、衣類を焼かれて皮膚が露出し半裸のように見えた。

大火災のとき、人は広い場所へと避難しようとし、そこがしばしば、火災が呼び起こす嵐の風下になる。三・一九空襲のとき、北の都心部から南の鶴舞公園へと向かった多数の避難民が、同公園のやや北で火炎に巻かれて倒れ、さらに焼夷弾の直撃を受けて命を落としている。この三・二五空襲でも、守山町の南西で名古屋市との間にある矢田川の方へ多くの人が避難した。だが、そこは、火の風下になると同時に、敵の主目標だったと伝えられている三菱発動機工場に近かったためもあって、河川敷には無数の焼死体が散乱し、積み重なる結果になった。

当時、守山町廿軒家に住んでいて名古屋市立守山国民学校（現・守山小学校）の五年生だった江藤嘉代子（旧姓・吉野）は、この夜の空襲について、次のように記憶している。

廿軒家の自宅が二五〇キロ爆弾で破壊されて、焼夷弾の弾雨に怯えながら北西方の大牧地区（現・守山区大牧町）へ避難する途中、爆弾が落下する気配を感じて、路傍の側溝に伏せた。着弾して土砂が舞い上がり降り注いだが、そのとき、「なんまいだぁ、なんまいだぁ」と念仏を唱えながら、中年の女性が同じ側溝に身を投じて来た。

そのあと、どこかの横穴式防空壕に逃げ込むと、壕内から、B29一機が被弾して墜落するのが見えた。夜が明けてから自宅近くの瀬戸街道に出てみると、そのB29の残骸の一部が放置されていた。それは、その街道を私が通った直後のようである。

また、その付近に住んでいて、やはり国民学校の五年生だった村松鐐一郎は語る。

廿軒家の自宅から、父親に誘導されて北西方へ家族ともども避難した。日本軍の高射砲または戦闘機から被弾したB29が、瀬古の間黒神社付近に墜落するのを目撃した。翌日、瀬戸街道近くの誓願寺の境内に黒人三人を含む八人の搭乗員が、撃墜されたB29とともにさらされていた。途方もなく大きな飛行機で、尾部の銃座などが記憶にある。遺体でなく、多くは生きているように見えた。女性の搭乗員もいたと覚えている。近在の農民たちが鎌や備中を持って復讐のために駆け集まり、搭乗員に襲いかかったことも耳に入っていた。

実際には、上空で被弾して爆発し、機翼や機胴などに分裂して墜落したB29に生存者が残っていたはずはない。

そのB29の残骸と一緒にさらされていた敵搭乗員の遺体は、誓願寺の境内に手厚く葬られたが、終戦後の三年間ほどは、その地区の警防団や消防団のリーダーたちが、この事件の糾明を企図するアメリカ軍の憲兵隊に、毎日のように呼び出されていた。

なお、守山区大牧町では、戦後半世紀余を経た一九九六年の一〇月末、五〇〇ポンド爆弾の不発弾が発見され、撤去処理の間、現場から半径三〇〇メートル以内の約一五〇〇世帯、約四〇〇〇人の市民が、守山小学校などに避難する騒ぎになった（『中日新聞』）。

「民」の死闘のみ

三月二五日正午、この空襲について、大本営は、未明零時ごろより約一時間半にわたって、B29約一三〇機が名古屋地区に来襲し、「爆弾および焼夷弾を混用、市街地を無差別爆撃せり」と発表した。

翌二六日の『朝日新聞』は、次の趣旨の解説記事を載せている。

マリアナ基地を出撃したB29約一三〇機は、南方洋上で集結したのち、一機または数機で志摩半島から零時ごろより約一時間半、名古屋に来襲、まず照明弾を投下して市街地を照らし、その明りを頼りに、高度二〇〇〇～四〇〇〇メートルから爆弾・焼夷弾を投下したのち浜名湖付近より退去した。名古屋では市内各所に被害が生じ数ヵ所に火災を発生したが、軍官民一致協力の敢闘で午前四時五〇分には鎮火した。今回の特徴は、無差別爆撃に先立ち照明弾を投下して市街地を明るくしたのち、爆弾投下を行ったことにある。

ところが「B29約一三〇機」は、実は二九〇機だった。「市内各所」は、市内外の随所だった。「四時五〇分鎮火」は、正午近く鎮火が真相だった。そして、「軍官民一致協力の敢闘」は、「民」の死闘だけだった。それは、当事者だった私の実感である。

ルメイは、自著で、あの酸鼻をきわめた三・一九空襲について一行しか書いていないうえ、「三月上旬～中旬に最大の努力を傾注した焼尽作戦は、焼夷弾不足と沖縄作戦支援のため」に中断し、五・一四名古屋空襲で再開されたと述べている。それに、「公刊戦史」の戦史叢書『本土防空作戦』に、「三月一九日の第二回名古屋空襲をもって三月の焼夷弾攻撃を終えた」とあるのは、納得しかねる。むろん、これらに基づいて書かれた可能性の高い多くの書物は、三・二五名古屋無差別空襲には触れていない。

事実としては、マリアナ基地のアメリカ空軍は、三月一〇日に東京、三月一二日に名古屋、三月一三日に大阪、三月一六日には神戸、そして三月一九日に再び名古屋と焼夷空襲を続けた結果、この三月二五日の名古屋に対する夜間焼夷空襲作戦では、基地の焼夷弾の手持ちが底をついてきた。そのため、この三月だけで三回目の名古屋夜間空襲では、三機のうち一機が焼夷弾でなく二五〇キロ爆弾および一トン爆弾を積んで来襲したのである。

この名古屋夜間空襲について、ある日本人の著書に「夜間精密爆撃の実験的攻撃で正確な照準」とあり、別の著者の本には「三菱発動機工場への低高度からの夜間精密爆撃だが失敗」と記されているが、どちらも正しい記述ではない。また、この空襲に関する限り、アメリカの戦史家カール・バーガーが「攻撃部隊は街の北部から中央部に約一八〇〇トンを投下し、一九二ヵ所で火災を起こし、約七平方キロを破壊した」と書いている記録の方が、当夜、現場にいた私たちには、納得しやすい。

三・二五空襲は無差別爆撃

三月二五日の空襲では、名工大正門南西にある鶴舞公園東端の竜ヶ池付近に、二〇〇〇ポンドの大型爆弾が落下し、正門近くの三協会館（現・名古屋工業会館）と電気工学科の強電実験室とに被害があった。二〇〇〇ポンドは約九〇七キロだが、前に述べたように、二〇〇〇ポンド爆弾は、普通一トン爆弾と呼ばれていた。

栄区南呉服町一丁目（現・栄三丁目）に住んでいた横山功二は、先夜の三・一九空襲で自宅を焼かれ、しばらく壕生活を送ったのち、岐阜市内に新居を見つけていた。壕生活とは、焦土で防空壕を仮の住まいにした生活のことである。この三・二五空襲のとき、彼は勤務先の名工専（現・名工大）に駆けつけて消火や救援などの活動に専念したが、その間に、南呉服町の壕舎付近に爆弾が落ち、仮住まいのすべてを失った。そのとき、彼の親戚の若い女性が爆死している。

また、名古屋市立商業学校（現・名古屋市立商業高等学校）の一年生だった永田稔は、当時、栄区南鍛冶屋町一丁目（現・中区栄三丁目）に自宅があった。彼は、この三・二五空襲の直後、南大津通りに面した松坂屋のコンクリート壁が欠落していることに気づき、近くに爆弾が落ちたと聞いた。南大津通・南伊勢町など、現在は栄三丁目と称されている都心に約一〇発の二五〇キロ爆弾が着弾したのだった。

この空襲で、アメリカ空軍は、「夜間精密爆撃の実験」として矢田川畔、大幸町の三菱発動機工場を目標に選んで爆撃したという。ここで、目標から直線距離でさほど離れていない東春日井郡守山町大字小幡字廿軒家の民家に焼夷弾・爆弾が投下されたことは別としよう。しかし、目標の三菱発動機工場から、かなり離れている鶴舞公園の竜ヶ池に一トン爆弾が投下され、都心の栄区南呉服町や南大津通にも約一〇発の二五〇キロ爆弾が落下して、多くの家屋が破壊されている。精度が高いはずのアメリカ空軍の爆撃にしては、照準の誤差が大き過ぎる。

この三・二五空襲を都市無差別爆撃のリストに入れない人びとは、アメリカ空軍の目標が三菱発動機だったことにだけ注目したのであろうが、結果としては市街地無差別爆撃にほかならなかった。けれど、ミッドウェー海戦以後、虚偽の多かった「大本営発表」のうち、三月二五日正午、この名古屋夜間空襲について大本営が発表した文には、真実が含まれている。「爆弾・焼夷弾を混用、市街地を無差別爆撃せり」というのが、それである。

なお、ある近代日本史年表の一九四五年三月の欄には、三・一〇の東京空襲と三・一四の大阪空襲とは記されているが、この三月に三・一二、三・一九、三・二五と三回にもわたった名古屋空襲については記事がなく、後述の名古屋城が焼け落ちた五・一四空襲などの記述もない。また、別の歴史年表には、三・一四の大阪、三・二五の名古屋空襲の記事が見当らない。

この三・二五名古屋夜間空襲による損害として、前掲の戦史叢書『本土防空作戦』の付表第二に、家屋の焼失三三七二戸、その破壊三二〇七戸、罹災者二万六六九八人とあるが、実際の被害はもっと多かったのではないか。この日の空襲に限って該当欄に死傷者数が記載されていないことも不審に思える。他の諸文献に、八二六人、一〇二七人などという死者数が挙げられているが、それも、私の実体験に基づく記憶とは遠い感じがする。

直後の三月二七日、私たちは、久しぶりに登校した。剣道場で形だけの卒業式が行われ、一年上の五年生たちと一緒に卒業証書を受け取った。教務主任の教諭森本滋杪が「戦災で転居した者はこちらへ移り、住居が従来通りの者はここに座るように」と命じ、現住所を厳密に調べた。一部の例外を除いて、陸軍の指示により、私たちは卒業後もそれまでの勤労動員先へ通うことになった。学校側にとって、軍部の指示は至上命令なので、諸連絡のため、私たち卒業生の連絡先を把握しておく必要があった。

昼も夜も空襲が続く。母が危ない。母を守らねばならない。三・二五空襲のあと、さまざまな経緯を経て、愛知県と岐阜県との境にある大変な山奥に、私たちは落ち着いた。

九 「一億特攻」

鈴木貫太郎の新内閣

四月一日夕刻、新たに見つけた山奥の疎開先へ行く途中、路傍の民家から、この日の朝、敵主力が沖縄本島に上陸を開始したというラジオ放送が聞こえた。午後三時の大本営発表である。晴天で、名古屋北郊の東春日井郡坂下町（現・春日井市北部）の路上だった。

前年七月、絶対国防圏の一角サイパン島を失って、東條英機内閣が総辞職したのと同様、敵の沖縄侵攻直後の四月五日、目立った業績もないまま小磯国昭内閣が総辞職した。四月七日の『朝日新聞』には、第一面トップで、新首相鈴木貫太郎による「組閣工作順調に進捗」を伝え、その五段も下に小さく「日ソ中立条約延長せず／ソ外相、佐藤大使に通告」という見出しの記事が載っている。

四月五日、ソ連外相モロトフが駐ソ大使佐藤尚武に、「日ソ中立条約」は独ソ戦争および日本の対米英戦争前に調印されたもので、それ以後、日本は同盟国ドイツの対ソ戦争を援助し、ソ連の同盟国の米英と交戦中で、条約の意義は失われたと述べ、ソ連政府は「日ソ中立条約は明年四月期限満了後、延長せざる意向」と通告した。すでに前年一一月六日、革命記念日の演説で、スターリンは「日本をドイツと並ぶ侵略国」と名指しで非難している。この日ソ中立条約不延長通告も、日本側には唐突なものではなかったはずである。

二月四日から一一日まで、ローズヴェルト、チャーチル、スターリンの三首脳がクリミア半島のヤルタで会談している。そこで、彼らは、ドイツ降伏後の米英ソ仏による分割占領の件を討議するとともに、満州権益・南樺太・千島列島の獲得を条件に、ソ連がドイツの降伏後二、三ヵ月以内に対日宣戦すると密約していた。

二月二二日、外相東郷茂徳の指示で駐ソ大使佐藤尚武が、「日本は日ソ中立条約の存続を希望」とソ連側に申し入れた。当然、外相モロトフは曖昧な返事で応じただけである。日露戦争の報復を宿願とし、日独を長年にわたり仮想敵国としてきたソ連が、日本の米英との和平を真剣に斡旋するはずはない。しかも、海上補給路を断たれて孤立し、主要都市が焦土化している日本は、領土拡張に貪欲なスターリンが狙う好餌に相違なかった。

四月六日、沖縄方面のアメリカ軍に総反撃する「菊水一号」作戦が発動された。特攻機三五五機を含む陸海軍六九九機が、知覧・鹿屋など南九州各地の基地を発進し、沖縄海域のアメリカ艦船群を攻撃した。それに呼応し、その日午後三時二〇分、残存する戦艦大和が、軽巡洋艦矢矧《やはぎ》や駆逐艦八隻とともに徳山錨地を出撃した。沖縄守備軍が「ご厚志は感謝するが、時機尚早と考察するので、海上特攻の出撃は取り止められたし」(戦史叢書『沖縄方面陸軍作戦』)と打電してきたのに、大和は佐多岬沖合を経て東進する。

「菊水」とは、私たちが小学校以来、無比の忠臣と教えられてきた楠木正成の紋所である。一四世紀の南北朝時代、南朝の楠木正成は、九州から京都を目指そうとする足利尊氏の大軍を兵庫の湊川に寡兵で迎え撃って最期を遂げる。「菊水」作戦の呼称は、この伝聞のような玉と砕ける覚悟の戦いを意味するものだった。

四月七日、「戦時中の最終内閣とでも言ふべき最高の強力内閣」（『朝日新聞』）と評された新内閣が成立した。この内閣は、二・二六事件で重傷を負いながら命永らえた海軍大将鈴木貫太郎を首相とし、陸軍や右翼から親米英派と批判されていた米内光政を海相としていた。米内光政は、山本五十六たちとともに、日独伊三国同盟に反対する立場だった。この新しい政権の登場は、帝国日本が徹底抗戦よりも和平の道を選ぶことを暗示していた。

新首相鈴木貫太郎は、八日午後八時からのニュース番組に続く『大命を拝して』と題する放送で、「齢八十に垂《なんな》んとする」自分には首相の重職は「最後の御奉公」であり、国民は「私の屍を踏み越えて」進んでほしいと求め、捨身で戦えば、必ず「勝利の機会を生み、敵を徹底的に打倒」できると国民を鼓舞した。和平の道を模索しようとしても徹底抗戦派の強い抵抗があるので、対内的に配慮した言い回しが必要だった。

四月一二日、アメリカ大統領ローズヴェルトが脳出血で急死したとき、鈴木貫太郎は、「今日のアメリカの有利な立場を築いた」人物の死に対し「深甚な哀悼の意」（J・トーランド）を表した。ヒトラーが、ローズヴェルトの死を罵詈雑言で評したのと対照的で、この点からも、連合国側は、何らかの兆候を見て取ってもよかったように思われる。

一直線に体当たり機

四月に入って日本本土空襲はさらに激しくなり、マリアナ基地からのB29のほか、日本本土周辺に群がる空母群を発進したF6Fなどの艦載機、硫黄島基地のP51も加わった。

鈴木貫太郎内閣が発足した四月七日の白昼である。

病母を守るため山奥の新しい疎開先に移っていたが、栄区の傾きかかったわが家に残る家財や書籍が気になっていた。この日、そのいくらかを持ち出してリヤカーに載せ、山に囲まれた疎開先へ運ぶ途中、名古屋の東北郊、現在の春日井市鳥居松町のあたりだった。

空襲の気配を感じてリヤカーを曳く足を止めると、西南方にB29の編隊が現われた。たちまち爆弾の落下音、炸裂音が響いてきた。またも三菱発動機工場などへの空襲である。敵機の音や爆弾の投下音には慣れていたが、この日の私は、空での死闘に目を奪われた。

目標上空に殺到するB29の編隊に、下方から日本軍の戦闘機が襲いかかる。

一機、また一機と突撃するのだが、B29編隊から十字砲火を浴びて瞬時に発火し、炎と黒い煙とを噴いて墜落する。実を言えば、それらが味方の戦闘機だと知ったのは、撃墜されるときのこうした発火と発煙とによってだった。それまでは巨大なB29に対して、日本軍の戦闘機は黒点としか見えなかったのである。

三つ目の黒点、すなわち三機目が別の角度からまっしぐらに突進し、一機のB29に激突した。体当たりである。次の瞬間、そのB29は四分五裂して火と煙とに包まれ、翼が胴体や発動機と離れてひらひらと舞い落ちる。その間を火だるまになって大きな黒煙を曳き、一直線にこの体当たり機は墜ちて行く。落下傘は開かなかった。ひとりの若者が、上官の命令でやむを得なかったにせよ、純粋に自発的な志願だったにせよ、自らの意思で自らの生命を散らせた瞬間を、私は眼前に見た。高高度での戦闘能力不足を体当たりで補おうというのである。そのころの日本では、ひとりの人命が一発の弾丸と等価に見られていた。

この私の記憶を裏付ける資料がある。俗に「公刊戦史」とされる戦史叢書『本土防空作戦』の付表第二に、この日の日本戦闘機の損害として、「自爆1、未帰還2」と記されている。日本本土空襲については、国内外の文献で相違があり、私の体験や記憶と大きく乖離する記述が多いが、この件に関する限り、私の目撃した事実と正確に一致する。

この日の午後、約一五〇機のB29が名古屋地区を空襲し、第一一飛行師団は、二式複座戦闘機「屠龍」の第五戦隊および三式戦闘機「飛燕」で編成された第五六戦隊を名古屋市上空で警戒に当たらせたのだが、そのうちの三機の最期を、私は見届けたことになる。

工員の死体の山

この四月七日の空襲では、一八二機のB29が、第一波と第二波とで三菱発動機工場を襲い、第三波以降、その南の千種製作所にも、二五〇キロ爆弾を計七三三トン投下した。

千種製造所長だった陸軍大佐岩下賢蔵は、この日の空襲について手記に、「第三回目（第三波）は直接製造所に向けられている事が判断され、退避を命じて間もなく、ザーと云う恰も砂利でもぶちまける様な音がしたと思った瞬間、頭上にドシンと大衝撃が起こった。……或る者は念仏を唱え、或る者は合掌して安全を祈る」姿が見られたと書いている。

翌日、私が出勤すると、本館・鍛工場・第二工場・第三工場などの鉄筋は曲がり、機械は土砂を被って、四囲の塀には大きな孔が空いている。級友は、私に前日の爆撃の凄まじさを口ぐちに語った。沖脩は、爆風で吹き飛ばされ、工場内の汲取式の便槽に落ちたと話す。平手隆三は、「工員食堂は工員たちの死体の山だった」という。工員や女子挺身隊員には犠牲者が多かったが、愛知一中生の死傷者は皆無だった。死ぬ思いで耐えた運動部での猛訓練が思いがけず空爆の修羅場で役に立ったというのが、私たちの解釈だった。

度重なる爆撃で、千種造兵廠は徹底的に破壊された。そのころ、私の学籍は旧制専門学校にあったが、これまでの動員体制を解くと生産に支障が出るというので、旧制中学校の服装のまま造兵廠に勤務していた。だが、勤労動員の延長と言っても、工場の施設や機械など一切が壊滅して仕事はない。破壊された工場には、機能を失った機械が天井を失って露天に曝され、何のための勤労動員延長なのか、私たちには理解できなかった。

この空襲で三菱発動機工場の西にある国鉄大曾根《おおぞね》駅も爆撃され、駅舎は壊滅した。助役の山田和平は、構内にいた一〇〇余人の乗客を列車に誘導したのち、運転予定を無視して列車を発車させて五キロ北方の勝川駅に避難させ、全乗客の命を救った。その直後、駅員用の防空壕が直撃弾を受け、助役山田和平を含む三〇人の駅員が爆死した。

また、この日、午後二時二三分、沖縄北方水域で戦艦大和が、アメリカの艦載機群に撃沈されている。

金鯱城炎上

五月八日、残る盟邦ドイツが連合国に無条件降伏した。アメリカ陸軍航空軍総司令官の大将ヘンリー

・アーノルドが、「ドイツが崩壊して日本軍は動揺している。そこを集中攻撃せよ」と命じ、豊富な補給を受け意気揚がるルメイは、大焼夷作戦の実行に移った。

五月一四日の早朝、午前六時二三分に警戒警報、七時五〇分には空襲警報のサイレンが鳴った。八時になると、敵機が西空に現われた。

B29が名古屋爆撃を終えて日本本土から去るとき、軍当局やラジオは「敵B29は御前崎より遠州灘へ脱去せり」という表現を使っていた。この工廠の塀には爆弾で多数の穴が開いており、私たちは、そこから「脱去」と称して、焦土に焼け残る劇場へ映画を観に行ったりした。工場への出勤、とくに退勤のとき、身体検査などで気難しかった中年の守衛の姿も見受けられない。空襲警報で、私は級友とともにすぐ工場から「脱去」しようとした。

市の東郊に丘や高地がある。東の方へと私たちは走った。振り向くと西空に飽くこともなく、次つぎにB29が現われる。いつの間にか、小学校以来の級友の神野鉦吉と二人だけになっていた。敵機が西から広小路通に沿って東に向かってくるのに、私たち二人は東へ東へと逃げ続けた。敵機が西空に現われるたび、「この編隊をやり過ごせばよい」と考えたのだが、無数と思われるほど次から次へと、B29の編隊は西空に湧いて現われた。

千種区の覚王山を過ぎ、おそらく本山のあたりだったと記憶する。例の「ザーッ」という焼夷弾の落下音を聴いた私たち二人は、ある民家の玄関に逃げ込んだ。家のなかに人の気配はなかった。屋根に焼夷弾が突き刺さる音が聞こえた。神野鉦吉は玄関の机の下に潜り込み、私は玄関の床に敷いてあった絨《じゅう》毯《たん》を頭から被った。絨毯を頭から被っても気休めに過ぎず、焼夷弾の直撃を受けたら、ひとたまりもないはずだった。

Ｂ29の編隊は、第一波、第二波に続き、幾つかの波を打って西空に現われ、焼夷弾の雨を降らせた。波と波との間を狙って私たち二人は、その家を駆け出し、さらに東へと走った。

やがて大きくて安全そうな防空壕が見つかった。都心では造れそうにない横穴式で奥行のある壕だった。なかには近辺の老若男女、とくに多数の母子たちが避難していた。工場から全力疾走を続け、嵐のように降りかかる敵の焼夷弾から身を守るのに、私たちは疲れ果てていた。急いで壕に入ろうとする私たちを、人びとは温かく迎えてくれた。その間にも敵弾が降り注ぐ。間口が狭くて奥行の深いこの横穴式防空壕では、入り口に二五〇キロ爆弾でも落ちれば壕内の全員の命が危ないと思えた。

午前九時四六分、空襲が終わって造兵廠へ帰る途中、路上で何両もの路面電車が燃え尽きて残骸になっていた。なかに死傷者がいたかどうかは知らない。多くの家屋が燃え続け、焼け落ちてゆくが、それらを見ても、私たちはほとんど何も感じなかった。前線と銃後との差はなくなり、家が焼け、人が死ぬことにさえ、私たちはなれ過ぎていたようである。

ただ、覚王山近くの千種消防署の火の見櫓が燃えているのは、強く私の印象に残った。火災を制圧する専門家集団の消防署でさえ、手も足も出ない状況だった。

この日、四七二機のＢ29が、名古屋市街にＭ69集合焼夷弾二五一六トンを投下した。死者三四八人、焼失家屋約二万戸などと記録されているが、この昼間無差別焼夷爆撃によって、国宝の名古屋城も焼け落ちた。

造兵廠にもどった私たちは、工場内の高い建物から西北西のほうを凝視した。だれもが無言だった。

名古屋城の金鯱を戴く天守閣が炎上していた。

関ヶ原合戦の九年後の一六〇九（慶長一四）年九月、徳川家康が、加藤清正など豊臣恩顧の西国諸大名を動員してのいわゆる「天下普請」により、雌雄の金鯱を天守閣の頂に置くこの城は築かれた。金鯱城と呼ばれ、名古屋市の象徴とされるその城が、私たちの眼前で焼け落ちてゆく。天守閣が黒い煙に巻かれ、赤い炎のなかに青緑色の炎が揺らめいて昇ってゆく。

本来、天守閣の各層の屋根は銅で葺かれていたが、それが長い年月の間に空気中の水分と二酸化炭素との作用で、緑青すなわち水酸化炭酸銅 $CuCO_3 \cdot Cu(OH)_2$ に変化していた。その成分元素の銅が、高温では青緑の炎色を呈していたのである。

私たちの名古屋城が、このような炎と黒煙とに包まれて焼け崩れてゆく。見事に焼け落ちてゆく。近くにいた級友のだれかが「戦国時代の落城のようだ」と呟いた。巨大な芸術品そのものといえる建造物だっただけに、私は「惜しい」と思った。この空襲で、天守閣の南で本丸のほぼ中央にあった書院造りの本丸御殿も焼け落ちた。京都の二条城の二の丸御殿とともに書院建築の代表的な存在だった。

戦後になって、アメリカ空軍当局者は、「名古屋城は爆撃目標のリストにはなく、残すつもりだった」と弁明したという。また、ハーヴァード大学附属フォッグ美術館東洋部長のランドン・ウォーナーたちによって一九四五年五月に作成された日本文化財の一覧表には、京都・奈良・鎌倉などの文化遺産とともに、名古屋城や熱田神宮の名も記載されている。いわゆる「ウォーナー・リスト」だが、この焼夷空襲の一部始終を、身をもって体験し目撃した私には、アメリカ空軍にそのような気配りがあったとは到底信じられない。彼らは、無差別空襲で一般市民を殺戮すると同時に、日本文化財の破壊をもたらした。

午後四時の大本営発表によると、この朝、B29約四〇〇機が約一時間半にわたり、名古屋の市街地に主として焼夷弾による無差別攻撃を加えたが、各所の火災は正午までに鎮火し、敵機の撃墜八機、撃破九機という。他方、アメリカ側によれば、この日、四七二機のB29が名古屋にM69焼夷弾二五一六トンを投下し、一一機を喪失、五四機が対空砲火で損害を受けたという。アメリカ空軍の損害、言い換えると日本軍防空部隊による戦果について、アメリカ側の発表の数字の方が日本の大本営発表の数字を上回っている珍しい例である。

田園の疎開工場で

前年の一月下旬、すなわち私たちが通年勤労動員される約三ヵ月前、名古屋陸軍造兵廠千種製造所は、一二・七ミリ機関砲ホ－103の製造部門の疎開を開始した。田園地帯にある民間の紡績工場を接収し、航空機関砲生産工場の機能を移転しようというのである。

実際、その年の二月初めまでに岐阜県羽島郡柳津村（現・羽島郡柳津町）の中央紡績工場（現・豊田紡織岐阜工場）へ、千種製造所の工作機械五五〇台、組立用機器、鍍金設備、板金作業用具、熱処理用設備、電気工事用器具、検査用具など各一式を移送している。柳津製造所の所長は、千種製造所所長の陸軍大佐岩下賢蔵の兼任だった。

この年の春、威力に乏しい一二・七ミリ機関砲ホ－103の生産は中止され、二〇ミリ機関砲ホ－5の生産に転換した。そのころから千種製造所の私たち学徒は、小グループに分かれて順に柳津の工場に移った。

濃尾平野の田園地帯に広がる一九万八三〇〇平方メートル（約六万坪）の敷地に、倉庫を含めた建坪が一万九八三〇平方メートル（約六〇〇〇坪）の工場があった。私の級友で、戦後ほどなく豊田紡織の要職に就いた丹下昭生によれば、紡績機械は軽いので紡績工場では木の板、とくに桜の木の板張りであり、紡績機械を撤去して工作機械を設置するときには、その板に孔を穿ってボルトを締めセメントを流して固定したという。また、建築家の級友武田栄夫の話では、紡績工場では、綿屑の回収などのため板張りが好都合で、ことに桜は堅くて表面が緻密なので最も適当な板材になるという。

すでに少なからぬ人数の級友が、海軍甲種飛行予科練習生、海軍特別幹部練習生、陸軍特別幹部候補生などを志願し、陸軍士官学校、陸軍経理学校、海軍兵学校、海軍経理学校などに入学していた。五月下旬、私は、柳津製造所へ移ったが、旧制名古屋工業専門学校の学籍にあり、愛知一中の帽子も形のうえだけである。そのほか、旧制高校や旧制専門学校などの学籍にある者や、進学先未定の者もいる。こうした集団には、旧制中学校在籍当時のような規律はない。四、五年生という上級・下級の差は消え、教師の監視の目もない。

急拵えのバラックの宿舎に住んで、稲田のなかにある工場へ通う日々だった。

私は、工場で級友の加藤晴夫と二人で一台のボール盤に取り組んだ。二〇ミリ機関砲の部品を造る作業である。一人で済む部署に二人も配置するところに、陸軍の無駄な方針が見られた。工場には、勤労学徒や女子挺身隊員が溢れるほどだった。人海戦術である。

加藤晴夫は、作業中によく歌を唄った。

「母艦よさらば　撃滅の翼に映ゆる茜雲」という歌い出しの歌である。この哀愁を感じさせる節回しの『雷撃隊出動の歌』（米山忠雄作詞・古賀政男作曲）を、彼は作業中に唄っていた。彼は、卒業前の千種製造所のころとは違って声を殺すこともなく、マリアナ沖での日本海軍航空隊の悲劇について巷に流れている噂を、私に語った。

前年の六月一九日のマリアナ沖海戦では、機動部隊の空母を発進した日本機のほとんどが、待ち伏せた敵戦闘機によって目標に到達する前に撃墜された。アメリカ側は、一方的な首尾に終わったこの海空戦を「マリアナの七面鳥狩り」と嘲笑的に呼んだ。ノモンハンの敗北などと同様、真相を衝く風聞が密かに、おとなの市民の耳に届いていたのである。

疎開工場での単調な作業の日々、ときには、私たちに考えさせるようなことがあった。

ある日、工員食堂で、昼食を摂ったあとの私たち学徒に、工場長の陸軍少佐寺島久作が、「われわれは、学徒諸君にコメの飯を食べさせるため、闇米を購入している」と語った。帝国陸軍でさえ闇米を買って、お前たちを養っているのだから、それを肝に銘じて働け、と言いたいらしかった。確かに、千種製造所での黒いイワシ飯と比べ、この柳津製造所では白い米飯が出された。丹下昭生の記憶によると、工場内に精米所があり、精白したコメの飯ではあったが、増量のためかなり混入されていた大豆のせいで、下痢に悩まされている級友が少なくなかったという。

別のある日、腰に軍刀を吊した工場長寺島久作が、ポケットからライターを取り出し、「これはドイツ製のライターで、よく出来ている。さすがドイツの製品だが、そのドイツも敗戦国になった」などと私たちに語った。

前年度までと違って、陸軍側も学校側も私たちの扱いに神経を使い、ときには迎合的とさえ思える場合があった。ある晴れた日、私たち準勤労学徒に付き添いで来ていた愛知一中の教諭が、私たちを集めて、

「きみたちが造った機関砲を搭載した味方戦闘機が、北九州に来襲した敵のB29を撃墜した」と話した。それゆえ、今後とも機関砲製作の作業に精を出すようにという趣旨であろうが、なぜ一年も前の戦果をいまごろになって口にするのか、と私は不可解に思いながら、この話を聴いた。

前年の六月一六日深更、中国奥地の成都を基地とする在華米空軍のB29編隊が北九州の工業地帯を空襲し、飛行第四戦隊が迎撃した。二式複座戦闘機「屠龍」の部隊だが、大部分は二〇ミリ機関砲二門を装備していた。一隊が八幡・小倉などの上空の迎撃戦で合計四九〇発の二〇ミリ機関砲弾を放ってB29を撃墜している。マリアナ基地のB29、空母機動部隊のグラマンF6Fなどによる本土空襲が激化していた当時に、こうした遅いニュースを、その教諭は語ろうとしたのである。

当時の私たちは知らなかったが、柳津製造所で作業に従事していたこのころ、名古屋市南部の工場地帯がB29編隊の爆撃を受け、勤労動員学徒を含む多数の犠牲者が出たことがある。六月九日の「熱田空襲」である。

その日の午前八時二五分、空襲警報が発令されながら、二〇分後に解除されて動員学徒たちが職場に復帰したあとの午前九時一八分、熱田区千年船方の海軍管理工場の愛知時計電機や、南に隣接する愛知航空機、住友金属工業の諸工場が集中爆撃を受けた。四二機のB29から二トン爆弾一二一発、一トン爆弾二三発、五〇〇キロ爆弾一二発、計二七一トンの強力な重量爆弾が、わずか八分、あるいは一〇分という間に投下された。

旋風のような空襲だった。各工場は、ほとんど一瞬のうちに壊滅的な打撃を受け、中等学校二、三年生の男女学徒二一八人を含む二七〇〇余人の死者と約三五〇〇人の重軽傷者とを出す修羅場と化した。

工場近くの道路は負傷者で溢れ、工場が面する堀川は血の色で染まった。一七世紀初めの名古屋城築城の折、福島正則が掘った運河である。それがおびただしい犠牲者の血によって赤黒く見えたという。これは、遠からず日本本土のどこかに驚異的な威力の高性能爆弾、つまり原子爆弾が投下されて、「ほとんど瞬時に壊滅的な打撃」を与えられることを予感させる空襲だった。

『風と共に去りぬ』

宿舎での生活には、かなりの自由があった。

大きな部屋の一隅で、持ち込んだラジオに聴き入っているグループがあった。

「日本軍の攻撃機の腹部から放たれたロケット弾が、アメリカ海軍の巨艦を一撃で轟沈させた」という外電を伝えるラジオのニュースを聴いて、ある級友が「新兵器だ」と叫び、部屋中の者が耳をそばだてた。ドイツも屈伏し、孤立無援の戦いを絶望的に続けている私たちの祖国日本にとっては、画期的な新兵器または神風しか救いの道はないのである。だが、「母機から噴射推進式に打ち出された人間爆弾の特攻機」と分かって、誰もが沈黙した。

「壮烈なる戦意と一発轟沈の恐るべき威力とを以て、敵陣営を震撼せしめたる神雷特別攻撃隊員の殊勲」が全軍に布告されたという五月二八日の海軍省公表を、ラジオは伝えた。

この人間爆弾は、「桜花」である。

全幅五・一メートル、全長六・〇メートル、全備重量二一四〇キロの機体に、エンジンとして四式一号20型火薬ロケットを備え、ロケットの燃焼時間九秒×三本、最大速度六四八キロ／時、航続距離三七キロという性能の一種の滑空機である。見定めた目標に向かってロケットを噴射して突入するこの桜花は、全備重量の五六パーセント以上に相当する一二〇〇キロの爆弾を信管とともに機首尖端に装着した自爆専用機である。これを、日本側は「帝国海軍にして初めてなしうる新奇な着想の特攻兵器」と自賛した。

一式陸上攻撃機の機胴に懸吊された桜花は、敵艦隊の上空に達したとき、母機から離れて滑空し、ロケット噴射による高速で突入する。鈍速で防弾設備に欠けた一式陸攻を母機としているため、敵戦闘機に邀撃《ようげき》されれば母機もろとも撃墜されるほかはない。沖縄近辺で使用されたもののいたずらに犠牲が多く、敵側からはBaka Bombという軽蔑的な渾名で呼ばれた不運な特攻機である。

戦局は最悪の様相を呈しており、「神風が吹くか、あるいは新兵器が登場するか」と私たちは待望していたのだが、新しい人間爆弾の出現と知って、ひどく落胆した。ラジオのアナウンサーが「ロケット推進」と興奮口調で伝えたので、私たちは新兵器の出現かと思ったものの、人命無視の体当たり機に過ぎなかった。

級友の中江水哉は、海軍特別幹部練習生を志願して入隊し、そのころ、本土決戦に備えて特攻訓練に励んでいた。彼は、戦後、次のように私に語っている。

「入隊と同時に海軍兵長に任官し、父親のような年齢の応召兵たちに敬礼された。終戦の年には、水際特攻隊として、海岸の蛸壺に潜んで、上陸して来る敵の戦車に爆薬箱を当てる訓練を重ねていた」というのである。

「一億特攻」の掛け声だけが高く、私たちの前には希望のない日々が続く。

とはいえ、そのような生活のなかでも、暗くはない思い出を語る級友もいる。

たとえば、水野金平は、ある日、付き添いの英語科教諭野村光三郎が、「きみたちは嫌な仕事をさせられているけれど、好きなことをさせたら随分伸びるだろうになぁ」と独り言のように嘆じたことを記憶している。彼は、「こんな時代にも、こうした教師もいるのだと、一種の感動を覚えた」と言う。

また、水野金平は、宿舎で寝起きしている同級の仲間たちの間で、マーガレット・ミッチェルの『風と共に去りぬ』を回し読みした。活字に飢えていたせいで、「たちまち読み終えた」と、彼は回顧する。丹下昭生も彼と同じ記憶をもっているが、二人とも、その本を誰が持ち込んだかは知らない。

丹下昭生の別の回想のひとつを、次に記しておく。

柳津製造所の同じ棟に、学生気質が抜け切らない青年士官がいた。旧制工業専門学校の在学中に陸軍の委託学生になり、そのまま任官した技術将校と推測され、軍人らしさをほとんど感じさせない軍人だった。その学徒出身らしい青年技術将校が、「内緒に聴けよ」と言って、ポータブルの手巻式蓄音機を数枚のレコードとともに、秘かに貸してくれたことがある。そのレコードはクラシック音楽やアメリカのジャズなので、丹下昭生たちは、暑い季節なのに戸を締め切って車座になり、毛布を被ってレコードの音楽を聴いた。この軍人らしさのない若い士官は、さほど年齢に差のない彼ら愛知一中の卒業生たちに気を許していたように思われた。

戦没海軍予備学生の手記『雲流るる果てに』のなかに、第一三期予備学生の青年士官四人が沖縄への特攻出撃直前に書き遺した「川柳合作」が収められている。そのうち、及川肇は盛岡高等工業学校（現・岩手大学工学部）、遠山善雄は米沢高等工業学校（現・山形大学工学部）、福知貴は東京薬学専門学校（現

・東京薬科大学)、伊熊二郎(日本大学)の出身であり、四人とも、この年の四月六日または一一日、沖縄方面の西南諸島で戦死している。四人とも二三歳であり、上記の青年技術士官と同年輩だった。

アメリカと戦ふ奴が　ジャズを聴き
ジャズ恋し　早く平和がくれば良い
最後まで　婆婆気のぬけぬ十三期
特攻のまづい辞世を　記者はほめ

そして、

勝敗は　われらの知ったことでなし

一〇　「あの戦争」の終息

1　飢餓列島に弾雨

「沖縄県民斯ク戦ヘリ」

陸軍中将牛島満麾下の第三二軍約八万六四〇〇人、海軍少将大田實指揮下の海軍根拠地隊約一万人、合計約九万六四〇〇人の正規兵力に県民による俄かづくりの兵力も加わった。現地徴集の満一七歳から満四五歳までの男子約二万五〇〇〇人の「義勇隊（防衛隊）」、師範学校男子部・県立第一中学校などの生徒一七八〇人の「鉄血勤皇隊」および師範学校女子部・県立第一高等女学校などの生徒五八一人の「ひめゆり部隊」が、それである。

他方、アメリカ側は、沖縄攻略を「アイスバーグ（iceberg、氷山）作戦」と称し、最大規模の集中作戦を企図した。四〇余隻の空母群から発進した艦載機一一六〇機が沖縄本島に三〇〇〇回も波状空襲を反復し、マリアナ、フィリピン、中国南西部から爆撃隊が仕上げの空爆を加え、戦艦二〇隻、重巡洋艦一三隻がロケット弾と艦砲との猛射を加えたあと、約一三〇〇隻の輸送船で運ばれた約一八万二〇〇〇人の歴戦の海兵隊が上陸した。

九州の諸基地から陸海軍の特攻機が相次いで出撃した。一九四三(昭和一八)年七月五日に起こった予科練総決起の結果、海軍甲種飛行予科練習生として航空隊に入隊した私の級友たちが、沖縄方面の海域で散った。四月二八日の薄暮、犬飼成二は旧式で固定脚の九九式艦上爆撃機に爆弾を積んで沖縄の敵艦隊に突入した。第二草薙隊と称された特攻隊の隊員である。五月一〇日の夜、蒲勇美は、「一式ライター」と蔑称されていたほど発火しやすい一式陸上攻撃機に搭乗して沖縄水域の敵機動部隊を攻撃中、片方のエンジンが被弾し、「ワレカタハイフノウニツキジバクス」と打電して帰らなかった。五月二七日深夜、鈴木忠熙は、やはり一式陸攻で九州南方水域の索敵に出動し、「ツセウ」すなわち「敵戦闘機ノ追躡ヲ受ク」と基地に打電して消息を絶った。いずれも一六歳または一七歳の少年だった。

九州からの陸海軍延べ二三九三機の特攻出撃、戦艦大和など残存艦艇一〇隻による海上特攻、「義烈」空挺隊員搭乗の九七式重爆撃機強行着陸による敵飛行場焼討ちなどの支援作戦も効を奏せず、守備軍は圧倒的に優勢な敵に圧迫され、南部地区に退いた。小銃または竹槍と手榴弾とで白兵戦を挑み、爆薬箱を抱えて戦車に突進する日本軍に対し、アメリカ軍は「原爆以外のすべての武器」(NHK取材班)を使用したという。

六月一二日午後四時、小禄の海軍根拠地隊からの通信が絶え、翌日の午前一時、司令官大田實は壕内で自決した。六月二二日正午、第三二軍司令部の洞窟があった摩文仁《まぶに》部落の銃声は止み、翌二三日午前四時三〇分、司令官牛島満は割腹自殺した。約九万四〇〇〇人の日本軍の戦死者に加え、約一五万人の沖縄県民も戦火で生命を失った。

沖縄の歴史には内乱も百姓一揆もなかったという。歴史的に武器を愛する習慣もなく、中国渡来で沖縄に根づいた拳法の唐手すなわち空手も、護身を専らとする武術だった。この伝統的に温和な沖縄県の老若男女が、本土決戦の前哨戦とも言える沖縄地上戦で死力を尽くし、多大の犠牲者を出した。「沖縄県民斯ク戦ヘリ。県民ニ対シ後世特別ノ御高配ヲ賜ランコトヲ」という海軍根拠地隊司令官大田實の有名な訣別電報も想い起こされる。

六月二五日午後二時三〇分、大本営は、沖縄本島南部地区の戦闘が最終段階に達したことを公表し、陸海軍両司令官の最期を伝えたあと、将兵の一部は南部の島尻地区で戦っているが、「六月二二日以降細部の状況詳かならず」と続け、沖縄の官民は「島田叡知事を中核として軍と一体となり皇国護持のため終始敢闘せり」と結んでいる。

焦土で入学式

沖縄失陥の「大本営発表」を聴いた直後、名古屋工業専門学校から「入学式を挙行するので来校せよ」という通知が届いた。

入学式は、七月初めの晴れた日に行われた。七月の何日かは私の記憶になく、級友の誰も覚えていない。名古屋工業大学教務課に調査を依頼すると、「調べてみたが、昭和二〇年度の入学年月日が四月一日付けと資料にあるだけで、入学式の日付は確認できない」という返事が届いた。「終戦のとき、焼却処分にしたのだろうか」と尋ねると、「そうかも知れない」と言う。必要があって、旧制愛知一中在学当時の記録を調べた際、残っていたのは最小限度の学籍簿だけで、その他の資料は何も見つからなかった。いずれの場合も、「戦時中の記録が残っていない」こと自体に意味があるように思えた。

確かな事実は、入学式の日、焦土に立つ私たちの頭上に青空と燃える太陽とがあった。二〇〇二年春、名古屋地方気象台に一九四五年七月の天候を照会すると、詳細な記録が届いた。それによれば、私の多様な記憶と重なることが多いのは火曜日の七月三日である。その日、午前一一時には晴、北西の風四・二メートル、気温二八・八度だった。

入学式は、あの三月一九日深夜の焼夷空襲で焦土化した母校のキャンパスで行われた。学校長の工学博士平田徳太郎が、戦時の習いとして「教育勅語」ではなく「宣戦の詔勅」を奉読した。開戦の一二月八日朝、晴れた冬空の下で聴いた「天佑ヲ保有シ万世一系ノ皇祚ヲ践メル大日本帝国天皇」が「米国及英国ニ対シテ戦ヲ宣」した内容の詔勅である。

そのときは、わずか一ヵ月半後、「教育勅語」や「宣戦の詔勅」どころか、昭和天皇自身の声で戦争終結を告げる「終戦の詔勅」を聴くとは、私たちは思ってもみなかった。

入学式のあと、私たち化学工業科の新入生は、学科長の理学博士道野鶴松から、新しい勤労動員先に赴くように指示された。新入学の全員が、美濃の関町（現・関市）、尾北の祖父江村（現・祖父江町）、知多の武豊町（現・知多市）の三ヵ所にある化学関係の企業に分散して動員されるのだが、そのころ、戦争は最終段階に入っていた。

竹槍で「武装」

二月のヤルタ会談で、米英ソ三国首脳は、ソ連の対日宣戦を密約していた。ソ連は日露戦争の復讐として南樺太と満州権益との奪回、さらに千島列島という日本固有の領土の割譲をも求めた。千島の奪取は連合国が掲げる「領土不拡大」の名分に反するものだった。

ローズヴェルトは、三九歳のときポリオ（小児マヒ）に罹って車椅子生活を余儀なくされていた。大戦末期には高血圧で、ヤルタでは最高三〇〇、最低一七〇（小長谷正明）にまで悪化し、言語障害・集中力低下など動脈硬化のために判断力も鈍っていた。この時代には降圧剤はなく、安静にするか鎮静剤を投与する程度の措置しかできなかった。適切な判断を下せない彼は、すでに枯渇している日本の戦力を過大に評価し、老獪なスターリンの意図を洞察できず、過度に譲歩した。もはや不必要になったソ連の対日参戦を歓迎し、戦後の極東戦略の布石を誤る。四月一二日、ローズヴェルトは脳出血のため六三歳で急逝し、副大統領ハリー・S・トルーマンが大統領に就任している。

そのころ、昭和天皇の回想によると、本来は魚雷を一日に五〇本製造した工場で一本しか造れず、敵が投下した爆弾の鉄片でシャベルを造り、海岸防備部隊だけでなく決戦師団にさえ満足に武器が行きわたっていなかったという（『昭和天皇独白録』）。

天皇の言う海岸防備とは、アメリカ軍の上陸が予想された九十九里浜の防衛のことで、私の級友で海軍甲種予科練に入隊していた加藤昭治が、飛ぶ飛行機がなく、高知県の海岸で敵の上陸に備えて壕を掘っていた話を連想させる。本土の陸軍部隊の一部では兵士にもたせる銃がなく、竹槍や吹き矢の訓練を行っていた。私たちの造兵廠へ手伝いに来ていた現役の兵士が腰に吊した銃剣も木製で、竹の鞘に収められていた。本土決戦に備える国民義勇隊員の民間人に至っては、竹槍や出刃包丁で「武装」している程度に過ぎない。

大本営陸軍部が四月二五日に発行した『国民抗戦必携』には、竹槍などで「背ノ高イヤンキー共ノ腹ヲ突ケ」、鎌、鉈、玄能、出刃包丁、鳶口《とびぐち》で「後カラ奇襲セヨ」、格闘のときは「水落チ（鳩尾）ヲ突ク」「睾丸ヲ蹴ル」などと記されている。

いまでも私が不可解に思うのは、全校生徒が動員されて空き家になっている私たちの旧制中学校の銃器庫に、三八式歩兵銃などが数百挺も埃をかぶって保管されていたことである。旧式とは言え、竹槍や出刃包丁よりはましで十分実用に耐える銃だった。

五月ごろ、「スターリンは西郷南洲（隆盛）に似たところがあるから頼りになる」という声が、首相鈴木貫太郎の筋から聞こえたという。いかに藁をもつかむ思いだったにせよ、冷血で無慈悲なスターリンに対するこの評価は、余りにも無残な幻想だった。

一方、現状を憂えた昭和天皇は、速やかに戦争を終結したいという願いを重臣たちに伝え、外相東郷茂徳が、六月、元首相広田弘毅を箱根の強羅ホテルに派遣した。そこに疎開している駐日ソ連大使ヤコブ・マリクを訪問させ、対ソ譲歩案を提示しながらスターリンに米英との和平斡旋を打診させたのだが、七月上旬になってもソ連側の反応はなかった。

そのころ、太平洋艦隊司令長官チェスター・W・ニミッツの指揮下に、ウィリアム・F・ハルゼーという提督がいた。雄牛（ブル）と渾名された気性の激しい人物で、彼の率いる一〇五隻の第三艦隊は、七月一〇日の東京付近の飛行場空襲を皮切りに、終戦まで日本沿岸を傍若無人に遊弋《ゆうよく》し、悠々と爆撃、機銃掃射や艦砲射撃を繰り返した。

ハルゼーは、「瀬戸内海に残る日本艦隊は大きな脅威ではない」という部下の反対を斥け、真珠湾の復讐のため呉軍港攻撃を下令した。七月二四日と二八日、爆弾・ロケット弾・魚雷による攻撃で、残っていた戦艦伊勢・日向・榛名は大破、空母葛城は甲板が大破、天城は転覆し、重巡洋艦の利根・青葉は大破座礁、連合艦隊旗艦の大淀は転覆した。保有戦艦一二隻のうち長門だけが横須賀軍港で浮いており、日本海軍は殲滅された。

さらに、マリアナや沖縄を基地とする爆撃機群が日本の諸都市に絨毯爆撃を加え、それらを廃墟にした。本土は戦場化し、国民生活では食糧不足が深刻になった。この六、七月、主食の代替として、従来の大豆のほかにトウモロコシやコーリャンが登場した。サツマイモの蔓や葉、クワの葉、タンポポ、ヨモギ、ハコベ、アカザ、イタドリなども食べることが、「野草も戦力」と称して国民に勧められた。

一方、G・トマスおよびM・モーガン゠ウイッツの著書によると、マリアナ諸島のテニアン島に基地を置くアメリカ爆撃隊隊員の七月一二日のメニューは、次の通りである。

朝食は、冷やしたグレープフルーツ・ジュース、温かいオートミール、パイナップル・フリッター、卵料理、いれ立てのコーヒーであり、昼食と夕食とには、特製のステーキ、リブロースト、チキン、ダック、新ジャガ、生野菜サラダ、それに冷たい牛乳が付いた。

闇夜に遠雷の音

昭和天皇は、六月二二日の御前会議で速やかに終戦工作に着手するように求め、政府はソ連を仲介にする和平交渉の具体化を決めた。七月一二日、元首相近衛文麿が、和平斡旋依頼の特使としてソ連に赴くことになり、翌日、駐ソ大使佐藤尚武は、ソ連側に「昭和天皇の意向と近衛文麿の特派とを外務人民委員モロトフに伝達するように」と申し入れた。

七月一八日、ポツダム会談の席で、スターリンは、天皇の和平の意向を記した駐ソ大使佐藤尚武の覚書の写しをトルーマンに見せ、日本人を安心させるため漠然とした返事をしておくか、あるいは無視すると語った。

近衛文麿は和平交渉案を作成し、渡ソの随員を決め、専用飛行機も準備して待機したものの、ソ連から正式回答は届かない。その間、七月二六日、米英中三国の名で、日本に無条件降伏を求める宣言が発表された。その宣言にソ連が入っていないのは、ソ連が戦後の国際関係を見通し日本と事を構えるのを避けたためか、ソ連が対日参戦の意図を秘匿するためと二通りに推量された。しかも、二日前の七月二四日、駐日ソ連大使館の婦女子が、山形県の酒田港から急いで帰国の途についている。それも、激化する空襲から避難するためと、ソ連の対日参戦が迫ったためとの二通りに推測された。いずれの場合も、日本の指導層は、それぞれ楽観的な前者の見方を採って、スターリンの好意に一縷の望みをつなぐ。

七月二八日の『朝日新聞』は、第一面に、「米英重慶、日本降伏の／最終条件を声明／三国共同の謀略放送」の見出しを掲げ、チューリッヒ発の同盟記事として「三国共同宣言」の抜粋を掲載した。それには、日本軍国主義者の勢力の除去、日本本土の諸地点の占領、日本の主権を本州・北海道・九州・四国および指定の諸島に限定、日本軍兵力の完全武装解除、戦争犯罪人の裁判、民主主義的傾向の復活、言論・宗教・思想の自由および基本的人権の尊重、日本経済を維持し賠償に応じうる産業の留保などが規定され、日本政府は、即刻全軍の無条件降伏に署名し適切な保障をすべきであり、それを拒めば「直ちに徹底的破壊を齎《もた》らすべきこと」とあった。

私たちは、この宣言を寮のラジオで聴き、さらに新聞を読み直した。夷狄《いてき》の国々が神州日本に屈伏を求める宣言を発したのである。私たちの手もとに武器らしいものはなく、私たちは飢えていた。だが、「神の国」は敗れてはならず、不滅のはずだった。

その日、「ポツダム宣言」が報道された紙面に、「政府は黙殺」の見出しで、「帝国政府としては、米英重慶三国共同声明に関しては、何ら重大な価値あるものに非ずとして、これを黙殺すると共に、断乎戦争完遂に邁進するのみ」という記事がある。

首相鈴木貫太郎は、この宣言について「ノー・コメント」ほどの意味で「黙殺」という言葉を使ったのだが、それが誤解を生んだ。「黙殺」という日本語は"ignore"と訳され、さらに"reject"と誤訳されてアメリカ側に伝わった。彼の「黙殺」声明は、日本が米英中三国の宣言を「拒否」したと受け取られて、アメリカには原爆投下を、ソ連には対日参戦を、それぞれ正当化する口実を与えた。

西方でドイツを屈伏させたソ連軍が極東に移送され、満州・樺太・千島・北朝鮮に侵攻しようと身構え国境に展開していた。だが、七月三〇日、ソ連を含む連合国の意図を知らないまま、駐ソ大使の佐藤尚武は、ソ連政府に条件付きの和平斡旋依頼を申し入れる。

このころの私は、入学式直後に下令された新たな勤労動員で、七月半ばから岐阜県武儀郡小金田村という東濃地方の山奥で作業に従事していた。同郡関町（現・関市）の民家を寮として、一五人ほどの新しい仲間とともに暮らすのである。旧制専門学校の新しい友人たちとの生活は、旧制中学校とは違った大人びた雰囲気で、一歳から三歳ほど年上の級友たちはもとより、一一歳も年上の級友さえいた。しばしば言及した熊田熊三郎である。

寮から、私たちは名鉄美濃町線で少し離れたところにある小金田村（現・関市小金田）の作業場に通った。竹藪を伐り開いて、アンプル入りのヴィタミンB_1剤を製造する工場を建てるという。新しい級友の近藤英一が、自宅へ「竹藪を掘り起こし、工場を建設する作業に従事している」と手紙を出したところ、文中のこのくだりが朱で消され、憲兵隊の「検閲」の印を押されて差し戻されたことがあった。

作業が休みの日、一日一夜の病母の見舞いと介護とのため、関の寮から愛岐県境の山奥の疎開先に帰った。その際、国鉄の切符を入手できず、普通では考えられない大迂回を余儀なくされた。深夜の山道を十数キロ、病母の住む疎開先の農家の離れ屋まで歩いて帰るのである。一夜、病母を介護して寮へ戻るのに、夜を撤して山中を歩き通したこともある。

暗夜の山道を踏み分けて歩いているとき、人の気配がない起伏の多い道の彼方が明るくなったことがある。大垣市がB29編隊による焼夷空襲を受けていたのだった。また、尾張水野の深夜の森のなかで、せせらぎだけが聞こえる漆黒の闇夜、遠雷のような響きを耳にした。あとで浜松市が敵艦隊の艦砲射撃を浴びていたと聞いた。あれは浜松砲撃の地響きだったのか、それとも私の幻聴だったのか、いまなお分からない。

毎朝、寮の民家の一階で、助教授の青木稔を中心にラジオを囲み、ニュースを聴くのが日課になっていた。また、みんなで新聞の回し読みをした。戦局が極度に緊迫し、敵の日本本土上陸が近いと予想されたころである。この寮で、私は、新しい級友たちとともに、ポツダム宣言の報道をラジオで聴き、新聞で読んで、日本の最期は近いと予感した。

終戦で、私たち国民に明らかにされた「ポツダム宣言」の文章では、前記の最後のくだりは「右以外の日本国の選択は、迅速かつ完全なる壊滅あるのみとす」となっている。

それは、単なる恫喝ではなかった。一〇日前の七月一六日朝、アメリカ側は、ニューメキシコ州のアラモゴードで核分裂による最初の原子爆弾の実験に成功していた。日本側にも中立国筋から「ニューメキシコ州で新しい実験が行われた」という報道が伝わっていた。

それに、陸軍の一部の情報機関は、かねてからマリアナ諸島のテニアン島を基地とする少数機からなる新しいB29の部隊が不可解な挙動を繰り返すことを探知していた。だが、彼らに、そのB29の挙動の意味を解析できるはずはなかった。

2 広島と長崎

京都も原爆目標

人類は、大戦争のたびに強力な兵器を開発する。第二次大戦での例は原子爆弾である。

アメリカ軍当局は、六月一二日、原爆を投下する日本の都市として、小倉・広島・新潟・京都の四都市を検討した。その席で、マンハッタン計画つまり原爆開発計画を総指揮した陸軍准将レズリー・R・グローブズは、終始、「京都市を原爆の第一目標にせよ」と説く。彼によれば、京都市は人口一〇〇万以上で、宗教的意義をもつ都市なので心理的影響があり、三方が山に囲まれ爆風の効果が著しく、原爆の意味を認識できる知識人が多いうえ、軍需工場も多数という。彼は、「京都は軍需工業都市」と主張するのである。彼は、原爆投下の際、京都駅のすぐ西の都心にあって、高度九〇〇〇メートル以上からでも識別できる梅小路機関車庫に照準すれば、約六〇万人の死傷者が出ると予想した。

だが、アメリカ陸軍長官ヘンリー・スティムソンは、戦後に予想される米ソ対立の構図で、京都を原爆攻撃すれば、日本人の反発を招いて親ソに傾かせる恐れがあるとともに、アメリカの人道主義に瑕疵《かし》がついて、国際的に不利な立場になると危惧した。京都市は、一応、当面の原爆投下目標から外された。ここで「一応」というのは、戦争が長引けば、第三発以降の原爆は京都市を目標に投下された可能性があったからである。

少佐クロード・イーザリーのB29「ストレート・フラッシュ」号は、七月二〇日、東京の皇居を目標に模擬原爆を投下した。その際、イーザリーは、「ヒロヒト」を抹殺して名を挙げたいという名誉欲に駆られていただけという。だが、それは目標から外れて東京駅八重洲口側の皇居の濠に落下した。「ポツダム宣言」発表の七月二六日朝には、名古屋第二赤十字病院の一〇〇メートルほど北方の昭和区山手通二丁目にも、模擬原爆が投下されている。これは、京都市に対する原爆攻撃のリハーサル（吉田守男）だったと言われる。

これらの模擬原爆は、長崎型パンプキン原爆と同型の四・五トン爆弾で、リハーサルでは、それを約九〇〇〇メートルの高空から目視で目標に投下するや否や、鋭く右に一五五度急旋回し、核爆発の衝撃波を避けて帰還する。こうして、京都を含む諸都市を想定目標とし合計四九発の模擬原爆が、七月二〇日から終戦前日の八月一四日までに投下された。

京都市に次いで新潟市も目標から外され、史上最初の原爆を投下する第一目標は広島、第二目標は小倉、第三目標は長崎の各市と決まった。こうして、原爆投下の第一目標は、トルーマンの言う「重要な軍事基地のある広島市」と決定された。広島の市街地も三方を山で囲まれている。その照準点が都心の相生橋と決まったとき、司令官ルメイはうなずき、機長ティベッツは絶好の照準点と喜んだ。なお、トルーマンは、日本への原爆使用について、「野獣を相手にするときには、相手を野獣として扱わねばならない」と考えたという。

史上初の核攻撃

八月六日午前一時三七分、テニアン基地をB29三機が離陸した。広島・小倉・長崎各市の上空を気象偵察するためである。そのうちイーザリーの「ストレート・フラッシュ」号は広島に向かった。午前二時四五分、「エノラ・ゲイ」号が滑走路を走り始め、科学観測および写真撮影の任務をもつB29各一機が続いて発進した。

午前七時九分、広島県に警戒警報が発令された。大型三機が豊後水道および国東半島を北上中という情報による。この三機は、広島湾西部を経て広島市の上空を旋回したのち、七時二五分、播磨灘に脱去した。七時三一分、広島市内に警戒警報解除のサイレンが響いた。播磨灘に去った三機が「エノラ・ゲイ」号のグループに先行した気象偵察機だったなら、豊後水道を北上してから別れ、それぞれ広島・小倉・長崎各市へ向かったはずだが、この三機は同一行動をとったので、「エノラ・ゲイ」号のグループと推定される。三機のうち二機が、八時一一分、広島市の上空に侵入した。その一機が、陸軍大佐ポール・W・ティベッツが操縦するB29である。ティベッツは、自分の乗機を母親の少女期の名をとって「エノラ・ゲイ」と名づけていた。

午前七時三八分、「エノラ・ゲイ」号は、高度九九七〇メートルで水平飛行に移った。

午前七時四一分、大佐ティベッツは、同号を上昇させ始め、そのとき、広島市へ向かっていた少佐イーザリーの気象偵察機「ストレート・フラッシュ」号から、「低空、中空、高空、すべての高度を通じて雲量、一〇分の三以下。第一目標爆撃を勧める」という暗号の報告を受信した。このとき、広島市に対する原爆の投下が決まった。

午前八時四分、「エノラ・ゲイ」号は、針路を西にとった。

午前八時六分、尾道近くの松永監視哨が西北進する大型二機を発見と伝え、八時九分、三機と訂正した。八時一四分、広島市東郊の西条の方向に敵機の爆音が聞こえ、八時一五分、「西条上空を大型機西進中」という報告があった。

午前八時一五分一七秒、九六三〇メートルの高度から「ちびっこ」という名にふさわしくない残虐な爆弾が、広島市の都心を照準に入れて投下された。

史上最初の核攻撃である。

G・トマスおよびM・モーガンは、広島放送局のアナウンサー古田正信が空襲警報のボタンを押して、「午前八時一三分、中国軍管区発令……、敵大型機三機……」と放送し始めた瞬間、広島上空で原爆が炸裂したと書いている。だが、当時、海軍の技術士官として広島文理科大学（現・広島大学）の物理・化学研究棟で被爆した若木重敏は、八時一五分に「西条上空を大型機西進中」と監視哨から報告されているのに「八時一三分、発令」と放送するのは不可解とし、この記述に否定的な見解をもっている。このとき、空襲警報は発令されなかったのである。

約二ヵ月前の六月九日、名古屋市の熱田区では、警報が発令されながらすぐ解除され、勤労学徒を含む従業員たちが防空壕を出たところを、B29編隊に急襲されて集中爆撃を受け、短時間に殲滅的打撃を被っている。若木重敏によれば、広島市への原爆攻撃に見られる「警戒警報解除後、急速に反転」し、無防備な「人間に対して甚大な被害を与える残酷な爆撃法」は、この六月九日の名古屋市の熱田空襲で「実験済み」だったという。

広島市民の頭上で原爆は炸裂した。投下から四三秒後である。

「エノラ・ゲイ」号に搭載されていたのは、アメリカ軍当局者の間で、「やせっぽち」(シンマン thin man)、ほどなく「ちびっこ」(リトルボーイ little boy)という暗号名で呼ばれた直径七一センチ、長さ三・七メートル、重さ四トン余の爆弾である。それは、巨大な破壊力をもつ原子爆弾だった。

約九二〇〇メートルの高度で侵入した「エノラ・ゲイ」号から投下された「ちびっこ」は、四三秒後の八時一六分、目標の相生橋の約二五〇メートル南西、元安橋の上空五三三・四メートルで爆発した。それは、島薫を院長とする島外科医院の真上でもあった。

直径三〇〇メートルほどの超高温の「火の玉」、いわば「小さな太陽」が、瞬時に広島市民の頭上に生じたのである。

約一・四秒の間であり、そのとき「ピカ」と光った。

この人工的な火の玉は、中心が一万一〇〇〇度、表面が七〇〇〇度にも及び、その内部が数百万度から一〇〇〇万度と言われる実物の太陽が、瞬間的にせよ、広島市民の頭上に接近した場合と同様の結果をもたらした。広島市民の住む大地は、鉄の融点一五四〇度などをはるかに上回る四〇〇〇度の高温に達した。

この「ピカ」という閃光については、当時、海軍兵学校の生徒として広島湾の江田島沖でカッター（大型ボート）を漕ぐ訓練をしていた吉川健の回想に注目したい。吉川健は、私の級友であり、終戦の年の初冬、疎開先の山村に住んでいる私を訪れて語った。

八月六日の朝、一瞬、江田島沖の北方に異様に強い紅色の閃光が走った。一同が漕ぐ手を休めて瞠目したとき、カッターに同乗していた教官が、「おう、あれはストロンチウムの色だ」と叫んだ。それは、あの「黒い雨」、「死の灰」といった言葉で、多くの人びとが書き遺していることと無関係ではなかった。なお、このときの閃光については、赤紫色、淡赤色、青色、紫色、銀白色など、さまざまな表現による証言がある。

アインシュタイン

すべての元素は原子からできており、原子は原子核とその周囲に存在する電子とからなる。どの元素にも原子番号と質量数という二つの数がある。

原子番号は原子核内の陽子（正電荷）の数、したがって原子核外の電子（負電荷）の数に等しく、その元素に固有の値である。一般に元素間の化学反応は、核外の電子を授受または共有しようとして起こり、電子数すなわち陽子数によって元素の化学的性質は決定されるからである。つまり原子核内の陽子の数によって、非金属性、金属性、そして不活性などという元素の性質が決まるのであり、「数量の差異が質的な相違を規定する」ことの基本的な例といえる。

質量数は、核内の陽子数と中性子数との和で、同じ元素の原子でも中性子数が異なると違った値になる。それを、同位体（アイソトープ）あるいは同位元素という。たとえば、ウラン二三五とウラン二三八とは互いに同位体であり、どちらも原子核内に九二個の陽子をもつが、その中性子数は、前者が一四三個、後者が一四六個である。

原子番号九二の天然のウランには、質量数二三五の同位体が約〇・七パーセント、質量数二三八の同位体が約九九・三パーセント含まれる。このウラン二三五の原子核に、宇宙線に由来する自然界の遅い中性子が当たると、ほぼ二個の原子核に分裂して二個または三個、平均二・五個の中性子が秒速一万キロの高速で飛び出し、すぐ「ネズミ算」のように核分裂連鎖反応が起こる。そのとき、第一に各種の放射線を放つ核分裂片が生じ、第二に膨大なエネルギーが発生するのである。

まず、第一の放射能について述べる。

広島市への原爆は、ウラン二三五を主材としており、その核爆発のとき、核分裂片が飛び散り、多様な波長の電磁波が発生する。波長の長い（振動数が小さい）方から記すと、熱線・いわゆる電波・「赤橙黄緑青藍紫」の可視光線・紫外線・X線、そしてガンマ線であり、そのうちの可視光線が、「ピカ」と光ったときに目撃者の目に見えたことになる。

本来、どの元素の原子も、高温になると励起されて、その元素に固有の波長の電磁波を出す。その波長が可視光線の範囲なら、たとえばセシウムの場合は青色、カリウムは紫色、ストロンチウムのときは鮮やかな紅色の炎に見える。いわゆる炎色反応である。江田島沖で、吉川健の教官が「おう、あれはストロンチウムの色だ」と言ったのは、その意味だった。「ピカ」と、それに続く炎の色は目撃者によって異なるが、それは、ウラン二三五の核分裂によってさまざまな元素の原子核片が飛び散ったからである。また、マグネシウムやアルミニウムの例が分かりやすいと思われるが、高温では、一般に金属の微細片は銀白色に輝いて見える。こうした「ピカ」の閃光に伴って、放射能を帯びた核分裂片が広い範囲に飛散し、熱線や衝撃波とともに広島市民を苦しめた。それが「死の灰」である。

次に、第二の熱エネルギーについて語らねばならない。

私は、ある日、新千歳空港のバス・ターミナルの壁に $E=mc^2$ という式が記されているのを見て、なぜこのような場所にと意外に思ったことがある。この式は、一九〇五（明治三八）年、アルバート・アインシュタインが提唱した特殊相対性理論の結論のひとつで、物質の質量もエネルギーの一形態で、質量とエネルギーとは互いに変わりうる量であることを簡潔に表現する公式である。Eはエネルギー、mは質量、Cは光速度を表わす。

わずか一グラムの木片や紙切れとか石ころなど、どのような物質であれ、それが完全に消滅した場合に発生する熱量をこの公式にしたがって計算すると、九〇〇億キロジュール（二一五億キロカロリー）に達するはずである。だが、炭素や木片の燃焼、石灰石の分解などの通常の化学反応では、エネルギーの出入に伴う質量の増減は、最も精密な化学天秤でも量れないほど微小なので、この公式の意味はほとんど無視できる。たとえば、一グラムの炭素が酸素によって完全燃焼する化学反応で発生する熱量は、三二・八キロジュール（七・八四キロカロリー）に過ぎない。

しかし、ウラン二三五を主材とする原爆が核分裂によって爆発したとき、その核分裂片の総質量が、核分裂が起こる前の総質量よりも一グラムだけ少なくなっていれば、上記の公式通りのことが、ウラン二三五の核分裂連鎖反応の形で実現したことになる。

ウラン二三五の原子核に中性子が当たっても、ある質量すなわち臨界量未満の際には、連鎖反応に加わらず表面から逸散し去る中性子が多くて爆発に至らない。そこで、実際の原爆では、臨界量未満の複数の部分に分けてダンパーで周囲から抑えておき、化学的な爆薬で一千万分の一秒ほどの瞬時に、それらの部分を合体し核分裂を爆発的に起こさせる。

こうして、「ちびっこ」という原爆が、広島市を瞬間的に焼き尽くすほどのエネルギーを生じ、高性能火薬TNT（trinitrotoluene）二万トンに匹敵する破壊力を示した。

人類は、仲間との闘いのため、弓矢や刀槍だけでは飽きたらず、黒色火薬に始まって、ピクリン酸（黄色火薬）、ニトログリセリン（ダイナマイト）、さらにTNTなどに至るまで破壊力・殺傷力の強い爆薬を開発し続け、ついに原爆という破滅的兵器に到達した。

なお、A・アインシュタインは、ナチズムや軍国主義を嫌い、戦争を憎悪していたため、ナチスの手を逃れてアメリカで研究生活を送っていた折も、原爆開発に関与していない。彼は、ナチス・ドイツが原爆を製造する可能性について、大統領ローズヴェルトに注意を喚起する書簡に署名したが、それがアメリカのマンハッタン計画、つまり原爆開発計画を触発する契機になったことを悔い、戦後、平和運動に力を傾けたのである。

ピカドン

核反応の場合には、化学反応の場合と異なって、材料物質のわずかな質量が途方もなく膨大なエネルギーに変わるのだが、その約三五パーセントは熱エネルギーとして放出される。

原爆の炸裂によって、唐突に広島市民の頭上に「小さな太陽」とも言える「火の玉」ができ、そこから熱線が放たれた。熱線も電磁波なので光と同じ速さで地表に達する。この「火の玉」の真下の島外科医院の建物は、数千度の超高温によって壊滅し、建物内の医師・看護婦・患者など、すべての人びとの身体は焼け失せた。この「火の玉」の真下にいた市民の多くは、瞬時の間に蒸発した。

当時の住友銀行広島支店の石段に、熱線を浴びて蒸発し揮散した人の影が残った。この銀行の開店を待って腰を降ろしていた四二歳の主婦越智ミツノと言われる人物が座っていたところだけは黒色だが、そのほかは白い。爆心地から八〇〇メートル以内では家屋の瓦が融け、二キロ近く離れたところでさえ木造建築などが自然発火した。

この熱線のために、多数の市民が黒焦げの屍体となって路上に積み重なり、川面に浮かんだ。この日、八月六日は夏である。しかも、瞬間的にせよ市内の地表は数百度に達している。被爆した市民たちは、極度の脱水状態になった。繰り返して襲う衝撃波による家屋の倒壊と家具調度類の飛散とに伴って、無数のガラス片が飛び散り、多くの市民を傷つけた。火傷などに加えて、ガラス片で傷ついた痕が膿んで爛れ、市民たちを苦しめた。

広島逓信病院院長の蜂谷道彦は、同病院の内科医師が、「大きな防火水槽の中に死人と一緒に生きているのがいましたよ。それが大火傷《オオヤケトウ》をしているんです。前に倒れそうになって血の水を飲むんです」(『ヒロシマ日記』)と、彼に語ったことを記録している。

「ピカ」という閃光とともに放射された熱線によって、多くの犠牲者が出た。火傷で皮膚を焼けただらせ、名状しがたい苦悶のうちに落命した人、放射能を浴びて苦悩に満ちた人生を送らざるを得なかった人、そして、死亡届も連絡もないため戸籍上は一〇〇歳をはるかに超えたまま存命とされている人などは、数え切れない。

そうした人びとの悲運について、「戦没した動員学徒にも、原爆で被爆死した市民にも、侵略戦争の責任がある」という主張がある。単純な公式主義者の所説と分かっていても、私は承服できない。戦没学徒や原爆被爆者に戦争責任を問う異常な発想は問題外にせよ、原爆の並外れた非情さに無神経な発言だからである。

詩人の峠三吉は、「八月六日」と題する詩を書いた。

あの閃光が忘れえようか
瞬時に街頭の三万は消え
圧しつぶされた暗闇の底で
五万の悲鳴は絶え

……

やがてボロ切れのような皮膚を垂れた
両手を胸に
くずれた脳漿を踏み
焼け焦げた布を腰にまとって
泣きながら群れ歩いた裸体の行列

上空で原爆が炸裂した瞬間、数百万度の超高温で約一〇兆気圧という超高圧のガスが、一挙に多量に発生した。閃光とともに熱線が光と同じ速度で地表に達し、強い衝撃波、いわゆる爆風が音よりも速く地上を襲い、市民は圧殺されたり吹き飛ばされたりした。建物は倒れ崩れ落ちた。やがて音波が大地に届く。「ドン」である。音波が大地に達したときには、市民は地面に倒れるどころか、肢体がすでに四散し、彼らの街は砕け散っていた。

私の知人の下村恒夫は、当時、国民学校の児童だった。爆心地に近い家屋のなかにいて、「ピカ」に続く「ドン」のとき、体が宙に浮いて天井にぶつかりそうになった、と私に語った。原子爆弾は、そのころから「ピカドン」と呼ばれてきた。

「火の玉」ができた爆心から西南一六〇メートルに、広島県産業奨励館（旧・広島県物産陳列館）があった。一部は鉄骨煉瓦造りの建物で、三階建て、中央部五階建ての綺麗な建築物が、数千度の高温で、ほとんど真上から強烈な爆風を浴び、瞬時に骸骨と化した。

それが、一九九六年一二月六日、メキシコのメリダで開かれた第二〇回世界遺産委員会で、「世界の文化遺産及び自然遺産の保護に関する条約」に基づいて、世界遺産に登録された原爆ドームである。

原爆が爆発して「火の玉」ができた箇所は瞬間的に真空状態に近くなったため、竜巻が起こった。それは、地表上で粉砕された家屋の破片、即死した市民の四肢、大量の土砂や川の水などを吸い込んで三〇〇〇メートルまで四八秒で急上昇し、ある程度の高度で低温になると大気中の水蒸気を凝縮させて白雲をつくり、松茸が生え出るように、その白雲を笠にして渦を巻きながら九〇〇〇メートルまで八分三〇秒で上昇して広がる。この奇妙な形の雲は、約一万三七〇〇メートルの高空まで達した。「キノコ雲」

である。

「キノコ雲」の名は、「エノラ・ゲイ」号に後続する写真偵察機が撮影した写真によって、国内外に広く知られるようになった。「キノコ雲の下では、真珠湾で殺された人々のおよそ四〇倍の人命が失われた」と司令官ルメイは、自著のなかで書いている。西部劇調の彼の単純な復讐の思いが、この行間から私たちには見て取れる。

キノコ雲ができる寸前、広島市内の家屋の木材、建具や家具などは、破壊されると同時に焼けて炭化し、竜巻に吸い上げられ舞い上がった。木質のものが燃える際、各種のガスとともに大量の水蒸気が発生し、地上の大火災に伴う上昇気流で上空に運ばれるが、それが凝縮して雨滴になる折、なかに多量の遊離炭素が分散し「黒い雨」となって降った。

名古屋焼夷空襲でも、しばしば警報解除のあと、しばらくすると黒い雨が降った。だが、広島原爆のときは、こうした通常の爆弾・焼夷弾による空襲後の黒い雨と異なって、強い放射能を含む「黒い雨」が降り、その雨に打たれることは死に連なった。

キノコ雲には、あの閃光とともに飛散した核分裂片が含まれていた。核爆発のとき放射された中性子線を浴び、ガンマ線に全身を貫かれて市民たちは倒れ、飛散した核分裂片から放たれる各種の放射線を受けて多くの人びとが深い痛手を負った。

終戦後、私たちは、広島・長崎への原爆投下を「ピカドン」という表現で記憶した。

放射能による殺戮

核分裂片とは、この広島原爆の場合には、ウラン二三五の原子核が二つに割れてできる新しい元素の原子核のことであり、放射能を帯びている。次にいくつかの例を挙げる。

セシウム一三七は、半減期三〇年でガンマ線（波長のきわめて短い電磁波）を放出するが、化学的にはナトリウムに似ているため、血液中に混じり込んで全身を駆けめぐる。また、ストロンチウム九〇は、半減期二八年ほどでベータ線（電子線）を出し、その化学的性質がカルシウムに類似しているため、骨に沈着する。

放射線、すなわちアルファ線（ヘリウムイオン）・ベータ線・ガンマ線・中性子線、そしてX線がヒトの体に当たると高速の電子が生じ、イオンや新たに電子をつくって体内の分子を壊す。人体は大部分が水すなわちH_2Oでできているため、このとき、化学的にはH・およびOH・と表記される遊離基（free radical）が生じ、それらが人体の内部で破壊的に行動する。一般に化合物中の原子どうしは電子対：を共有して結合しているが、これらの遊離基は、不対電子・をもっているので化学的に活性があるからである。

私の級友で原子力工学者の吉田芳和によれば、放射線の人体への影響は、確定的影響と確率的影響に二大別されるという。確定的影響は、短時間に多量の放射線を浴びたときに起こる急性障害であり、白血球の減少、脱毛・不妊・白内障などとなって現われる。一方、確率的影響は、より少量の放射線を浴びた場合でも、放射線量に比例して発生の確率が高くなり、癌あるいは遺伝的障害を受ける。

この点について、少し具体的に説明しておく。

とくに重要な核酸や蛋白質《たんぱくしつ》は構造が複雑であって、イオン化されると、人体は骨や生殖器官・肝臓などの臓器に大きなダメージを受ける。それは、当人の寿命を縮めるだけでなく、遺伝してのちの世代にまで影響を与える。こうした放射線を放つ核分裂片こそ、広島市民の頭上に降り掛かった「死の灰」である。

アメリカ側が原爆を製造し実用した当初は、その桁違いの破壊力を第一の効果と期待して、核爆発に伴う中性子線やガンマ線、核分裂片からの放射能は副次的なものと考えていたようである。だが、結果として、破壊力よりも放射能の方が主要な効果をもたらした。

この年一一月末の広島県警察部の調査によれば、死傷・行方不明者は市民の約三九パーセントに相当する一二万五五五八人(戦史叢書)という。だが、戦後も尾を引く放射能禍などのため、二〇〇一年八月六日現在、犠牲者の総数は二二万一八九三人に達している。なお、戦後、前出の吉川健は、建築工学者になり、下村恒夫は、大手の中華料理店の支配人として腕を揮ったが、どちらも若いうちに彼岸へ旅立った。

広島市に史上最初の核攻撃が行われた翌日の午後三時半、大本営は発表する。

一、昨八月六日、広島市は敵B29少数機の攻撃により相当の被害を生じたり。

二、敵は右攻撃に新型爆弾を使用せるものの如きも、詳細目下調査中なり。

新型爆弾

勤労動員先の寮で、このニュースを聴いたとき、級友のひとりが「原子爆弾だ」と呟いた。その場にいただれもが、重い気分で合点した。

当時の軍部指導層が「新型爆弾」と称したのは、原子爆弾を知らなかったためと書いた書物が少なない。物理学者の仁科芳雄が八月八日、現地へ出張して調査し、初めて原爆と判断できたという記録もある。だが、かなり多くの国民は、当局のいう「新型爆弾」が原爆だったことを知っていた。

まず、日本でも、ウラン二三五の核分裂連鎖反応を利用する原爆の原理は分かっており、その開発が一九四〇年四月以降、陸軍航空技術研究所や理化学研究所（理研）などで試みられたが、ウラン鉱の採掘や、天然ウランからウラン二三五を大量に分離する技術を解決できなかったという経緯があった。また、水を減速材として中性子を秒速二キロほどに遅くすると、ウラン二三五の核分裂連鎖反応を制御しつつ定常的に核エネルギーを得る原子炉になるが、理研の仁科芳雄が、これを原爆の場合と勘違いしていた事情も影響した。

私たち少年は、「日本は、マッチ箱ほどの大きさなのに、一発でアメリカ太平洋艦隊を粉砕できる爆弾を造れる」という話を、しばしば見聞していた。当時の科学雑誌の断片的な記事から原爆開発の可能性を知っており、大本営発表にいう「新型爆弾」の正体を即座に理解した。むろん、当時の科学者はもとより軍部指導者の多くは、この破壊的な威力の殺戮兵器が原爆であることを承知していた。国民の多くも、原爆攻撃直後の終戦前、下記の新聞報道で、広島に投下された「新型爆弾」が原爆であることを知ったはずである。

八月六日午後一時、大統領トルーマンが「アメリカの飛行機一機が、日本の有力な陸軍基地広島に一つの爆弾を投下した。原子爆弾である。その破壊力はTNT二万トンに相当する」と声明したことを、日本側は傍受している。八月一一日付の新聞には、日本政府が「新型爆弾」について、アメリカ政府に抗議した旨の次の趣旨の記事がある。

その抗議文は、広島は特殊な軍事施設もない地方都市なのに、男女老幼を問わず無差別に殺傷し不要な苦痛を与える兵器で攻撃されたが、放射物質などを使用してならないことは戦時国際法の根本原則で、「陸戦の法規慣例に関する条約附属書、陸戦の法規慣例に関する規則第二十二条及び第二十三条（ホ）号」に明記されており、帝国政府は「全人類および文明の名において米国政府を糾弾」するとともに、「即時かかる非人道的兵器の使用を放棄すべきことを厳重に要求」する内容だった。同じ紙面には、「原子爆弾の威力誇示／トルーマン、対日戦放送演説」という二段抜きの見出しの記事も掲載されている。

八月一三日付の『朝日新聞』には、同紙のストックホルム特派員による「原子爆弾について多数の欧州新聞が非難」しているという記事がある。また、八月一四日付の同紙は、「原子爆弾」と題し、英誌『エコノミスト』が「無政府状態にさらされた文明」と論じたこと、司法の権威者清瀬一郎が「白色人種間で使えば犯罪とされる原爆を、人種的偏見で広島に投下した」と述べたことなどを報道している。

原爆グッズを売る

帝国日本は瀕死の状態にあり、その終焉は近いと予感されていた。この現実がありながら、アメリカ側が日本の都市に原爆を投下した理由を、ここで吟味しておきたい。

まず、広島への原爆投下には、核分裂連鎖反応の破壊的効果を実証しようとする意図があった。原爆という画期的な新兵器の威力を実験で確認しようというのである。事実、アメリカ側の「核実験記録」には、七月一六日のニューメキシコ州アラモゴードでの第一回核実験に続いて、第二回核実験が広島、

第三回核実験が長崎で行われたと記されている。日本の平和な都市が「核実験の実験場」にされたのである。

次に、原爆を手中に入れたアメリカには、ソ連の対日参戦は不必要になり、戦後の国際政局でソ連の発言権が増すことも望ましくない。そこで、日本本土侵攻に伴って予想される莫大な犠牲を避け、帝国日本に抵抗を諦めさせるという当面の目的以上に、第三次大戦で主兵器になる核兵器の実験を兼ねて、近未来の仮想敵国ソ連の牽制、すなわち国際的な政治力学に基づいて日本への核攻撃は決定された。

半世紀以上を経過した現在でも、アメリカ人はもとより、日本人でも、第一に「原爆投下によって戦争の終結が早まり、何百万もの人命が救われた」という解釈、第二に「原爆投下は、南京大虐殺・バターン死の行進などへの当然の応報」と主張する人びとがいる。

その第一の解釈は、原爆投下が画期的新兵器の実験という目的をもち、国際政治力学の所産でもあった事実から、「原爆投下側の身勝手な言い分」として、容易に反駁される。また、第二の主張は、「量的な差異は質的な相違を規定する」と見る現代科学の視点から、場違いな比較という批判を免れない。核攻撃は、数十万人の平和な市民を瞬時に殺戮する点で、文字どおりに「桁」が違うのである。この残虐性の「桁違い」という要件を無視する限り、この種の主張は、論理的にも倫理的にも私たちを納得させる力をもたない。

日本人にとって、愉快ではない事実がある。

日本本土への殺戮的焼夷空襲を指揮し、原爆投下にも関与した司令官ルメイは、戦後、日本政府から前述したように叙勲を受けた。また、彼の指揮下で「エノラ・ゲイ」号を駆って広島に飛び、史上最初の原爆を投下したティベッツは、戦後、原爆に因んだ商品を売って儲けていた。

ティベッツは、原爆投下に関する自著の出版元の代理人や元搭乗員たちと組んで、たとえば、キノコ雲が広がる広島市上空を上昇する「エノラ・ゲイ」号を描いた石版画を二五ドル、原爆投下命令書のコピーを五ドル、Tシャツを九ドル、コーヒー・カップを六ドルで販売していた。被害者側が「その倫理感を疑う」と不快感を表明し販売中止を申し入れても、「長年、市民グループのために講演してきたが、報酬を申し出たグループは皆無だった」と彼は言い、「(商売を始めたのは)不幸なことだが、彼らのせいだ」と応じ、「確かに儲かっている」と続けた(『朝日新聞』九〇・八・一四)。

天王星から冥王星へ

戦後、私は、度重なる名古屋無差別空襲ののち、いつもすぐ各家庭への送電が再開されたことを想い出し、当時の日本人の勤勉さに感じ入った。だが、原爆第一号が投下された三日後の八月九日、広島市内では広島電鉄(広電)の路面電車が短距離ながら走っていた事実を知って、さらに感銘を受けた。なお、この八月九日は、あの一二月八日および八月一五日と同様、私たちにとって忘れられない日になる。アメリカ空軍が長崎に原爆第二号を投下し、ソ連が虫の息の日本に一方的に戦争を仕掛けた日なのである。

ところで、ウラン二三八の原子核に速い中性子を当てると、ウラン二三九の原子核になるが、この新しい核は不安定であって、半減期二三分で電子一個を放出し原子番号九三の人工元素ネプツニウム二三九の原子核に変化する。これも半減期二・三日と寿命が短く、すぐ原子番号九四のプルトニウム二三九に変わる。

自然界に存在する原子番号最大の元素は、ウランである。そこで、これらの新しい元素、すなわちこの二種の「超ウラン元素」は、惑星の天王星（Uranus）の外側にある海王星（Neptune）と冥王星（Pluto）とにちなんで命名された。なお、一八六九年、D・I・メンデレーエフが発見した「元素の周期律」に基づいて、かねてから「元素の周期表」が作成されていたが、ネプツニウムおよびプルトニウムが人工的に創られたことによって、「元素の周期表」自体が書き替えられたことになる。

プルトニウム二三九の原子核に中性子が当たると、核分裂連鎖反応、したがって核爆発が起こる。そこで、原子炉でプルトニウム二三九が量産され、それを主材として造られた新たな原爆「ファット・マン、fat man」が、八月九日午前、長崎に投下されたのである。

陸軍中佐チャールズ・スウィニーは、三日前の広島への第一回核攻撃のとき、科学観測の任務で「エノラ・ゲイ」号に随伴し、第二回核攻撃では原爆投下機の機長を命じられた。

だが、彼の搭乗機「ザ・グレート・アーティスト」号は科学観測装備のままだったので、原爆搭載可能の大尉フレデリック・C・ボックのB29と交換し、「ボックス・カー」号と名付けた。同機は、当初は小倉市（現・北九州市）を目標にしたが、小倉市の天候は悪く、「雲が一帯を覆って視界ゼロ」（ルメイ）だったため、投下目標を長崎市に切り替えた。

別の説によれば、小倉市上空は部分的に雲に覆われていたが、爆撃手の大尉カーミット・K・ビーハンが目視照準で投弾可能と報告し、スウィーニーが旋回を繰り返して爆撃針路に入ったものの、「工場から出る煙の層」（バーガー）で目視照準できず、燃料に懸念があったため、第二目標の長崎市へと向かったという。

さらに、戦後半世紀以上を経てから、長崎市への原爆投下当事者二人が、朝日新聞記者との会見で、下記の事実を明らかにしている。

二人のうち、「ボックス・カー」号の投下指揮官フレデリック・アシュワースは、投下すべきか否かを判断するため後部席に座り、副操縦士フレッド・オリビは、機長スウィニーのすぐ後ろで操縦の補佐をしていた。「ボックス・カー」号は、小倉への途中、写真班を乗せた別のB29を、集合予定地点の屋久島の上空で待ち続けて燃料を消費し、九時四四分、小倉市の上空に到着した。小倉の市街地も「靄《もや》と煙とで覆われ」ており、三回にわたって約四五分間、目標への接近を試みても目視できず長崎市へ向かったという。

長崎市の上空も雲に覆われていた。当時は、アメリカ空軍でもレーダーの性能が低かったので、彼らは、「目視で投下きない場合には、原爆を基地へもって還る」ように命じられていた。だが、燃料が尽き始めたため、テニアン基地への帰投を諦め、占領したばかりの沖縄に緊急着陸することにした。沖縄までの燃料にも不安があり、「海に捨てるくらいなら、少しでも(日本に)打撃を与えられる場所に」と考え、レーダーによって投下した。命令違反による懲罰を恐れた彼らは、「雲量は八〇パーセント、雲海のなかに一瞬、雲の切れ目が見え、市街地が見えた」ことにしたという(『朝日新聞』九九・八・一)。

ともあれ、その日の午前、日本に対する二発目の原爆が投下された。プルトニウム原爆「でぶっちょ」(ファットマン fat man)である。ずんぐりと丸く、カボチャに似た形なのでパンプキン(Pumpkin)とも呼ばれた。直径一・五二メートル、長さ三・二五メートル、重さ四・五トンで、TNT二万二〇〇〇トンに匹敵する威力をもっていた。

午前一一時〇二分、約九〇〇〇メートルの高度から、原爆第二号が長崎の市街地に投下され、約四〇秒後に爆発した。爆心の南方約四キロにあった長崎測候所(現・長崎海洋気象台)の気圧計のデータでは、午前一〇時五二分ごろ気圧が急上昇しており、それが原爆の爆圧によると推定され、長崎原爆の爆発は午前一〇時五二分だったとする説もある(『中日新聞』二〇〇〇・八・七)。

原爆炸裂の瞬間、浦上地区の松山町上空五五〇メートルに、またも「小さな太陽」の火の玉ができた。信仰深いカソリック信者が多い浦上地区を熱線と爆風、そして放射能の嵐が襲った。三キロほど南南東の都心に投下されたら、被害はさらに大きかったと思われる。小倉の悪天候または工場煤煙の棚引きようといい、長崎の雲の広がりといい、気象条件が市民の運命を左右した。長崎地区に空襲警報が発令されたのは、午前一一時〇九分である。

聖母マリア像

終戦直後、若いころの私と親交があった山田幹高は、この当時、長崎医科大学の学生であり、長崎市内の寺院に下宿していた。彼は、長崎市で原爆を体験したこと、敗戦直後、長崎医科大学を退学し、東京大学文学部の哲学科で学び直したこと、とくにマルティン・ハイデガーの哲学をよく調べたことなどを、私に語ったが、長崎原爆体験の詳細については、ほとんど話さなかった。以下は、彼の永眠後かなりの歳月を経てから、夫人の山田操から私が聞いた話である。

八月九日の朝、山田幹高は、下宿の「おばさん」すなわち「お庫裏《くり》さん」が弁当をつくるのを忘れたため、休んで寺の本堂で寝ていた。食糧不足で地面に落ちている枇杷《びわ》の実を拾って食べるほどだったので、休むほかはなかった。いきなり「ピカ」と閃き、「ドン」という衝撃で飛び起きた。警報解除後、大学へ行ってみると、爆心地の浦上に近かったので全滅の様相だった。被爆直後で残留放射能に満ちている一帯を歩き回り、各地の臨時救護所に収容されている学友たちを見舞って、「自分で役立つことは何かないか」と尋ねて歩いた。即死を免れた者も、皮膚が焼け爛れ、顔面が膨れ上がっていて、ほとんど返事がなかった。長崎医大生五八〇人のうち、四〇〇人以上が被爆して死亡している。

東京大学卒業後、父親の代からの寺の住職を継ぐとともに、愛知県立高校で教鞭を執っていたが、やがて彼は、しばしば「自分の体は目茶目茶だ」と独り言をいうようになり、一男二女の子供の誰かが体調を崩すとひどく心配した。時として世間に見られるお節介な人物が、ある日、彼の娘たちに「貴女たちのお父さんが〝被爆者健康手帖〟を持っていないのは、貴女《ただ》たちの将来を考えたためだ」と囁いたことがある。長女と次女とは未婚のまま今日に至っているが、長男には健やかに育った子がある。この長男の子すなわち孫の顔を見る機会もなく、山田幹高は逝った。定年までかなりの年数を残す若さだった。

終戦の年の一一月二五日の長崎市の調査によると、死傷・行方不明者は六万六六七三人であり、市民の約二五パーセントに当たる。都心部に原爆が投下された広島市の約三九パーセントをかなり下回る結果になったのは、前記のように照準が不正確だったことによる。

また、この日だけでなく主に放射能による戦後の死者も加えると、二〇〇〇年八月九日現在で犠牲者は一二万六六三〇人に達する。長崎市内には、これと同じ数の生活があり、それだけの数の人生があったのだが、それらが、一発のプルトニウム原爆の炸裂によって失われた。浦上地区をはじめとして長崎に多かったカソリック信者は、約一万二〇〇〇人のうち約八五〇〇人が犠牲になったという。そのためか、私たちには、浦上天主堂の聖母マリアの被爆像の虚ろな両眼が全人類に何かを訴えているように見える。

長崎の街は、広島と異なって起伏の多い地形なので、衝撃波が反射を繰り返したための被害が大きくなったとも推測される。B29の「ボックスズ・カー」自体、数回にわたって強い衝撃波を受けたともいう。C・スウィニーの「ボックスズ・カー」が沖縄本島に緊急着陸して燃料を補給してから、テニアン島の基地に帰還すると、ソ連が日本に対する戦争に加わっていた。

こうして、広島市民に続いて長崎に住む人びとの頭上に原爆が投下された。それから八年七ヵ月後の一九五四年三月一日、三たび日本国民に核兵器の被害者が出た。

マーシャル諸島のビキニ水域で、アメリカの最初の水素爆弾の実験が行われ、その折、日本のマグロ漁船第五福竜丸が被曝して、「死の灰」により全乗組員が放射能障害を受け、そのため無線長の久保山愛吉が約半年後に死亡したのである。

長崎の被爆マリア像

その日以降、重水素（デューテリュウム）H_2や三重水素（トリティウム）H_3の核融合による水素爆弾が、核保有国の核兵器体系に組み込まれた。水爆は、従来の核分裂による広島・長崎型の原爆をはるかに上回る破壊力をもつ。二〇〇〇年八月二〇日、日本の各紙は、米ソ冷戦中の一九六三年一一月、アメリカ国家安全保障会議が、核戦争が起こった場合、アメリカ側には最大一億五〇〇〇万人の犠牲者が出ると予測していた旨を報道した。

3　戦局は最終段階

「案山子」の関東軍

八月六日、駐ソ大使佐藤尚武は、外相モロトフに会見を申し入れた。モロトフは翌八日の午後五時（日本時間八日午後一一時）に会うという。予約の時刻、クレムリンを訪れた佐藤尚武に、モロトフは、日本のポツダム宣言拒否でソ連への和平斡旋依頼は根拠を失い、ソ連も同宣言に加わり翌九日から日本と戦争状態に入ると告げた。佐藤尚武は、すぐ東京の外務省に打電したが、その電報は日本に届かなかった。

八月九日午前零時、兵力一五八万、戦車五五〇〇両、飛行機三四〇〇機を擁するソ連軍が、満州、南樺太を侵し、八月一三日には朝鮮北部、さらに終戦と決まった八月一五日以降、アメリカ軍の出方を窺いながら日本領の千島列島にも侵攻した。日本の和平仲介依頼へのソ連側の事実上の回答は、こうして中立条約の一方的破棄と日本の版図への奇襲侵攻という形で示された。しかも、駐日ソ連大使マリクが外相東郷茂徳に正式の対日宣戦布告文を手交したのは、侵攻開始から三五時間一五分も経過した翌一〇日の午前一一時一五分からの会見の場である。太平洋での開戦に際し、日本側は在米大使館事務官の錯誤のために、真珠湾攻撃開始よりも一時間ほど対米宣戦布告が遅れて「だまし討ち」の汚名を受けたが、対日宣戦当時のソ連側の理不尽な振舞いは、それと比較にならなかった。

降伏後、昭和天皇はソ連などから戦争責任を追及されようとした。元首相の近衛文麿は、戦犯として逮捕令が出たあとシアン化カリウム（青酸カリ）を服んで自殺を遂げた。元首相・外相の広田弘毅は、「張湖峰事件およびノモンハン事件の遂行・ソヴィエト人民の不法殺害」などの罪に問われ、文官としてただ一人、極東軍事裁判で絞首刑に処せられた。「平和に対する罪」および「人道に対する罪」というのだが、いずれも本来の国際法にはなかった「事後法」である。どんな行為が犯罪か、その犯罪にどんな刑罰を与えるかは、予め法律で定めておく必要がある。罪刑法定主義であり、この観点から、本来、事後法の禁止すなわち「遡及処罰の禁止」が常識になっている。また、近衛文麿の長男の陸軍大尉近衛文隆は、政治家として将来を嘱望されていたが、満ソ国境付近でソ連軍の捕虜になり、戦後一一年も経た一九五六年、シベリアの収容所で四一歳の人生を終えた。近衛文麿の息子というだけの理由で毒殺されたとの説もある。

満ソ国境でソ連軍主力を迎え撃つ関東軍は、次つぎに精鋭の兵力を太平洋戦線へ引き抜かれ、このころは非力で実体のない軍団に弱体化していた。やがて硫黄島の守備隊が全滅し、沖縄本島にアメリカ軍が迫った三月末には、本土防衛のためわずかに残っていた在来の四個師団を満州から本土に送った結果、二四個余師団で兵力七〇万と見かけだけ多く、「案山子《かかし》」の関東軍と嘲笑されるほどだった。

それに、ナチス・ドイツの無条件降伏後、ソ連軍が極東に移動しつつあるという情報は、日本の要路筋に聞こえていた。ソ連軍のこの動きを知って、関東軍や満鉄の幹部は、逸早く家族とともに後方の安全圏に逃げ去っていた。

兵力七〇万とはいえ、現地徴集で訓練不足の兵士が多く、装備もごく貧弱である。一個中隊に配備された軽機関銃が一丁、速射砲隊には速射砲がゼロという例もあった。戦車は二〇〇両、飛行機は一〇〇機ほどに過ぎず、ソ連の大軍を相手に近代戦を闘える態勢にはほど遠かった。ソ連軍が侵攻すると、ほとんどの戦線は崩壊し、全軍総崩れになった。

大戦末期に陸軍特別幹部候補生（特幹）の制度が設けられた。将校を急速養成する目的とされ、私たちは、それを海軍の甲種飛行予科練習生（予科練）に対する陸軍の対抗措置と受けとめた。大学高専生を対象とする海軍予備学生に続く陸軍の特別操縦見習士官の制度に似て、陸海軍間の人材獲得競争に思えた。しかも、実戦場では、予科練も特幹も、予備学生や特操士官も消耗品扱いにされた。私の級友の近藤昶彦は、旧制中学校三年生で特幹を志願し、満ソ国境でソ連軍の戦車の下敷きになって散った。当時、一六歳である。

三五・五パーセントの死亡率

前年、私の兄は満州に渡り、遼陽市の満州生活必需品株式会社に勤務していた。終戦間際に現地で徴集され、「案山子」の関東軍に入隊した彼の回顧によると、ソ連軍の暴虐ぶりは確かに並大抵のものでなかった。兄が私に語ったことのごく一部を、次に記しておく。

ドイツの崩壊で西方から転送されて来たソ連軍は、貧弱な装備の関東軍を一蹴したのち、多数の日本軍将兵を長期にわたって不法に抑留し、異様に高い死亡率の犠牲者を出した。

ソ連兵は、民家に押し入って家具調度や衣類、装身具など、手当たり次第に掠奪を重ねた。彼らは日本人から腕時計を奪って幾つも腕に付け、螺子《ねじ》が切れると、ガラスを割って針を指で回していた。胸のポケットには日本人から奪った万年筆を何本も並べて差していた。日本兵の捕虜が四列縦隊で一番から一二番まで揃い、指揮者が即座に四八名と報告すると、「そんなに早く数えられるはずはない」とソ連兵は激怒した。それと同様のことを、陸軍主計大尉としてビルマ戦線に参加し、終戦後、イギリス・インド軍の捕虜収容所に入った私の叔父の牧斐夫が、私に語っている。

私の兄によれば、ソ連兵は日本の女性と見ればすぐ襲いかかって、容赦なく凌辱した。女性は外出を避け、やむをえず出かける際には、男性用の衣服を着て肩に詰め物をし、顔に墨を塗ったりした。彼らが民家に乱入して来たときの「ダワイ、ダワイ」(速くやれ、速くやれ)という叫び声は、いまでも耳の底に残っているという。

駐ソ大使だった新関欽哉は、この年の五月二日、ドイツの首都ベルリンを占領したソ連軍の行状として、朝日新聞支局長の居宅で「留守番をしていたドイツ人女中は、二日午前十時から午後六時までの間に、一五人のソ連軍兵士からつぎつぎに凌辱された」という例を挙げている。これと酷似した事実が、満州で日常茶飯のように見聞されたという。

終戦から一九四九年までの間に、満州在住の民間日本人でソ連軍の犠牲になった人びとは一八万〇六九四人、その後の死者・行方不明者は三万人を下らないという。無差別焼夷爆撃および原爆投下、とくに再度に及んだ原爆攻撃による民衆の犠牲者数が声高に論じられるのと比べ、満州での一般民衆の多数の犠牲者については、戦後の日本で語られることが少ないようである。また、満州・北朝鮮・樺太・千島などで捕虜となり、ソ連のシベリアなどに抑留された日本軍の将兵は一〇五万二四六七人に及び、一九四九年までの四年間に三七万四〇四一人が死亡したと記録されている。

軍国日本によって朝鮮半島から強制連行された一二〇万人のうち七万六八〇〇人が死亡し、中国大陸から強制連行された三万九〇〇〇人のうち六八〇〇人が死亡したという数字は重い意味をもつ。だが、私たちは、朝鮮および中国からの連行者の死亡率が六・七パーセントだったのに対し、ソ連軍による日本軍抑留者の死亡率が、ごく短期間のうちに三五・五パーセントにも達した事実から目を逸らすことができない。やはり「桁違い」なのである。木材伐採・石炭採掘・鉄道敷設などの重労働に加えて、栄養不足・疲労・疾病、極寒期の強制徒歩移動および屋外留置のために、日本軍の捕虜は次つぎに斃《たお》れていった。

終戦の年の四月、旧制大連中学校を五年生で繰り上げ卒業した松尾和男は、五月に現地で臨時徴集令状の赤紙を受け取り、承徳の部隊に陸軍二等兵として入隊した。通信兵で、ポツダム宣言受諾やソ連参戦などを早く知った。終戦で武装解除され、三ヵ月ほどのちの一一月ごろ、黒龍江の氷結した水面を徒歩でシベリアに渡った。東方のナホトカへ行って帰国できるのかと思ったら、西方のバイカル湖付近に運ばれ、チタなどの捕虜収容所すなわちラーゲルで、木材伐採や道路工事などの作業に従事させられた。ドイツ兵の捕虜も多かったが、彼らは日本兵と違って捕虜になることを恥と思わないうえ、作業を拒否する者もいた。作業を拒否すれば、その場でソ連兵に射殺された。シベリアでは、多くの戦友が飢えや寒さで倒れた。戦後五七年を経た冬、松尾和男は、シベリアのラーゲルで逝った戦友たちを偲んで、次の歌を詠んでいる。

いのちある限り思ふよ寒き日はラーゲルに餓死凍死せし戦友《とも》

ポツダム宣言の第九条には、「日本国軍隊は、完全に武装を解除せられたる後、各自の家庭に復帰し、平和的且生産的の生活を営むの機会を得しめらるべし」とある。海上封鎖と本土焼夷空襲とで戦力を喪失し、原爆でとどめを刺された感のある日本に対し、「火事場泥棒」のようにポツダム宣言に加わって参戦したソ連が、連合国のうちで、この宣言に最も違反する振舞いを重ねた。日本政府が天皇の親書をもった特使を派遣してまで、米英との和平斡旋を依頼しようとした相手は、スターリンが率いるこのような国だった。

兵器の生産力はあっても一般の民度は低く、武器を操るのは巧みでも読み書きさえできない幾百万人の兵士を抱えたソ連である。民主の国と自称しながら、徹底した個人崇拝の独裁国家として多くの矛盾を抱えたソヴィエト社会主義共和国連邦である。第一次大戦終結の四年後、マルクス・レーニン主義の壮大な「実験」として世に現われたこの連邦国家は、第二次大戦終結から四六年を経て、一九九一年一二月二五日午後七時、ついに崩壊する。

「八月九日」の二つの発表

八月九日午後二時四五分、西部軍管区司令部は、午前一一時ごろ敵大型二機が長崎市に「新型爆弾らしきものを使用」したが、「被害は比較的僅少なる見込」と発表した。その二時間一五分後、大本営は、九日零時ごろソ連軍が「満ソ国境を越え攻撃を開始」し、ソ連機が「北満及朝鮮北部」に来襲したと発表、自衛のため「目下交戦中なり」と伝えた。

八月一〇日付の『朝日新聞』の第一面トップに上記の大本営発表が掲載され、その紙面の片隅に、次の趣旨の「ソ連の対日宣戦布告文」が載っている。

ドイツ降伏後、日本は戦争の継続を主張する唯一の大国になった。日本の降伏を要求した七月二六日の米英中三国の宣言を日本は拒否し、戦争調停に関するソ連への日本政府提案は根拠を失った。連合国はソ連政府に対日戦争に参加し戦争終結を早めて犠牲者を少なくし全面和平を速やかにしようと提案した。ソ連政府は、連合国への義務に従い、それを容れ、七月二六日の宣言に参加した。ソ連政府は、諸国民を新たな犠牲と苦難とから救い、日本国民に危険と破壊とを回避させ得ると考える。そこで、ソ連政府は八月九日より日本と戦争状態に入る旨、宣言する。

死に瀕している日本に不要なとどめを刺す一日になった。

「死中活あるを信ず」

動員先の寮で、長崎への第二発目の原爆投下とソ連軍の侵攻とを知った私たちは、名状し難いほど暗い気分になった。「神国日本は不滅」と教え込まれ、敵の本土侵攻には徒手空拳でも戦わねばと覚悟はしていたが、核兵器で武装した敵に勝てるとは思えなかった。

八月一一日、私は一七歳の誕生日を勤労動員先で迎えた。この日の『朝日新聞』第一面は、当時の私たちの矛盾した気分を代弁するかのような紙面構成だった。

冒頭に、学習院初等科六年生の皇太子(現・天皇)の写真が掲げられ、「厳格な規律のもとに御勉学、御修練を重ねられ、天稟の御資質」が、ますます輝いているという記事がある。そのすぐ左に「一億、困苦を克服/国体を護持せん/戦局は最悪の状態」という見出しで、情報局総裁下村宏の談話が掲載されており、要旨は、次の通りである。

敵が「新型爆弾」を使用して、人類史上かつてない残虐な惨害を一般の老幼婦女子に与え、さらに中立関係にあったソ連が敵側に加わり一方的に「進攻」（注、「侵攻」の文字を使っていない）した現在、「今や真に最悪の状態に立至ったことを認めざるを得ない。正しく国体を護持し民族の名誉を守るため」、政府は最善を尽くすが、一億国民も国体護持のため、あらゆる困難を克服することを期待する。この情報局総裁談話は、最悪の局面でも、国体だけは護りたいという当局の意思表示と受け取れた。唐突にこの時期、皇太子の写真をトップに掲げたのも、「国体護持」の願望を婉曲に表現したものと思える。

この情報局総裁談話のすぐ左に、「死中活あるを信ず」の見出しで、陸軍大臣阿南惟幾の「全軍将兵に告ぐ」と題する訓示が掲載され、そのなかに「たとえ草を食み土を嚙り野に伏するとも、断じて戦ふところ死中自ら活あるを信ず」とある。本土決戦となっても戦い抜いて神州を護持せよというのだが、阿南のこの檄文は、私たちに空疎に聞こえ、かなり個人的な感情に激した抽象的な言辞と思えた。

この八月一一日には、私にとって忘れられない記憶がある。

日本全土が敵のなすがままになり、反撃しようとする日本軍には、人間を弾丸にする特攻戦術以外に有力な手段はなかった。たとえば、日本海軍は、九三式魚雷を改造して究極の自殺兵器「回天」を開発した。それは、頭部に一・六トンのTNT爆薬を詰め、三〇ノットで二万三〇〇〇メートル、一二ノットでは七万メートルを航走する人間魚雷である。

愛知一中で、私の三年先輩に成瀬謙治という人物がいた。海軍兵学校七三期の海軍中尉である。彼は、「菊水」の旗幟を掲げた回天特攻隊「多聞隊」に属し、すでに戦争の帰趨が決していたこの八月一一日午前五時三〇分、イ号第三六六潜水艦から発進して、パラオ北方九三〇キロの洋上を行く敵輸送船団に突入した。彼は、内径六一センチの魚雷の中央部分の固定座席で、特眼鏡という名の簡易潜望鏡から目標を睨んで突撃し微塵に散った。

半世紀後、アメリカ側の記録によって成瀬謙治の「回天」に戦果はなかった、と彼の妹の西尾ふき子は知ったが、「兄は命中しなくてよかった」と述懐している。

"subject to"

ポツダム宣言受諾による無条件降伏か、本土決戦も辞さない徹底抗戦かという論議で、指導層が判断を躊躇している間に、若い将兵の命が失われ、多くの国民の血が流された。大都市や飛行場、港湾施設などだけではなく、無防備な中小都市も、マリアナ諸島からのB29編隊の焼夷爆撃を受けて焦土化した。市街地の焼け跡を歩く市民、田畑で働く農婦、田園を走る電車、それらすべてが、空母機動部隊の艦載機グラマンF6Fおよび硫黄島を発進したP51など小型機の機銃掃射の的になった。沖縄の基地を出撃したB24なども日本本土空襲に加わるようになり、私たちの国土すべてが戦場と化した感があった。

八月九日、午前一〇時三〇分、宮中で最高戦争指導会議が開かれ、出席した首相鈴木貫太郎、外相東郷茂徳、陸相阿南惟幾、海相米内光政、陸軍参謀総長梅津美治郎および海軍軍令部総長豊田貞次郎の六名が、戦争を終結するか継続するかを討議した。海相米内光政が「虚勢や希望的観測をやめて実情に即した合理的な判断」を求めたのに対し、陸相阿南惟幾は「死中活を求める戦法」に出れば戦局を好転させることも可能と、徹底抗戦を主張した。午後二時三〇分からの閣議でも、阿南は「このまま終戦とならば、大和民族は精神的に死したるも同様」と、終戦の提案に反対している。

深夜の午後一一時四〇分、宮中御文庫の五〇平方メートル（約一五坪）の防空壕内で、昭和天皇も臨席して御前会議が開かれた。最高戦争指導会議の六名に加え、枢密院議長の平沼騏一郎も出席し、七名が議決権をもつ会議になっている。ポツダム宣言をめぐって、「国体護持を条件として受諾」という外相の甲案と、「国体護持に加え、日本占領を短期間にし、武装解除および戦争犯罪人の処理は日本側に一任」という陸相の乙案とが対立した。外相・海相・枢相は甲案を支持し、陸相・参謀総長・軍令部総長は「死中に活を求めるべきだ」と乙案に賛意を表した。和平派と抗戦派とに議論が二つに分かれたとき、首相が立って昭和天皇の判断を求めた。

首相鈴木貫太郎は、若いころ日清・日露両戦争に従軍し、水雷戦の権威者と言われた。六九歳で侍従長を務めていたとき、二・二六事件で青年将校の一隊の銃弾を浴びて重傷を負いながら、一命をとりとめている。この日、彼は、国運を左右する会議を巧みに誘導する。人生体験の深い七八歳の首相が、四四歳の昭和天皇に「聖断」を仰ぐのである。

昭和天皇は、「戦争の継続は不可と思ふ」と語り、犬吠岬・九十九里浜の防備が未完成で、関東地方の決戦師団には九月に入らないと武装に要する物資が行きわたらないという。この状況で帝都を守り、戦争が出来るのか「私には了解が出来ない」と、外相案に賛成すると述べた。国政に関わる席で、天皇がかくも長時間にわたり自説を述べたのは、異例のことだった。こうして、「聖断」が下ったのは、翌一〇日の午前二時二〇分ごろである。

直後の午前六時四五分、「天皇の国家統治の大権に変更を加うるがごとき要求は、包含しおらざることの了解のもとに」という条件付きで、帝国日本がポツダム宣言を受諾する旨の電報が、中立国のスイスとスウェーデンとを通じて発信された。

一二日午前零時四五分、連合国側、というよりはアメリカ側から回答があった。アメリカ国務長官ジェームズ・バーンズが主導して作成した文書が、サンフランシスコ放送を日本の外務省が傍受するというかたちで、日本側の指導層に届いたのである。

「降伏のときから、天皇および日本国政府の国家統治の権限は、連合国軍最高司令官に従属する（shall be subject to）……日本国政府の最終的統治形態は日本国民の自由に表明する意思により決定せらるべきものとす」というのである。

この"subject to"が、本来の意味の「従属（隷属）する」でなく、「制限の下に置かるるものとす」と訳された。それは、陸相阿南惟幾などの抗戦派を刺激しないように、外務官僚が工夫した訳語だったようである。

帝国日本の崩壊直前、七月には"ignore"、八月には"subject to"という言葉をめぐる「誤訳」が、日本人にとって惨禍を広げたことになる。

こうして、"subject to"の解釈に手間取りながらも、日本の降伏が実現しようとするとき、第三艦隊のハルゼーは、「日本の降伏申し入れは信用できない。もっと攻撃を加えるべきだ」と主張し、空襲を強化し続けた。アメリカ海軍の作戦を指揮するハルゼーは、"kill Japs, kill Japs, kill more Japs"という口癖だった。彼に叱咤され、アメリカの艦載機群は、名もない田舎の町も、山間の小さな駅も、容赦なく攻撃の的にした。

一一　「神の国」の終焉

1　「玉音放送」の前後

大罪を謝し奉る

八月一四日午後九時、ラジオが、明日の正午「重大放送」があると国民に告げた。「徹底抗戦」「本土決戦」などの言葉が、私たちの脳裏で点滅した一方、「戦争終結」はもとより「敗戦」「無条件降伏」といった言葉は、思い浮かぶはずはなかった。正確に言えば、思い浮べてはならなかった。

このころ、すでに「聖断」が下ったことを知っていた陸軍省軍務局員の少佐畑中健二たちは、戦争継続へと「聖慮の御翻意」を求めるクーデターを企図した。彼らは、宮城内の近衛師団司令部に乱入し、午後一一時に昭和天皇が吹き込んだ「玉音放送」の録音盤奪取を企てて未遂に終わった。さらに、八月一五日の午前一時過ぎ、近衛師団長の中将森赳に決起を申し入れ、拒否した森赳を、彼らはピストルと軍刀とで殺害し、偽の師団長命令によってクーデターを試みたが、東部軍管区司令官の大将田中静壱によって、ほどなく鎮圧された。なお、田中静壱は、八月二四日夜、心臓をピストルで一発撃って自決している。

近衛師団長森赳が倒された八月一五日午前二時ごろ、麴町の陸相官邸で、陸相阿南惟幾は二枚の半紙に遺書・遺詠を書き終えた。すでに一五日の未明と知っていながら、遺書・遺詠の日付は「八月一四日」のままとし、義弟の中佐竹下正彦と二人だけの酒宴を張ったのち、天皇から拝領した純白のワイシャツを身につけ、恩賜の短刀で割腹した。彼の命が絶えたのは午前七時一〇分という。鮮血の飛沫で朱に染まった遺書には、「一死以て大罪を謝し奉る」とあった。別の半紙には、「大君の深き恵に浴みし身は／言ひ遺すへき片言もなし」という辞世が書かれていた。

油蟬の声

長崎への原爆第二号投下とソ連の参戦とが伝えられてから五日後、明るい青空の日が訪れた。八月一五日である。

この日も、早朝から敵機来襲の気配が報じられた。首都圏では、午前五時ごろ警戒警報が出され、霞ヶ浦や相模湾の上空で彼我の空中戦が展開されているのに、午前七時二一分、ラジオは、「畏くも天皇陛下におかせられてましては、本日正午、おん自らご放送遊ばされます」と伝えた。アナウンサーは、三年八ヵ月前に対米英開戦を報じたアナウンサー館野守男だった。彼は、節電で昼間の送電停止地域にも送電されると付け加えた。

その間も敵の来襲は絶えない。ハルゼーが率いる第三艦隊の艦載機による執拗な空襲である。午前一一時四〇分、「霞ケ浦ニアリシ敵二機ハ、目下鹿島灘ニアリ」と伝えられ、午前一一時五五分、すなわち天皇による重大放送が予告されている正午の寸前、「一、敵艦上機二百五十機ハ三波ニ分レ二時間ニ亘リ、主トシテ飛行場、一部交通機関、市街地ニ対シ攻撃ヲ加ヘタリ。二、十一時マデニ判明セル戦果、撃墜九機、撃破二機ナリ」と、首都圏防衛担当の陸海軍当局が発表している。

五分後、正午の時報が秒刻みで始まり、正午になった。岐阜地方は晴天で、南南西の風二・七メートル、気温三二・六度の暑さだった。

そのとき、私たちは、寮の前の空き地、それは空襲に備えて「建物疎開」のため取り壊された家屋の跡地だったが、そこに置かれたラジオを囲んで、近所の人たちとともに頭を垂れた。「現人神」の声を聴くためである。

「君が代」の奏楽が哀愁を帯びた調子で流れ、やがて昭和天皇の「玉音放送」が聴こえてきた。「朕ハ帝国政府ヲシテ米英支蘇四国ニ対シ其ノ共同宣言ヲ受諾スル旨通告セシメタリ」と言う。私たちは、即座にポツダム宣言受諾と理解した。「戦局必スシモ好転セス」「世界ノ大勢亦我ニ利アラス」と続き、私たちの国が戦いに敗れたことは疑いなかった。「敵ハ新ニ残虐ナル爆弾ヲ使用シテ頻ニ無辜ヲ殺傷」「終ニ我カ民族ノ滅亡ヲ招来」という文言も胸に響いた。今後、わが国の受ける苦難は尋常ではなく、時運のおもむくところ「堪へ難キヲ堪へ忍ヒ難キヲ忍ヒ　以テ萬世ノ為ニ太平ヲ開カムトス」と天皇は言う。

「玉音放送」が終わったあと、油蟬の声が重かった。

第五航空艦隊司令長官の海軍中将、宇垣纏《まとめ》は、沖縄方面への海軍航空隊による特攻作戦を指揮していた。彼は、かねてから、「天皇を擁して一応ゲリラ作戦を強行し、決して降伏に出づるべからず」と、『戦藻録』と自ら名付けた日誌に書いていた。その宇垣纏が、この日の午後七時二四分、艦上爆撃機「彗星」の機上から、「過去半歳ニ亘ル麾下各隊勇士ノ奮戦ニ拘ラス驕敵ヲ撃砕、皇國護持ノ大任ヲ果スコト能ハザリシハ本職不敏ノ致ス所ナリ」に始まる一文の無電を打って、沖縄方面に飛び自爆した。

宇垣纏の『戦藻録』の五月二七日の欄に、「白菊二〇機を始めとし水偵一五機、特攻として用ふ」とある。鈍速の機上作業練習機白菊や浮舟をもつ鈍重な水上偵察機に爆弾を吊させ、「特攻として用ふ」というのである。彼は、若者の命を将棋の駒のように扱った。

史上初めての敗戦が「本職不敏ノ致ス所」と責任をとるのなら、彼は、自らの軍刀またはピストルで自決するのが自然だった。だが、彼は、鹿屋から転進した大分基地で、敗戦の報で興奮状態にある若い搭乗員たちを前に、「これより長官自ら先頭に立ち沖縄に突入する。我に続く者は手を挙げよ」と声をかけた。三機の準備を命じておいたのに、一一機二二人が整列し、全員が手を挙げた。宇垣纏は、彼らを制止するどころか、「みんな、私と一緒に行ってくれるのか」と喜び、大尉中津留達雄が操縦する一番機の偵察席に乗り込んだ。偵察員の飛行兵曹長遠藤秋章は、「交代せよ」の命令に従わず宇垣纏の偵察席に潜り込んで発進した。一部の機は故障のため途中で不時着したが、午後七時二四分、中津留達雄機に続いて他の全機が突入した。この攻撃によって水上機母艦テンダーが損傷を受けたという記録もあるが、目指す海域に目標の艦船は見当らず岩礁に突入したともいう。

五四歳の宇垣纏と比べて、最年長で指揮官の大尉中津留達雄でさえ二三歳に過ぎず、彼には新婚一年の若い妻と生まれたばかりの娘とがあった。隊員には一九歳の少年飛行兵曹二人も含まれていた。彼ら一六人の若者は、宇垣纏の「私兵特攻」に殉じた。

海軍航空隊による本格的な特攻攻撃は、前年一〇月下旬以降のフィリピンのレイテ島をめぐる海空戦のとき発動された。現地で指揮した中将大西瀧治郎は、特攻作戦の発動を「統率の外道」と自嘲していたが、終戦当時、彼は海軍軍令部次長の職にあり、八月一六日の夜明けに日本刀で割腹した。とどめがままならず、午後六時になって絶命したという。彼の遺書には、「吾れ死を以て旧部下の英霊と其の遺族に謝せんとす」とあった。

また、フィリピン決戦の際、陸軍航空隊の特攻作戦を指揮した中将富永恭次は、壇上で軍刀を振りかざし「富永も後に続くぞ」と特攻隊員を叱咤して見送ったが、戦況が不利になると、特攻隊員たちを見捨てて台湾に遁走し、予備役に編入されて生き長らえた。

陸海軍特攻隊の戦死者は約四四〇〇人、その目標への命中率は約一六・五パーセントに過ぎなかった。また、陸海軍特攻隊要員のうち、約三分の一が特攻攻撃に参加することを忌避または臆していた。私の級友の澤田秀三は、甲種予科練生として海軍航空隊に入隊し、霞ヶ浦で終戦を迎えた。戦後、彼は、「先輩の搭乗した特攻機が離陸してから基地の上空で急旋回し、上官のいる指揮所を機銃掃射したのち飛び去った」と私に語ったことがある。日本は、敗れるべくして敗れた。

長かった戦争は終わった。

私が物心がついて以来の戦争が遂に終わった。戦局が末期的な状況にあり、祖国日本の運命が終焉に近いという予感はあっても、本土決戦を覚悟してはいた。幼いころから植え付けられた「神州不滅」への思いは容易には消えない。祖国の無条件降伏という現実を前にして、無念の思いを打ち消し難いのである。同時に、私たちの心底には一種の安堵感があり、解放感もあった。

「玉音放送」を聴いた日の午後、私が「これで日本もおしまいかなあ」と呟くと、同室の級友岡嶋和久が「なあに、一〇年も経てば大丈夫さ」と応じた。次つぎに出る話題には、いい加減だった春の旧制高校入試の件もあり、来春また受験し直すと口にする者もいた。

戦争終結と知った翌日、すなわち八月一六日の夕刻、私たちは、寮にしている家の主婦に、「ありったけのコメを出して白いご飯を炊いてほしい」と掛け合い、久し振りに豊かな夕餉を味わった。もう警戒警報も空襲警報もないというので、すべての窓の暗幕を外し、裸電球の下で机を囲んで、各自が本やノートなどを広げた。私が疎開先から持参していた小野圭二郎著の『英文解釈法』を開くと、新しい級友のひとりである安井武が「ほう」と嘆声を発した。私自身は、旧制中学校四年生のときから勤労動員が続いて、英語や数学などの基礎学力の不足を自覚していただけで、敗戦を予想していたわけではない。

祖国の敗戦は、一七歳になったばかりの私にとって天地が覆るような現実だった。それを眼前にし、私は、鬱屈とした気分のなかにも安堵感を覚えている自分を奇妙に思った。

この日、級友の石田實は、勤労動員先の柳津陸軍造兵廠で「いったん帰郷せよ」と命じられ、同じ岐阜県の郡上八幡町に疎開している自宅へ戻った。敗戦の苦い味を嚙み締めて帰った彼の目には、町の男女が音曲に合わせて「郡上踊り」を踊っているのが異様に映った。聞けば、「玉音放送」から数時間後には、この郡上踊りの輪ができていたという。「この時期に踊りとは何事か」と腹を立てる石田實に、町の人びとは「アメリカ軍が来たら、男はみんな殺され、女はみんな強姦される。だから、今生の名残に思い切り踊っているのだ」と答えた。人びとのこの言い分が、「本音」と「建前」とのいずれだったかは、半世紀余も経ったいままでも分からない、と石田實は言う。

翌日、私は、勤労動員先の関町から山奥の疎開先に帰った。戦いに敗れて帰るという少し気恥ずかしい思いであり、戦争の大した担い手でもなかったのに、自分の至らなさのせいで国が負けたかのような気持ちもあった。そして、国破れても山河は美しかった。

脳出血で倒れてから七ヵ月余りの母は、戦争の終結などの世情について何も理解できないようである。帰って来た私に「斐夫、いつ帰って来たの」と言う。斐夫というのは、母の弟、つまり私の叔父の名である。

祖国日本の前途は予想もできず、私の赴くべき道も見えない。母は不治と思われる病状のままである。私は、疎開先の農家の物置のような部屋に閉じこもり、茫然として時を過ごした。何をしたらよいのか、何をしなければならないのか、見当もつかない。それでいて、新しい生きる道を求めて何かをしなければならないという思いもあった。

2 「神の国」の解体

薄汚れた市民の群れ

日本政府が「ポツダム宣言」を受諾した直後は、随所に混乱があった。

「玉音放送」直後の八月一五日午後三時二〇分、鈴木貫太郎内閣は総辞職し、そのあと、一七日午後二時、陸軍大将の東久邇宮稔彦《なるひこ》王を首相とする新内閣が発足した。史上初めての敗戦という現実と遭遇し、天皇家の連枝である皇族が内閣を率いるのである。

八月一七日、ソ連のスターリンが、北海道の分割占領を企図し、留萌と釧路とを結ぶ線から北半分を占領したいと要求し、アメリカ大統領トルーマンに拒否された。以後、ソ連軍は、占守島をはじめとする日本固有の領土、千島列島の全域に侵攻する。

八月一八日、内務省警保局長橋本政実が「外国駐屯軍慰安施設等」という通牒を各府県知事に出し、連合国軍将兵専用の「性的慰安施設」を設置するように手配した。日本軍が、占領地での強姦事件を抑制する目的で慰安所を設けた事実にならう発想だった。「神国」の実体が透けて見えるようである。

八月二〇日、東京の新宿に闇市が現われたという。

八月二三日午後一時、防空総本部が、今次大戦での民間の被害を「死者約二六万名、負傷者約四二万名、家屋の全焼全壊約二二一万戸、半焼半壊約九万戸、罹災者約八二〇万名」と発表している。

そのころであろうか、六九歳の歌人土岐善麿は、夫人の呟きを、次の歌に詠んだ。

あなたは勝つものとおもつてゐましたかと老いたる妻のさびしげにいふ

八月二七日午後、ハルゼー麾下《きか》の戦艦ミズーリを旗艦とする第三艦隊が相模湾に艦艇を揃えた。この日、富士山が夕映えで見事だったようである。

八月二八日午前八時二八分、厚木飛行場に占領軍先遣隊が着陸した。日本国民の精神的統制を目的とするには、東京近傍で富士山を望む地区が適当との判断によったという。

この日、東京の八つの風俗業界団体が、当局の内命を受け「国体護持の大精神」（吉見義明）に則って創った特殊慰安施設協会（Recreation and Amusement Association）の設立宣言式を、現・皇居前広場で行った。

八月二九日午後、太平洋艦隊司令長官のチェスター・W・ニミッツが幕僚たちを連れ、水陸両用機で東京湾に到着し、戦艦サウス・ダコタに移乗した。

八月三〇日午前一〇時、日本海軍最大の根拠地横須賀にアメリカ海軍の第三艦隊が入港し、乗組員が上陸を開始した。一〇時四五分には、横須賀海軍鎮守府の屋上にハルゼーの将旗が掲げられた。午後二時五分、連合国軍最高司令官ダグラス・マッカーサーが、私的な報復の感情を籠めて「バターン」号と名付けた専用機で厚木飛行場に到着した。戦闘服にサングラスとパイプという格好で、タラップを踏んで降りるとき、しばらく立ち止って写真撮影のためのポーズをとった。

横須賀港内には、かつての帝国海軍連合艦隊の旗艦だった長門が、戦艦としてただ一隻残っていた。アメリカ側は、長門の軍艦旗を日本海軍の艦長の手で下ろさせ、本国のアナポリス海軍兵学校の記念館に戦利品として贈り、日露戦争でロシアのバルチック艦隊を撃破した日本海軍の戦艦三笠の軍艦旗を、ソ連海軍に渡すように取り計らった。

この日、横須賀市旭町では、日本人女性が災難に逢っている。午前一一時半ごろ、一人の女性が占領軍の兵士二人に暴行されたうえ腕時計を強奪され、午後六時ごろには、別の女性が占領軍兵士にピストルを突き付けられて暴行されており、ほかにも二件の婦女暴行未遂事件があった。アメリカ軍将兵も、日本軍将兵とさほど異なってはいないように思えた例である。横浜市近辺では人心が動揺し、婦女子の疎開が相次いだ。

各地で屈辱的な事態が進んでいることも知らず、八月末のある日、私は、名古屋の都心に出かけた。

古書店で物理や化学などの本を求める目的だった。栄町あたりは、骸骨と化した百貨店などのビルを囲んで見渡す限りの焦土になってはいたが、生活力の旺盛な一部の市民たちは、焼け跡に掘っ立て小屋を建てて商売を始めており、予想以上の人出だった。

栄町の交差点付近で、飛行機の爆音を耳にした。上空を仰いで見ると、グラマンF6Fがごく低い高度で旋回しており、地上を恐らくは珍しそうに見回している操縦士の赤ら顔さえ明瞭に見てとれた。彼と私との視線が合ったようにも思う。私の思い過ごしかも知れないが、赤ら顔の操縦士の目に、焦土の薄汚れた市民の群れを憫笑するような色が感じられた。

九月一日、第八八臨時帝国議会が召集された。二日間の会期で、政府提出の議案はなく、「終戦の真に已むを得なかった実情と時局の真相」を、政府が「率直」に説明する機会とされた。その議会で、陸海軍は、この大戦での軍関係の人員損耗を明らかにした。

陸軍	戦死	三一万(内　玉砕　二〇万)	戦病死	四万	計	三五万
	戦傷	一四万六千	戦病	四四七万	計	四六一万六千
海軍	戦死	一五万七三二一	不明	一四二〇	計	一五万八七四一

前述の民間犠牲者数も、右記の陸海軍戦死者数も、終戦直後の一時期に、国民に敗戦の真実を納得させるうえで「率直」な発表のつもりだったであろうが、実際の戦没者数は、それらの数を大きく上回った。一九七七年以後、日本政府は、民間犠牲者は約八〇万人、陸海軍人軍属の戦死者は約二三〇万人で、

全戦没者は約三一〇万人と称しているが、この数でも過小の見積りのように思える。しかも、藤原彰によれば、戦没軍人軍属約二三〇万人のうち約一四〇万人が戦病死、より正確には餓死だったという。

二〇〇一年現在、日本人の平均寿命は、男性七七・六四歳、女性八四・六二歳だが、この一九四五年の日本人の平均寿命は、男性二三・九歳、女性三七・五歳でしかなかった。この年、「神の国」の民は死に急いでいたのか、異常な年の異常な記録である。

降伏文書調印

九月二日、東京湾に投錨したアメリカ戦艦ミズーリの甲板で、帝国日本の連合国に対する降伏文書調印式が行われた。灰色の雲が垂れていた午前八時、軍楽隊の吹奏が始まり、戦艦ミズーリのマストに、一八五三（嘉永六）年六月、M・C・ペリーが旗艦のミシシッピーなど四隻を率いて浦賀に来航した折、そのマストに翻っていた軍艦旗が掲げられた。

午前八時一五分から右舷のタラップを踏んで、連合国の諸代表が式場の甲板に現われ、八時四五分、灰色の軍服を着た元帥マッカーサーが、元帥C・W・ニミッツたちを従えて入場した。彼らが立ち並ぶなかを、午前八時五〇分、杖をついてタラップを踏み、不自由な足を運ぶ全権の重光葵を先頭にして、日本代表が姿を現わした。

濃緑色のテーブルクロスを掛けた細長い机の後のマイクロフォンの前で、マッカーサーが、「われわれは再びこのようなことのないように、平和のためにここに集まった」と挨拶し、調印式が始められた。マッカーサーは勲章もネクタイすらも着けず、軍服の襟を開いたままだった。机上には二通の降伏文書が用意されており、午前九時二分、天皇と政府とを代表し外相重光葵、午前九時四分、天皇と大本営とに代わって陸軍参謀総長、梅津美治郎が、降伏文書に調印した。

重光葵は、一九三二年四月二九日、上海の天長節祝賀会場で朝鮮人尹奉吉が投げた爆弾により片脚を失っている。義足の彼は、杖に頼って小艇から巨艦ミズーリの甲板までタラップを喘ぎながら登り、甲板で一杯の水を求めて拒否された。隻脚の重光葵は、甲板上のテーブルに進んでからも、杖を落としたり、署名用のペンを見失ったり、やや動作が緩慢に見えた。天皇と政府とを代表するこの重光葵を見て、ハルエーが「彼の横面を張りとばし、早く署名せよと怒鳴りたかった」と、あとでマッカーサーに洩らすと、マッカーサーは「なぜそうしなかったのか」と応じた。また、一八六五年四月九日、南北戦争の停戦協定の折、勝者の北軍司令官グラントは、敗者の南軍司令官リーに帯刀を認めた。それを思い出したマッカーサーは、降伏文書調印式で梅津美治郎たちに帯剣を許そうと考えたが、ハルゼーが「グラントは名誉ある敵と交渉したが、われわれの敵は違う」と反対し、マッカーサーもそれに従った。彼らによって「神国日本」は軽侮の対象とされ、「皇軍」も不名誉な軍隊として扱われた(毎日新聞社『太平洋戦争秘史』)。

そのあと、連合国側の署名に移った。まず陸軍元帥マッカーサーが、連合国軍最高司令官として降伏受諾の署名をした。その際、彼は、机上に準備された四本のペンのうち一本を執って最初の一通に署名したあと、振り向いて、それを陸軍中将ウェンライトに渡し、次の一通に署名したペンをイギリスの陸軍中将パーシバルに与えた。別の一本は大統領トルーマンに贈り、あとの一本は自分の記念にした。マッカーサーにとっては、この降伏調印式は、復讐の儀式にほかならなかった。

開戦当初、南西太平洋方面軍最高司令官ダグラス・マッカーサーは、フィリピン戦線で日本軍に敗れたため、フィリピンには格別の思い入れがあった。ルソン島で敗れバターン半島も失って、マニラ湾のコレヒドール島に立て籠もっても見透しは暗く、彼は、後事をジョナサン・ウェンライトに託し、“I shall return”という言葉を残して高速の魚雷艇で脱出した。やがてコレヒドール島の運命も尽き、ウェンライトは、日本陸軍の中将本間雅晴に降伏した。やはり緒戦のころ、イギリス軍の中将パーシバルは、マレー半島で敗退を続けたのち、シンガポールで日本陸軍の中将山下奉文に降伏し、ウェンライトと同様、終戦まで日本軍の囚われの身になっていたのである。

日本軍の勝利の時期は長くはなく、ミッドウェー海戦以降、太平洋の戦局が逆転して、アメリカ軍を基幹とする連合国軍が総反攻に転じた。やがて、マッカーサーは、フィリピンのレイテ島に上陸して、“I have reterned”と宣言し、山下奉文指揮下の日本軍を壊滅させ、ルソン島でも撃破して終戦を迎えた。

マッカーサーの復讐への怨念は根深かった。バギオでの降伏調印式に山下奉文が臨んだとき、シンガポールでの敗将パーシバルを立ち合わせ、山下奉文の権限外の海軍陸戦隊の違法行為の罪を問い、マニラの軍事法廷で異常なほど裁判を急がせて彼を絞首刑にした。マッカーサーの母校の陸軍士官学校ウェスト・ポイントには、山下奉文の軍刀とその署名入りの降伏文書が陳列され、それを校庭のマッカーサーの銅像が見下ろしている。また、日本側にも言い分がある「バターン死の行進」の責任を問い、本間雅晴を銃殺刑に処した。

戦艦ミズーリの甲板では、マッカーサーの署名のあと海軍元帥チェスター・ニミッツがペンを執り、イギリス、中国、ソ連、オーストラリア、カナダ、フランス、オランダ、ニュージーランドの各代表が続いた。午前九時一五分、マッカーサーが調印式の終了を宣言し、日本側の全権は降伏文書の正文一通を受け取って退場した。
調印式が終わった九時二五分、連合国の代表たちも退場し始めたとき、九機編隊のB29四六二機に続いて、四五〇機の艦載機が分列飛行し、東京湾の上空を爆音を轟かせて飛んだ。国を挙げて皇紀二六〇〇年を祝賀し、この東京湾で、帝国海軍が、戦艦長門を旗艦とする一〇〇余隻の艦艇を並べ、五二七機の飛行機に湾上を飛行させる盛大な祝賀観艦式を行ってからこの日まで、約五年の歳月しか流れていない。

この日、ソ連のスターリンは、日露戦争の報復と、それに伴う南樺太の奪回や千島列島の奪取を喜び、シベリア出兵への報復を讃えた。そして、九月三日を「対日戦勝利の日」と名づける旨、ラジオで放送した。このニュースを聴いた私たちは、四年ほど前、日ソ中立条約成立の折、モスクワの駅頭で日本外相松岡洋右を抱擁して歓喜したのに、「何という没義道《もぎどう》」と嘆き、わずか数日ほど参戦しただけなのに、「何という厚顔」と呆れた。

「神の国」の消滅

九月七日、『朝日新聞』は、八月末から九月初めまでの間に、神奈川県でのアメリカ兵の犯罪について、左記のような県当局の調査結果を報道している。

◆事故別件数。　◇殺人　一。◇婦女暴行（未遂を含む）六。◇物品強奪　一四三。◇自動車強奪　一二八。◇金銭強奪　三七。◇一般人からの武器剝脱　四四。◇傷害　四。◇人員拉致　八。◇単

純暴行　五。◇強制立退き　四。◇家屋侵入　五。◇家屋占拠　四。◇器物損傷　二。◇電車運転妨害　一。◇警官からの小銃強奪　三九〇。◇同拳銃強奪　四八。◇同帯剣強奪　四一。◇器物損壊　一。

九月八日午前、アメリカ軍が、ジープやトラックを列ねて東京都区部に進駐を開始し、午前六時半には、一四五〇人が代々木練兵場に到着して幕舎の建設に着手した。その後、アメリカ大使館に六〇〇人、帝国ホテルに一五〇人、第一ホテルに二〇〇人、月島埋立四号地に三三〇人が進駐し、午前一一時、第八軍司令官の中将マイケル・バーガーと連合国軍総司令官マッカーサーとが、アメリカ大使館に着いて星条旗を掲揚した。午後に入っても、アメリカ軍は続々と進駐して来た。

九月九日、東京都の新宿や大森などで、アメリカ兵によるギャング事件が起こった。

九月一一日午後四時二分、元・首相の東條英機を逮捕するために、アメリカ軍の官憲が東京都世田谷区玉川用賀町の彼の自宅に赴いた。四時一九分、東條英機は、右手の拳銃で左胸部を撃ち、自殺を試みて失敗した。私たちは、終戦直後に、陸相阿南惟幾はもとより、海軍航空隊の若者や陸軍士官学校の生徒まで自決を図った例を、すでに少なからず聞いていた。東條英機の拳銃自殺未遂の一件は、下手な狂言のように思えた。

九月一二日、連合国軍最高司令官マッカーサーは、「日本はこの戦争の結果、四等国に転落した」「四島に局限された日本が再び世界的強国として登場することは不可能」などと、アメリカ人記者団に語った。帝国日本は瓦解したのである。

精強だったはずの帝国陸海軍は戦い敗れ、九月一三日の午後一二時限りで大本営も廃止された。アジア大陸の諸地域および太平洋の諸島嶼の陸海軍諸部隊は、当面の連合国軍に降伏し戦時俘虜として収容され、国内外で将兵の復員が進捗していた。天皇の軍隊すなわち「皇軍」が解体されてゆくのである。

この一三日の午後一一時三〇分ごろ、元・厚相小泉親彦が、淀橋区西落合の自宅で軍刀によって割腹し自決した。この報道を聞いた私たちには、東條英機の自殺未遂事件がまたも思い出された。九月一四日の午後三時五五分、元文相橋田邦彦が、杉並区荻窪の自宅で服毒して四時一五分に絶命した。

その日、名古屋市の有力者が、連合国軍用の慰安施設「国際高級享楽ナゴヤクラブ」を設立するために、ダンサー二一一人、女給二一九人、案内人二五〇人の志願者を集め始めている。「神国日本」が、地響きを立てて崩れ落ちてゆくようである。

九月二七日、昭和天皇が、連合国軍最高司令官マッカーサーをアメリカ大使館に訪問した。モーニングコートに縞のズボンで、シルクハットを手にした正装の昭和天皇を迎えたマッカーサーは、開襟のカーキ色戦闘服というラフな格好である。直立不動の昭和天皇と並んだマッカーサーは、腰に両手を当てた余裕のある姿勢である。

このときの写真が、九月二九日、各紙の第一面トップに掲載され、私たちの目を見張らせた。終戦の日のラジオ放送で、私たちは「神」である天皇の声を聴いた。この日、私たちは、新聞紙上で「神」である天皇の姿を、それも、かつての「夷狄の頭領」と並んでの屈辱的な写真のなかで見た。「神」であった天皇は、敵の将軍によって「人間」の座に引き下ろされたようである。そして、その約三ヵ月後、私たちは、新聞紙上で「人間天皇」宣言の詔書に接した。それは、天皇と国民との間の「紐帯」は「神話ト伝説」によるものではなく、「天皇ヲ以テ現御神」とし「日本民族ヲ以テ他ノ民族ニ優越セル民族」とする「架空ナル観念」に基づくものでもない、とする宣言だった。

長かった「あの戦争」が終わり、不滅とさえ思えた「神国日本」は消滅した。

一七歳になったばかりの私の前には、これまで想像したこともない未知の時代が幕を開こうとしていた。そして、「人間天皇」の詔書から五ヵ月半ほどのち、私は、雪の山道で母の柩を載せた大八車を曳くのである。

あとがき

私自身の体験に基づいて、「あの戦争」をめぐる記憶を書き綴った。

旧制中学校の生徒たちを航空隊志願に総決起させた戦時学園の切迫した雰囲気、通年勤労動員に伴う苦痛に歪んだ思い出、無差別空襲の日夜の凄惨としか言いようのない光景、そして「神の国」の虚構とその崩壊、実にさまざまなことがあった。

戦後になって久しいいま、道義の頽廃が説かれ、若者らの無気力な生活ぶりなどが指摘されるが、私は、かねてから最も神聖と呼ばれる戦争ですら、最も腐敗した平和に劣ると信じている。「いまの若者には頭が下がる」と青少年を特攻隊に駆り立てた〝聖戦遂行〟の時代風景よりも、「いまどきの若者は困ったものだ」と嘆く昨今の世相の方が、私には健全に思えるのである。

本文中に書き落としたこと、新たに友人たちから聞いたことなどのいくつかを、書き留めておきたい。

◆一九四三年六月二二日、私が愛知一中の三年生のとき、名古屋東北郊で野外演習後、炎天下に重い銃を担いで駈けた。その炎熱の日、教練の教師は「水を飲むな」と繰り返した。この日に限らず、教師や上級生たちは、いつも「水を飲むな」と強く命じた。精神主義や根性論によるものと思えたが、未知の瘴癘の土地の水を飲むときの危険を警戒する意味とも解釈された。弁護士の戸田喬康は「帝国憲法下での官吏（現・公務員）は、天皇および天皇の政府に対してのみ責任を負い、臣民には責任を負わなかったので、生徒に炎天下で水を摂らせず死に至らしめても処罰されるはずはなかった」と言っている。

現実には、夏季の運動で水を摂らなければ、熱痙攣や鬱熱症による死亡事故が予見される。現今では、「水を飲むな」と強制して熱中症の事故が起これば、その際の指導者は、民法第七〇九条の「不法行為」として損害賠償請求訴訟を起こされる。「水を飲むな」どころか「水を飲め」であり、水分を補給して熱中症を予防するのが常識になっている。マラソン大会などで多くの給水所を設けるのは、そのためである。

◆一九四五年三月一二日深更、名古屋の都心部が夜間無差別焼夷爆撃を受けた。南久屋小学校で私と同級だった水野（旧姓・山口）節子は、名古屋市立第一高女の四年生で卒業間際だった。栄の南大津通に面した自宅付近一帯が無数の焼夷弾を浴びて危険を感じたので、北隣の中部配電ビル（現・大津通電気ビル）の地下に「もんぺに防空頭巾」の格好で避難した。向かい側の松坂屋本店のビルが炎と煙とを揚げていたのが印象に残るという。

この夜、三重県の鈴鹿海軍航空隊からも、赤く染まった名古屋の空が遠望された。その基地にいた澤木秀夫は、九七式艦上攻撃機に搭乗して名古屋の上空に飛来し、固定されたカメラと手持ちのカメラとで、焦土化した故郷の市街地を機上から撮影した。彼が、爆装した機上作業練習機「白菊」で体当りの特攻訓練を始めたのは、この直後である。「やはり特攻以外に勝つ道はないのかと思うようになったのも、あの焼け野原を見てから」と彼は回顧する。ここで、九七式艦攻は一九三七（皇紀二五九七）年制定の旧式機で、真珠湾攻撃のとき、攻撃隊長の中佐淵田美津雄が「全軍突撃セヨ」を意味する「ト」連送を発信した際の搭乗機だった。

◆同年八月六日午前八時過ぎ、海軍兵学校で次の作業に備えて自習室にいた級友の小倉秋彦は、「江田島湾の岸壁近くの部屋の窓に一瞬ピカと閃光が走った」と言い、山内嘉三も同様の体験を私に語った。自習室の窓に光が閃いた直後、後方の厚い樫の扉がドンと衝撃波による爆風で開いた。彼らの同期生のひとり奥村幸二も、屋外に飛び出し、赤紫色のキノコ雲が盛り上がるのを見た。大音響とともにガラス扉が吹っ飛んだという。

ピカに続くドンの数時間後、「アメリカの新型爆弾と聞かされたが、箝口令が敷かれて被害などは一切伝わらなかった」と語る小倉秋彦は、終戦になって名古屋へ帰る途中、広島市街の惨状を目撃する。「宇品経由で広島駅を通過するとき、見渡す限りの焼け野原を見詰め、数分間の停車時間ながら、原爆の恐ろしさを実感した」と回顧する。

◆一九四五年、日本人には、それぞれの「八月一五日」があった。私たちは、それぞれの勤労動員先で、いわゆる「玉音放送」を聴いた。名古屋陸軍造兵廠の柳津製造所に動員されていた前田耕作は、動員先の柳津の寮で天皇の放送に耳を傾けた。祖国日本の史上初めての敗戦に自分も責任があると考えた彼は、寮内の忠魂碑の前で、かねてから密かに造って所持していた鋭利な刃物で「切腹する」と言い出したが、仲間の丹下昭生たちに制止されて思い留まった。この日、開戦時の首相東條英機は、自決しようとしていない。

◆同年八月一五日、日本が無条件降伏していなかったなら、アメリカ陸海空軍は、日本本土への侵攻と核攻撃とを併行して実施するはずだった。一一月に予定された九州上陸作戦までに七発以上の原爆が準備され、広島・長崎に次ぐ第三の原爆は、八月一六日、東京に投下される可能性があった。彼らには、京都も魅力的な原爆投下目標だった。

太平洋戦線の諸島嶼の攻防戦で、サイパン島、硫黄島、沖縄本島と、日本本土に近づくにつれてアメリカ軍の被害は激増した。日本側が「徹底抗戦」を呼号し続ければ、その年の一一月、南九州侵攻のオリンピック作戦、翌年三月には、首都圏の制圧を企図する関東平野侵攻のコロネット作戦が発動され、そのときにも、原爆のほか、サリンや炭疽菌など大量の化学兵器および生物学兵器が用意されていた。ドイツ軍と異なり、日本軍は山間部に潜んで執拗に抵抗するため、こうした兵器が必要だというのが、彼らの言い分だった。

前著『積乱雲の彼方に』のときと同様に、本書執筆には多くの方々から、貴重な証言を頂いた。参考にした文献類とともに、記して謝意を表したい。

◆証言・協力して頂いた方々（五十音順・敬称略）

青木　訓治　青木　稔　浅岡　泰子　浅野　龍男　足立　正夫　安部　浩平
荒川　幹夫　安藤　豊　五十嵐　文　石田　實　石野　治雄　泉　宣道
磯部　信一　伊藤　天来　伊藤　直紀　伊藤　正男　犬飼鍵次郎　井村　紹快
入谷美波留　岩田　博　宇佐美敬親　浦上　嘉人　遠藤　和子　遠藤　修平

大島　一郎　大野　明　岡田　八重　岡村　泰　沖　脩　小倉　秋彦
小栗　義郎　小畑　哲雄　加藤　昭治　加藤巳一郎　金子　芳子　加納　泉
蒲　きくい　川島　道夫　川村　聖治　木全　鎭朗　木村　篤治　熊澤　國彦
熊田熊三郎　粂　康弘　倉知　保彦　小島　円俊　小塚　哲司　近藤　敦
澤木　秀夫　澤田　秀三　島田　道敏　神野　鉦吉　下村　昭文　下村　恒夫
杉山　英夫　鈴木　しげ　鈴木靖一郎　瀬尾　俊平　高塚　篤　竹内　真三
武田　栄夫　谷口　祥子　戸田　喬康　内藤　龍一　中江　水哉　中島　良三
夏目　ゆき　永田　稔　成田富美穂　成瀬ふき子　西　政隆　西川　甫
西田　忠和　二村　雄次　羽澄　英治　波藤　雅明　尾藤　忠旦　福岡　緑
堀尾　和夫　牧　斐夫　松田　洋三　松原　茂　丸山　龍男　水野　金平
水野　節子　村松　照男　屋代　雄三　山内　美典　山田　保　山田　操
山田　幹高　山脇　光夫　横山　功二　吉川　和彦　吉田　高年　渡辺　一郎

◆参考文献

松永昌三編『中江兆民評論集』（岩波文庫）
竹山道雄『昭和の精神史』（新潮文庫）
桶谷秀昭『昭和精神史』（文春文庫）
週刊『日録20世紀』（講談社）
朝日新聞社『週刊20世紀』

江藤清澄『昭和二年日誌』
廣松渉『〈近代の超克〉論』（講談社学術文庫）
D・A・シャノン／玉野井芳郎・清水知久訳『大恐慌』（中公新書）
防衛庁防衛研修所戦史室『戦史叢書』／関係諸巻（朝雲新聞社）
『五・一五事件公判記録』（新愛知新聞社・国民新聞社）
斎藤瀏『二・二六回顧録』（改造社）
香椎研一編『香椎戒厳司令官・秘録二・二六事件』（永田書房）
利根川裕編集・解説『現代のエスプリ76／北一輝』（至文堂）
古屋哲夫『日中戦争』（岩波新書）
中山正男『脇坂部隊』（陸軍画報社）
洞富雄『南京大虐殺』（徳間書店）
堀雅昭『戦争歌《いくさうた》が映す近代』（葦書房）
大岡信『百人百句』（講談社）
アルヴィン・D・クックス／岩崎俊夫訳『ノモンハン　草原の日ソ戦―一九三九　上・下』（朝日新聞社）
扇廣『ノモンハン』（芙蓉書房出版）
草葉栄『ノロ高地』（鱒書房）
金谷治訳注『孫子』（岩波文庫）

杉本五郎『大義』（平凡社）
倉野憲司校注『古事記』（岩波文庫）
日本古典文学大系1『古事記　祝詞』（岩波書店）
日本古典文学大系87『神皇正統記　増鏡』（岩波書店）
伊藤直紀『宇宙の時、人間の時』（朝日選書）
伊藤正男『脳のメカニズム』（岩波ジュニア新書）
小長谷正明『神経内科』（岩波新書）
粂康弘『国民道徳の系譜』（名城大学商学会）
島田修二編『昭和万葉集秀歌1』（講談社現代新書）
毎日新聞社訳・編『太平洋戦争秘史―米戦時指導者の回想』（毎日新聞社）
種村佐孝『大本営機密日誌』（芙蓉書房）
陸軍省兵務課編纂『学校教練教科書　前・後篇』（軍人会館図書館）
兵頭二十八『有坂銃』（四谷ラウンド）
ジョン・ウィークス／小野佐吉郎訳『拳銃・小銃・機関銃』（サンケイ新聞社出版局）
太平洋戦争研究会編著『日本軍実戦兵器』（銀河出版）
加藤勇・安藤きみ・杉山梅次・小林十三編『名古屋陸軍造兵廠史・陸軍航空工廠史』（名古屋陸軍造兵廠記念碑建立委員会）
NHK取材班『外交なき戦争の終末』（角川文庫）

NHK取材班『責任なき戦場　インパール』（角川文庫）
榊原昭二『沖縄・八十四日の戦い』（岩波書店・同時代ライブラリー）
B・M・フランク／加登川幸太郎訳『沖縄〈陸・海・空の血戦〉』（サンケイ新聞社出版局）
鈴木俊平『風船爆弾』（新潮社）
原田良次『日本大空襲』（中公新書）
『戦時下・愛知の諸記録』93、95（あいち・平和のための戦争展実行委員会）
毎日新聞社編『名古屋大空襲』（毎日新聞社）
ゴードン・トマス、M・M・ウイッツ／松田銑訳『エノラ・ゲイ』（TBSブリタニカ）
C・F・ワイツゼッカー／富山小太郎・粟田賢三訳『原子力と原子時代』（岩波新書）
ジェームズ　A・コールマン著／中村誠太郎訳『相対性理論の世界』（講談社）
山田克哉『原子爆弾――その理論と歴史』（講談社）

二〇〇三年八月一五日

江藤千秋

著者紹介：江藤千秋（えとう・ちあき）

1928年名古屋市に生まれる．45年愛知県第一中学校（現愛知県立旭丘高等学校），48年名古屋工業専門学校（現名古屋工業大学）卒業．工業技術院研究員などを経て，旭丘高等学校で化学を担当，現在は，学校法人河合塾名誉校長．著書に，『積乱雲の彼方に』（法政大学出版局），『秘伝のオープン・化学Ⅰ』『秘伝のオープン・化学Ⅱ』（進学研究社），『新・秘伝のオープン・江藤化学のすべて』（河合出版）などがある．

雪の山道 〈15年戦争〉の記憶に生きて

二〇〇三年一〇月一五日 初版第一刷発行

著者 江藤千秋 ©

発行所 財団法人 法政大学出版局
〒102-0073 東京都千代田区九段北三－二－七
電話 03（五二一四）五五四〇
振替 〇〇一六〇－六－九五八一四

整版 緑営舎
印刷 三和印刷
製本 鈴木製本所

Printed in Japan

ISBN4-588-31614-1